Allitera Verlag

Es ist Liebe auf den ersten Blick, als sich die junge Philomela und der Erzähler dieser Geschichte in einem bayerischen Tiergarten treffen. Zwischen der ehrgeizigen Ornithologin und dem Kellner, der eigentlich Schriftsteller sein will, entsteht eine leidenschaftliche Beziehung, die aber von einem folgenschweren Entschluss Philomelas unterbrochen wird: Mit einer Forschergruppe bricht sie auf in eine der letzten unerforschten Gegenden der Erde: in den Dschungel Papua-Neuguineas. Dort, so hoffen sie, werden sie den sagenumwitterten »Vogel des Paradieses« finden. Sie ahnen nicht, dass sie in eine Welt geraten werden, in der die Gesetze der Zivilisation noch keinerlei Gültigkeit besitzen, in der es Naturvölker gibt, die noch nie Kontakt mit anderen Menschen hatten. Philomela kehrt als Einzige aus der Gruppe nicht zurück. Als es nach Monaten der Ungewissheit endlich ein Lebenszeichen von ihr gibt, macht sich der Mann, der sie liebt, auf ihre Spuren. Doch seine grauenvolle Vorahnung scheint sich zu bewahrheiten ...

Christian Krug, 1968 in Augsburg geboren, hat Mittelalterliche Geschichte und Indogermanistik studiert und arbeitet als Schriftsteller, Schauspieler und Dozent. »Philomela und der Vogel des Paradieses« ist sein erster Roman. Unter dem Titel »Auf heiligen Spuren« ist sein Reisebericht über einen 1700 Kilometer langen Fußmarsch durch Indien erschienen. Er lebt in München.

Christian Krug

Philomela und der Vogel des Paradieses

Roman

Allitera Verlag

Weitere Informationen über den Verlag und sein Programm unter:
www.allitera.de

Bibliographische Information der Deutschen Bibliothek

Die Deutsche Bibliothek verzeichnet diese Publikation in der
Deutschen Nationalbibliographie; detaillierte bibliographische Daten
sind im Internet über <http://dnb.ddb.de> abrufbar.

2. Auflage
März 2014
Allitera Verlag
Ein Verlag der Buch&media GmbH, München
© 2006 Buch&media GmbH, München
Umschlaggestaltung: Alexander Strathern
Herstellung: Books on Demand GmbH, Norderstedt
Printed in Germany · ISBN 978-3-86520-207-9

Inhalt

ERSTES KAPITEL

Die Flügelschläge des Schicksals 9
Zweige einer Begegnung. 20
Stimmen aus dem Dschungel. 39
Der Herzschlag der Natur 48
Sie 59
Die Mythen. 63

ZWEITES KAPITEL 71

DRITTES KAPITEL

Halbwertszeit des Vergessens. 117
Tropische Begrüßung 130
Gleichheit der Seelen 139
Der Balzruf des Vogels 154

Erstes Kapitel

Die Flügelschläge des Schicksals

»Ich habe die Schönheit entdeckt! Verzeih mir! Ich werde dich nie wieder sehen!«

Es waren ihre letzten Worte an mich. Eine letzte Nachricht, irgendwo aus dem Dschungel Papua-Neuguineas als E-Mail über ihr Handy in den Himmel gesendet, irgendwo von einem Satelliten empfangen und irgendwie in meinen Computer eingespeist.

An einem Tag, an den ich mich nicht mehr erinnern möchte.

Und danach? Nichts mehr. Keine Nachricht. Nicht ein einziges Wort. Nur noch ihre Fotokamera, ihr Zelt und ihr Schweigen als vermeintlicher Gruß und als unwiderruflicher Befehl, dem ich mich widersetzt habe.

Natürlich musste ich Philomela suchen. Natürlich wollte ich wissen, ob sie den Vogel des Paradieses gefunden hatte.

»Ich habe die Schönheit entdeckt!«

Sie war ihm erlegen, dem Mythos vom unentdeckten Paradiesvogel in den unzugänglichsten Wäldern dieses Planeten – Papua-Neuguinea: Land der Masken und der furchterregenden Bemalungen, Land der riesigen Köpfe aus Lehm und der hölzernen Penisfutterale. Land der unentdeckten Menschen und Vögel. Ein unbekanntes Land.

»Verzeih mir!«

Ja, Philomela, ich verzeihe dir. Ich verzeihe dir, dass du weggegangen bist. Aber ich verzeihe dir nicht, dass ich dafür die Hässlichkeit entdecken musste. Das fahle Antlitz dieser Welt, die grauen Grimassen des Menschen, wenn er quält, und die Hässlichkeit, die sich hinter der Abhängigkeit der Liebe wie ein lauerndes Raubtier versteckt hält. Kurz und schmerzlos kann der Biss des Raubtieres sein, kurz und schmerzlos wie eine unerwartete, wunderbare Begegnung, die aus dem Nichts auftaucht und wieder dorthin verschwindet, aber lang und schmerzvoll ist das Leiden des Zurückgelassenen, bis endlich das Vergessen eintritt.

Wann tritt endlich das Vergessen ein?

Die Straßenzüge, die ich sehe, wenn ich meine Wohnung verlasse, sind schattiert, alle möglichen Töne von Grau. Hell und dunkel, klar und verschmutzt, immer in Konkurrenz mit dem Himmel, der zumeist bedeckt ist.

Ich habe Alpträume, seit ich erfahren habe, was die Ängste des Dschungels bewirken. Was sie erzwingen. Wozu Menschen fähig sind. Fürchterliche Alpträume, in denen sich Grau mit Grün vermischt. Die Farbe, mit der Blinde die Welt sehen!

»Ich werde dich nie wieder sehen!«

Nur eine mir unbekannte Neugierde und eine Hingabe, die alle Grenzen sprengt, müssen einen Menschen beflügeln, solche Worte zu schreiben, zu denken und sie wahrhaftig in die Tat umzusetzen.

Trotz der Alpträume will ich Philomela nicht vergessen. Ich will ihre Stimme nicht vergessen. Ich rieche ihren Hals und ihre Haare, ich spüre ihre Finger und ihren Atem, ich sehe ihre Augen und ich sehe die Schönheit in ihren Augen. Die Schönheit, nach der ihre Augen immer gesucht haben.

Ich habe die Schönheit dieser Welt in Philomelas Augen entdeckt.

Nicht, dass sie mir oder ich ihr oder wir uns gegenseitig grenzenlos verfallen gewesen wären. Ein Haus, eine Familie, eine gesicherte Existenz – all das interessierte uns während der kurzen Zeit unseres Beisammenseins nicht im Geringsten. Im eigentlichen Sinne des Wortes gab es kein »Ziel«, dem wir, ich muss mich korrigieren, dem ich entgegenstrebte, nacheiferte, für das es mit dem geflügelten Wort »zu kämpfen lohnte«.

Philomela hatte ein Ziel, dem ich mich nie als gleichwertiger Gegner stellen konnte: Ich gegen die Vögel. Das Austauschbare gegen das Einmalige. Chancenlos!

Trotzdem: Ich für meinen Teil hatte mit Philomela einen vermeintlichen Höhepunkt meines Lebens erreicht und hätte am weiteren Dasein mit ihr größten Gefallen empfunden. Oh Augenblick verweile doch und so weiter: Spaß – Freude – Leichtigkeit – das sind vielleicht Wörter, die der ganzen Sache am Nähesten kommen.

Als ich mich bei unserer ersten Begegnung vor dem Seehundgehege des Tierparks vorstellte, konnte sie ein Schmunzeln kaum verbergen. Im Gegenteil. Sie wollte es nicht verbergen. Philomela war die humorvollste Frau, die ich jemals kennen gelernt habe.

»Schriftsteller. Und Kellner.«

»Oho! Und womit verbringt man mehr Zeit?«

»Mit dem Schreiben!«

»Und wofür bekommt man mehr Geld?«

»Für das Kellnern!«

Sie schmunzelte. »Und was macht mehr Spaß?«

Ich dachte einen Augenblick nach. »Ich glaube, das eine wäre ohne das andere langweilig. Nein. Es wäre unerträglich. Den lieben, langen Tag nur sitzen und schreiben – eine grässliche Vorstellung. Aber den lieben langen Tag, besser gesagt die halbe Nacht fremden Menschen, so nett sie auch sein mögen, ein Bier hinstellen, das würde mir auch den Rest geben.«

»Die rauchgeschwängerte Luft in einer Kneipe ist doch für einen Schriftsteller sicherlich ungeheuer inspirierend«, sagte sie provozierend.

»Die rauchgeschwängerte Luft in einer Kneipe ist unendlich ungesund und für einen ehemaligen Raucher, der es als die größte Leistung seines Lebens ansieht, diesen Scheißdreck nach fünfzehn Jahren aufgegeben zu haben, nicht inspirierend, sondern quälend.«

Philomela lachte und sagte: »Das ist die erste und wichtigste Voraussetzung für eine vielleicht sehr inspirierende Kommunikation. Als Nichtraucherin halte ich es wie Omar Sharif, der damit nach fünfzig Jahren aufgehört hat und in einem Interview sagte: ›Wenn ich eine Raucherin küsse, habe ich jetzt das Gefühl, ich küsste den Tod.‹«

Wenn ich sie jetzt sofort küsse, dann sterben wir vielleicht im nächsten Augenblick, dachte ich. Ein Seehund schnappte nach einem Hering, den der Wärter ihm zuwarf. Die anderen Seehunde wurden unruhig.

»Extreme müssen manchmal im Leben sein«, sagte ich. »Sie ziehen sich gegenseitig an, stoßen sich ab. Eine gesunde Mischung, ja, das ist es, was mich zufrieden stellt.«

»Je weiter die Extreme auseinander liegen, desto eher trifft man sich in der Mitte, oder?«

»Was ist denn die Mitte zwischen unendlich und nichts?«, fragte ich.

»Ich weiß es nicht«, sagte sie. »Manchmal liegen die Extreme so weit voneinander entfernt, dass eine Verständigung nicht möglich ist.«

Bis zu diesem Moment hatten wir beide es vermieden, uns mit »Du« oder »Sie« anzusprechen. Neutralität schwang noch in der Luft, die aufgespannt war, um einen möglichen Absturz aufzufangen. Philomela hüpfte mit einem Satz hinunter und schwang sich elegant, wie ein weiblicher Tarzan an einer Liane, zur nächsten Stufe unserer Verständigung.

»Stell dir vor: Menschen, die noch niemals in ihrem Leben eine Kneipe gesehen haben, werden von einer Sekunde zur nächsten aus ihrer vertrauten Umgebung herausgeholt und am Freitag Abend um zehn Uhr in einer vollen Kneipe abgestellt. Menschen, die irgendwo leben, wo nicht geraucht wird.«

»Gibt es solche Orte noch?«

»Ich glaube schon. Und wenn nicht, stelle ich es mir jetzt vor. Orte, wo nicht geraucht wird. Zumindest nicht Zigaretten. In der Wüste zum Beispiel. Bei den Buschmännern. Oder im Dschungel. Im Amazonas-Dschungel die Yanonami. Sie sehen sich in der Kneipe um und sehen fünfzig erwachsene Menschen in einer dichten, stickigen Luft sitzen, die Herzklopfen und Brennen in den Augen verursacht. Da denken sich doch diese Menschen: Was für ein dummes, unzivilisiertes Volk sitzt hier? Warum machen die die Fenster nicht auf? Warum machen die das überhaupt?«

»Und dann ist zufällig noch ein Pneumologe in der Kneipe«, ergänzte ich, »der die Röntgenaufnahmen all dieser Gäste dabeihat, die die Schatten auf den Lungen, die Karzinome und die verstopften Herzkranzgefäße zeigen, und den Wilden erklärt, dass dieser Rauch verantwortlich ist für viele böse Geister, die den Körper ein Leben lang quälen.«

»Und einer der Gäste steht auf, hebt seine Hose und zeigt den Indianern sein zerfressenes Bein.«

»Und ein anderer steht auf, das heißt, steht nicht auf, sondern rollt zu den Indianern und erklärt ihnen, dass ihm beide Beine amputiert wurden, weil er jahrzehntelang diese Zigaretten geraucht hat. Weil sie ihm geschmeckt haben!«

Wir flogen nun beide mit unserer Phantasie im Einklang mit den elegant schwimmenden Seehunden, die sich fröhlich tummelnd um die letzten Heringe stritten.

»Ich denke«, sagte Philomela schließlich, »dass die Indianer nur den Kopf schütteln und sagen: ›Ich möchte wieder zurück in meinen Dschungel. Bei diesen primitiven, dummen Menschen will ich nicht bleiben!‹«

»Und sie husten dabei.«

»Ja, genau.«

»Nur eines dürfen wir nicht vergessen.«

»Was denn?«, fragte sie.

»Auch bei den Eingeborenen im Dschungel ist es stickig. Rotunterlaufene Augen vom immer währenden Rauch in den Hütten. Weil sie nicht in der Lage sind, einen richtigen Abzug zu bauen.«

Sie schwieg und schaute mich an. Ich sah in ihre Augen, ohne zu weichen. Irgendetwas schlich sich da irgendwie in mein Leben, irgendwo durch ein Türchen, das ich nicht kannte.

»Dann werde ich den Herrn Schriftsteller kurz darüber aufklären, damit er keinen Fehler in seinen Romanen verzapft. Schlecht recherchiert ist doppelt verloren! Oder anders gesprochen: Besser rotunterlaufene Augen, die brennen, als Malaria, die verbrennt. Tatsächlich ist es so, dass Menschen im Dschungel durchaus wissen, wie sie mit Feuer und Rauch umgehen müssen. Auf eine schön durchräucherte Küche haben Moskitos nun einmal keinen Appetit.«

»Wovor schützen sich dann die Menschen in einer durchräucherten Kneipe in Deutschland?«

»Vielleicht vor der herumschwirrenden Frage, was sie mit ihrem Leben anfangen sollen.«

»So pessimistisch? Was machen Sie in Ihrem Leben? Das heißt natürlich: Was machst du?«

»Ich heiße Philomela und bin Ornithologin.«

Welcher Teufel mich auch immer geritten hatte, ich hätte ihm die Füße dafür küssen können, dass er mich an jenem Tag in den Tierpark geführt hatte. Wir standen noch immer vor dem gekachelten Bassin mit den Seehunden, es war ein kalter, windiger Tag. Die Tiere fühlten sich sichtlich wohl. Kaum jemand war unterwegs, für Mütter mit ihren Kindern war es zu kühl, die Restbevölkerung war in der geregelten Arbeit. Wir hatten den Seehunden zunächst teilnahmslos jeder für sich zugeschaut, dann ein erster verstohlener, zwei weitere viel tapferere Blicke, dann ein Lächeln.

Philomela war mir zuvor gekommen. »Auch zu viel Zeit oder sind Seehunde ein interessantes Forschungsobjekt?«

Das waren ihre ersten Worte, die sie an mich gerichtet hatte.

Ihre letzten: »Ich habe die Schönheit entdeckt! Verzeih mir! Ich werde dich nie wieder sehen!«

Ich hatte vom ersten Augenblick an geahnt, dass ich niemals genügen werde.

Noch vor dem Seehundgehege erfuhr ich, dass sie in München wohnte und nur für einen halben Tag angereist war. Im hiesigen Vogelhaus wollte sie eine bestimmte Taubenart, die Fächerkrontaube, beobachten und Studien am Gefieder vornehmen, Vorbereitungen für eine Reportage in einem Fachmagazin.

Natürlich bestand ich vor dem Seehundgehege darauf, dass sie mir etwas von ihren Kenntnissen erzählt, dass sie mich ein Stück mitnimmt und mit mir in ihre Welt abtaucht. Sie hakte sich wie selbstverständlich bei mir unter und führte mich in das Vogelhaus, gleich gegenüber vom Seehundgehege.

»Im Gefieder eines Vogels können geheime Botschaften verborgen sein. Die Ästhetik der Natur, der Drang zu immer größerer Vollkommenheit, die Sucht nach Harmonie. Betrachte dieses Federkleid und du kannst hinabtauchen in die unverfälschte Farbenpracht des Lebens. In die unverfälschbare!«

Wir schlenderten durch das Vogelhaus, blieben vor dem ersten Fenster stehen, setzten uns später vor dem zweiten nieder.

»Betrachte eine einzelne Feder, das Arrangement der Flugfedern, das Überlappen der Halsfedern, das Zusammenspiel der einzelnen Schattierungen, und der Spruch aus der Bibel von König Salomons Gewändern, ihrer Farbenpracht, seinem Reichtum und seiner trotzdem unaufhaltsamen Hinfälligkeit wird verständlich.«

Beim dritten Fenster klopfte sie in einem bestimmten Rhythmus an die Scheibe. Der Vogel reagierte auf diesen ihm scheinbar vertrauten Ton, kam herbeistolziert und beäugte den Finger auf der anderen Seite der Scheibe wie einen Konkurrenten.

»Ich könnte ihn mit diesem Rhythmus zur Weißglut bringen. Und mit einem anderen Rhythmus wieder besänftigen. Die Sprache der Natur ist für jeden erlernbar, der sich auf sie einlässt.«

»Wie verhält er sich, wenn er in Rage gerät?«, fragte ich.

»Ich würde es nicht darauf ankommen lassen. Manchmal sind die unscheinbarsten Gegner die gefährlichsten.«

An einem anderen Fenster verwies sie auf die ungewöhnliche Sitzposition eines Vogels, der scheinbar schwerelos, wie ein Seiltänzer auf einem dünnen Ast balancierte.

»Natürlich ist diese Position ungewöhnlich. Mit der Zeit wird er bei dieser Haltung ernsthafte Schäden mit seiner Wirbelsäule davontragen. Diese Rasse lebt eigentlich im Dach der Regenwälder, dreißig, vierzig Meter über dem Boden. Sie wissen nicht, was Erdboden ist. Wahrscheinlich hat dieser Bursche hier im Käfig genau das gegenteilige Gefühl von dem, was wir als Schwindel kennen: Ihm ist der Boden zu nahe. Wir haben Angst, in die Tiefe zu stürzen, es sei denn wir sind nordamerikanische Ureinwohner, die keine Höhenangst kennen und beim Bau von Wolkenkratzern ohne Sicherung auf Stahlträgern herumbalancieren. Dieser Vogel möchte sich in die Tiefe stürzen und Platz haben, um zu fliegen. In der freien Natur glaubt er, diese Tiefe höre nie auf. Aber hier hat er Angst aufzuschlagen. Gallier haben Angst, dass ihnen der Himmel auf den Kopf fällt. Er hat Angst, dass ihn der Erdboden erschlägt.«

»Wovor hast du Angst?«

Sie schaute mich überrascht an. »Meinst du nicht, dass es ein bisschen früh ist, darüber jetzt schon ...«

»Du hast also Angst vor zu intimen Fragen!«

»Das nun auch wieder nicht, Herr Direkt! Aber bitte, von mir aus, wenn du unbedingt wissen willst: Ich habe Angst, einem Vogel zu begegnen, dem ich nicht widerstehen kann!«

Ich spürte es sofort: Trotz des ironisierenden Untertons hatte sie eine fürchterliche Wahrheit gesagt.

Der Vogel drehte seinen Kopf und machte den Eindruck, uns in sein Visier zu nehmen, als hätte er uns verstanden und könne nicht recht glauben, was er gehört hatte. Ich konnte nicht glauben, dass es möglich sein kann, sich so schnell zu verlieben. Gleichzeitig begriff ich auch, dass wir schnell von dieser Tiefsinnigkeit weg mussten, sonst hätten wir uns plötzlich in einer Ernsthaftigkeit wiedergefunden, aus der es kein Entrinnen gibt. Zumindest nicht in diesem leichten verspielten Moment, als uns zu allem Überfluss ein verliebtes Kakadu-Pärchen aus der Ecke des gleichen Vogelhauses beäugte.

»Woher weißt du, dass der Bursche da drin ein Männchen ist und kein freches kleines Vogelmädchen?«

»Na hör mal! Das sieht man doch auf den ersten Blick! Abgesehen davon ist das kein Vogelmännchen, sondern ein sehr reifer, ausgewachsener Mann. Bei dir täusche ich mich doch hoffentlich auch nicht!«

Verstehe es, wer es will, aber ich hatte in diesem Moment Herzklopfen.

Zu fast jeder Art wusste Philomela etwas zu berichten. Und es war nicht nur eingepauktes, heruntergeleiertes wissenschaftliches Fachwissen, das ich in jedem Lexikon oder bei Brehm und Grzimek hätte nachlesen können. Es waren vor allem Geschichten, die sie bei eigenen Beobachtungen erlebt oder von Kollegen gehört hatte und nun mir mit einer mich umgarnenden Stimme vortrug. Im Gegensatz zu den ersten Momenten draußen vor dem Vogelhaus hatte sie eine gewisse Strenge verloren, hatte etwas tropisch Warmes angenommen. Sie entlud sich gleich bleibend, ohne Kraft zu verlieren. Sie hatte eine Stimme, die der Harmonie ihres Gesichtes, ihres Teints, ihrer ganzen Erscheinung entsprach. Eine Stimme wie der kraftvolle Flügelschlag eines Schwans.

Ich erfuhr weiter, dass sie schon im zarten Alter von zehn Jahren ihre ersten Fallstudien an Tauben auf Stadtplätzen durchgeführt hatte.

»Ich hatte eine Freundin, die an einer echten Taubenphobie litt. In München ging das ja noch. Aber einmal fuhren wir mit unseren Eltern zusammen nach Venedig. Sie fing an zu heulen, als sie die Tauben auf dem Markusplatz nur von Weitem sah. Ich aber sprang auf den Platz, als würde ich mich in ein warmes Meer mit herrlichen Wellen stürzen. Ich schloss die Augen, denn ich hatte nicht die geringste Angst. Ich drehte mich im Kreis, spürte das Flattern der Flügel auf meinem Gesicht und hörte deutlich ihr Gurren, als ob diese Tauben mir etwas erzählen wollen. Dann blieb ich stehen und wartete mit ausgestreckten Armen, bis sich die ersten auf mir absetzten. Erst dann machte ich die Augen wieder auf und schaute einer Taube direkt in das elegante, strenge Gesicht.«

Mit neunzehn, während eines Aupair-Aufenthalts in Australien hatte sie beim Besuch eines »national sanctuary« beschlossen, ihre Leidenschaft, ihre Berufung zum Beruf zu machen. Während ihres Studiums der Biologie arbeitete sie bei verschiedenen Zeitungen.

»Am liebsten schrieb ich für Fachzeitschriften. Aber das brachte kaum Geld ein. Deswegen musste ich mich auf fremdes Terrain wagen: Lokalblätter. Klatschpresse. Kannst du dir das vorstellen? Es war manchmal furchtbar. Ich musste mich in diese In-Szene einschleichen und wie ein Paparazzo auf Sensationen lauern. Denen war nichts heilig. Wenn der Fußballer oder die Schauspielerin von den Kammerspielen einen Pfurz ließen, dann mussten wir darüber schreiben. Wenn einer der Stars ein besonders schweres Schicksal, eine Krankheit zu ertragen hatte, war es der Renner. Dann werden viele Bedürfnisse befriedigt: Mitleid und Schadenfreude und Neugier. Ein gieriges Volk. In gewisser Hinsicht sind das Menschenfresser. Sie verschlingen Intimitäten. Hast du jemals für so ein Blatt geschrieben?«

»Nicht dass ich wüsste. Aber ich kann mir vorstellen, dass man dort das knappe Schreiben lernen kann. Nicht um den heißen Brei reden. Zur Sache kommen.«

»Das kann man auch woanders lernen!«

Mit sechsundzwanzig galt sie aufgrund ihrer elegant geschriebenen Reportagen innerhalb der Fachkreise der Vogelkunde als eine aussichtsreiche Nachwuchsjournalistin. Und nun, mit dreiunddreißig, konnte sie es sich aussuchen, welche Aufträge einschlägiger Magazine und Fachblätter sie annahm und mit welchen Fotojournalisten sie zusammenarbeiten wollte.

»Insofern haben wir ja etwas gemeinsam: Du schreibst über Vögel ... und ich ...«

»Ja, über was schreibst du eigentlich?«

Ja, über was schreibe ich eigentlich? Oder, wenn ich jetzt darüber nachdenke: Worüber schrieb ich eigentlich? Worüber habe ich geschrieben, bevor ich Philomela kennen gelernt habe?

Ich wollte schon zu sagen: »Über die wichtigen Dinge des Lebens«, konnte mir diese reichlich alberne Platitüde aber gerade noch verkneifen.

»Nun, worüber? Oder sind es Geheimnisse? Vielleicht Heimatromane für ›Julia‹ und ›Frau Aktuell‹?«

Um Zeit zu gewinnen und mir eine intelligente Antwort auszudenken, antwortete ich: »Nein, sicher nicht. Allerdings muss man dazu Talent, ungeheure Leidensfähigkeit und eine an Selbstgeißelung grenzende Selbstdisziplin besitzen. Aber ich werde darüber nachdenken. Vielleicht werde ich irgendwann einen Heimatroman schreiben, der nicht in unserer Heimat spielt, sondern in einer exotischen Fremde. Denn Heimat – was ist das?«

»Lenk nicht ab! Worüber schreibst du?«

Ich wollte nicht antworten, dass ich überhaupt kein Konzept, keine Stilrichtung, kein Genre habe, das ich besonders gern bediene. Mein

Repertoire umfasste zu diesem Zeitpunkt ausschließlich unveröffentlichte, leidenschaftliche Liebesgeschichten mit dem Bemühen, ekstatische Momente bis zur völligen Selbstaufgabe einzufangen, ohne sich in pornographischer Detailverliebtheit zu verlieren oder daran zu ergötzen. Dies Philomela zu sagen erschien mir in diesem Moment zu anzüglich, zu zweideutig. Ich rang nach Originalität und sagte schließlich: »Ich schreibe von den Flügen der Seele und den Flügelschlägen des Schicksals!«

Ich werde nichts mehr schreiben! Ich werde diesen Bericht abschließen und nichts mehr schreiben. Es gibt nichts mehr zu sagen. Ich sehe jede Nacht die Hässlichkeit in meinen Alpträumen und erahne die Schönheit. Worte würden fortan am Ziel vorbeischießen.

»Von den Flügelschlägen des Schicksals? Manchmal wagt sich das Schicksal so hoch hinauf, dass die Seele in diesen Höhen keine Luft mehr bekommt!«

»Das sind genau die Momente, über die es zu schreiben lohnt. Über die ich schreiben will. Als geschützter Leser kann man sich hinter den Buchseiten verstecken und droht nicht allzu weit abzustürzen. Trotzdem darf man sich mit jeder Zeile weiter hinaufschwingen in Gefilde, die die eigene Phantasie nicht zu erreichen vermag oder in die sie sich nicht wagt. Doch herausgekitzelt vom Autor wird das Unerlebbare erlebbar.«

»Dann glaubst du, dass man in der Phantasie, beim Lesen, beim Träumen zu mächtigeren Gefühlen in der Lage ist als im wirklichen Leben?«

Philomela hielt mir, ohne es wahrscheinlich zu wissen, mit dieser Frage eine Rettungstür offen, durch die ich nun hätte hindurchgehen können, um dahinter allein mein weiteres Dasein zu fristen. Ich wollte aber bleiben, bei ihr, wollte weiter mit ihr sprechen und fliegen.

»Man kann auch zusammen im Buch des Lebens lesen«, sagte ich und fand im nächsten Moment diese fade, wenig originelle Metapher misslungen.

Doch Philomela griff das Bild auf und machte das Beste daraus. »Das Schwierigste beim gemeinsamen Lesen ist doch, immer zusammen und einvernehmlich die Seite umzublättern. Meist hängt einer hinterher, liest langsamer oder vielleicht auch gründlicher. Oder verweilt an einer besonders schönen Stelle, um diese noch länger zu genießen.«

»Manchmal liegt es aber auch nicht an dem, der langsam liest, sondern an demjenigen, der zu schnell liest. Zu schnell wissen will, wie es ausgeht.«

»Also gilt es zu jedem Zeitpunkt des tatsächlichen Lebens Kompromisse einzugehen?«

»Was ist denn das tatsächliche Leben?«, fragte ich. »Oder was ist das Gegenteil vom tatsächlichen Leben? Der Tod?«

»Nun bitte keine Wortklaubereien, Herr Schriftsteller. Du weißt, was ich meine. Es gibt die Zeit der Illusionen. Wenn man liest. Und es gibt das tatsächliche, das reale Leben.«

»Du hast selbstverständlich Recht. Wahrscheinlich bedarf es immer eines Kompromisses! Außer man zieht sich in eine Berghöhle zurück und meditiert bis ans Ende aller Tage radikal und rücksichtslos«, sagte ich.

»Ich kann gut verstehen, dass du schreibst. Da möchte ich doch zu gerne einmal in deinen Kopf hineinsteigen und klammheimlich an den einzelnen Gehirnwindungen hinaufklettern. Irgendwie ist das auch eine Höhle, in die du dich zurückziehst. Eine enge, fruchtige Höhle von Melonengröße.«

»Sehr poetisch! Das Schönste und zugleich das Traurigste am Schreiben ist, dass es die einsamste Tätigkeit der Welt ist. Aber zugleich kann es dir gelingen, dich mit der ganzen Welt zu vereinen.«

Ich fühlte mich in Philomelas Nähe wohl. Ich spürte, dass ich einer Frau gegenüberstand, der ich eine Leidenschaft nicht verheimlichen brauchte, sondern die ich mit dieser Leidenschaft neugierig machen konnte.

»Ich kann mir gut vorstellen, dass es sehr spannend ist, etwas zusammen zu schreiben. Gemeinsam lesen ist schon schwer, aber gemeinsam schreiben? Ist das möglich, Philomela?«

Zum ersten Mal sagte ich ihren Namen, und ich begriff, dass ich hundert Jahre nachdenken könnte, ohne dass mir ein eleganterer Name einfallen würde. Ich dankte insgeheim ihren Eltern.

»Schreibst du mit der Hand?«, fragte sie plötzlich.

»Nein, mit dem Computer.«

»Schade. Ich hätte sehr gern deinen Stift fest in die Hand genommen.«

Wir schauten uns an. Anzüglichkeiten waren nicht ihr Stil. Humor und Leichtigkeit schwangen mit, immer begleitet von einem Lächeln.

Ich verkläre nichts. Philomela war einzigartig.

Wir bemühten uns, so schnell wie möglich das Haus der Vögel zu verlassen. Als wir die Glastür öffneten, um hinauszutreten, blieb Philomela stehen, nahm meine Hand und sagte: »Ja, ich habe wirklich vor etwas Angst.«

»Wovor?«

»So eingesperrt zu sein wie diese Vögel. Nicht mehr das ausleben zu dürfen, wofür ich auf diese Welt gekommen bin. Sie wurden geboren, um zu fliegen. Eingesperrt sein und dabei noch beglotzt werden. Ja, davor habe ich wirklich Angst.«

»Am meisten vor den Pressegeiern der Schmierblätter.«

»Du bereitest mir Alpträume«, erwiderte sie hastig. »Ja, das wäre das Schlimmste. Selbst wenn es mit der Berühmtheit verbunden wäre, die vorhanden sein muss, um diese Aasgeier anzulocken!«

»Also ist Eingeschlossensein deine größte Angst?«

»Ja, ich glaube schon.«
»Es gab einen hohen Beamten am Hofe des Kaisers Friedrich II. Der Sizilianer ...«
»Das Kind aus Apulien«, fiel sie mir ins Wort, »ja, ich weiß, ein faszinierender Mensch. Er hat das erste Buch über die Kunst der Vogeljagd geschrieben. Und ein Buch über Falken. Wenn du so willst, war er der erste Ornithologe.«
»Dann weißt du auch über Petrus Vinea Bescheid?«
»Nein, ich habe mir nicht alles gemerkt.«
»Er wurde eingekerkert. Von seinem Herrn, dem Kaiser. Weil dieser vermutete, Petrus habe ihn vergiften wollen. In einem Kerker, in den angeblich kein einziger Laut von außen eindrang. Für Petrus war die Gefangenschaft so furchtbar, dass er sie nicht ertragen konnte. Denn sie war doppelt. Er war im Verlies eingekerkert und in sich selbst.«
»In sich selbst?«
»Ja, Friedrich hat ihn geblendet. Petrus Vinea sah nichts und hörte nichts. Was tust du, wenn du keinen Strick, kein Gift, kein Messer zur Verfügung hast, gefangen bist und nicht mehr leben willst?«
»Ich weiß es nicht.«
»Petrus hat sich den Kopf an der Mauer seines Kerkers selbst zertrümmert. Er nahm Anlauf und ... Tun sie dir nicht Leid, diese Vögel dort drin? Hinter Glas und in ständiger Furcht, der Käfigboden könne sie erschlagen, so nah wie er ist? Hast du nicht Angst, sie könnten sich den Kopf an der Glasscheibe einschlagen?«
Philomela schaute zu Boden, dann wieder zu mir, und in ihren Augen entflammte Leidenschaft.
»Ein schreckliches Schicksal. Aber du solltest es nicht miteinander vergleichen. Zoologische Gärten haben auch ihre Berechtigung. Diese Vögel sind keine lebenden Hüllen. Ich habe jeden einzelnen dieser Vögel in mein Herz geschlossen. Aber meine Aufgabe ist es nicht, die Welt zu verändern geschweige denn zu verbessern. Das ist vielleicht die Aufgabe eines Schriftstellers.«
»Dann verrate ich dir nun eine meiner Ängste: Dass jemand von mir erwartet, die Welt zu verbessern.«
»Gut gekontert.« Noch standen wir. Dann sagte Philomela: »Du kannst dir immerhin eine bessere Welt ausdenken und beschreiben«. Sie packte meine Hand und riss mich fort in eine bessere Welt. Die Welt mit Philomela.
»Ich habe vor noch etwas Angst: davor, keine Zeit zu haben, den Augenblick richtig zu genießen!«, rief sie und sprang hinaus.
Frische Luft schlug uns entgegen.

Zweige einer Begegnung

Die Flügelschläge des Schicksals warfen mich in den folgenden Wochen und Monaten immer wieder zu Boden. Ich lag manche Nacht, noch mehr manchen Morgen erschlagen im Bett, erschlagen von den leidenschaftlichen Zusammenkünften mit Philomela oder erschlagen von der Sehnsucht, sie wieder zu sehen, wenn sie nicht in München war, sondern irgendwo herumreiste, Vorträge hielt und ich in meinem oder ihrem Bett in den Kissenfalten nach ihr suchte.

Was gibt es zu berichten von unserer weiteren Kennenlern- und Annäherungsphase? Ich habe den Eindruck, sie glitt noch während und unmittelbar nach unserem gemeinsamen Tierparkbesuch übergangslos in diese Phase des Einverständnisses und der Abgeklärtheit, in diesen Zustand, der eine ungekannte Zuversicht verspricht.

An jenem Nachmittag, an dem wir uns kennen gelernt hatten, schlenderten wir nach den Vogelhäusern weiter durch den Tierpark und amüsierten uns bei den Schimpansen, bedauerten die unruhig herumirrenden Tiger, stritten über die Herkunft des Ozelot, wobei Philomela mit Südamerika Recht behielt, und beschlossen dann, nach einer Tasse Tee auch noch den botanischen Garten in direkter Nachbarschaft zu besuchen.

Philomela war entzückt, als sie dort einen Käfig mit Kolibris entdeckte. Sie bestaunte die kleinen herumschwirrenden Perlen und meinte, dies sei eine erstaunliche Auswahl für eine solche Stadt. Noch dazu, weil es sich eher um ein dekoratives Beiwerk im Tropenhaus handelte, das gewöhnlich nur im Vorbeischlendern wahrgenommen wird.

»Echte Vogelfreunde wären begeistert, wenn sie das hier sehen dürften. Was heißt dürften? Hier steht eine echte Vogelfreundin und ist begeistert.«

Vor dem Kolibrikäfig stand eine Bank und Philomela setzte sich, ohne ihren Blick von den Kolibris abzuwenden.

»Es ist schon eine erstaunliche Tatsache, dass die Flügel dieser Kolibris etwa zwanzig bis dreißig Mal pro Sekunde schlagen, nicht wahr?«

»Entschuldige, wenn ich deine Begeisterung nur bedingt teile. Aber ich denke, dass das Tierreich mit noch faszinierenderen Superlativen aufwarten könnte«, sagte ich. »Eine Schmeißfliege. Oder eine Honigbiene. Die bringen es doch sicherlich auf einige Hundert unsichtbare Flügelschläge.«

»Natürlich, ja, du hast Recht«, stimmte sie zu. »Aber ist uns der Kolibri mit seinen winzig kleinen Knöchelchen und Gelenken nicht doch etwas vertrauter, etwas verständlicher als ein Insekt mit chitinhaltigen Hautflügeln, riesigen Facettenaugen und einem sonderbaren dreiteiligen Korpus? Sind uns Vögel nicht überhaupt sehr vertraut?«

»Das ohne Zweifel. Was glaubst du? Empfindet ein Kolibri bei jedem einzelnen Flügelschlag genauso viel wie ein Blauwal, wenn seine mächtige Rückenflosse ein einziges Mal durch das kalte Wasser des Atlantik schwingt?«

»Ein wahrer Poet! Alles ist die Sprache der Natur. Man muss nur hinhören. Hinschauen.«

Bei uns beiden brauchte es in diesen Stunden nicht viel des Hinschauens und Hinhörens, um zu begreifen, dass da zwei Liebhaber der verschlungenen verbalen Annäherung am Werk waren. Nur nicht zu weit vor. Aber auch keinen einzigen Schritt mehr zurück. Die Zeit schritt unaufhaltsam voran, wir mit ihr. Mir erschien nicht eine einzige Sekunde mit Philomela in diesen Momenten zu lang.

Die Kolibris hatten es Philomela besonders angetan, mehr als die Fächerkrontaube, wegen der sie eigentlich aus München gekommen war und der sie dann nicht die Aufmerksamkeit entgegengebrachte, die sie zuvor angekündigt hatte. Wenn es irgendwie möglich gewesen wäre, hätte ich nur zu gern einen dieser kleinen schwirrenden Edelsteine aus dem Käfig gestohlen und vor ihren Augen aus dem Ärmel gezaubert.

Später gingen wir in einer Kneipe etwas essen, die uns wegen ihrer rauchgeschwängerten Luft dazu zwang, bald wieder zu gehen und an der Peripherie der Innenstadt noch einen ausgedehnten Spaziergang anzuhängen, um uns und unseren Lungen frische Luft zu gönnen. Meine Vertrautheit mit den Toren, der Stadtmauer und den engen Gässchen der Altstadt erlaubte mir, einen Weg einzuschlagen, der uns von einem verschwiegenen Platz zum nächsten führte. Auf diesem mir vertrauten Terrain fühlte ich mich sicher. Trotzdem wollte ich Philomela nicht fragen, wann sie nach München zurückzufahren gedenke, ob sie mit dem Zug oder mit dem eigenen Auto unterwegs sei. Die Zeit, die am frühen Nachmittag mit dieser unerwarteten Begegnung vor dem Seehundgehege eingeläutet worden war, tickte unablässig auf einen unhörbaren Countdown zu.

Manchmal zähle ich noch immer die Sekunden, spätnachts, wenn mich graugrüne Farben beschleichen und ich darauf warte, endlich aufzuwachen, um diese Farbe mit dem dunklen Grau meines Zimmers zu vertauschen.

Philomela spürte, während sie sich bei mir einhakte, meine steigende Unruhe und schaute irgendwann auf die Uhr.

»Eigentlich müsste ich jetzt langsam in Richtung Bahnhof zurücklaufen. Um zwanzig nach kommt der nächste Zug.«
»Aber das ist doch nicht der letzte!«
»Nein. Dann fährt noch einer um dreiviertel, einer um elf, dann wieder um zwanzig nach.«
»Wann fährt der letzte?«
»Der letzte Zug?«
»Ja.«
»Nun, ich denke, wenn die Welt untergeht«, sagte sie. »Danach fährt keiner mehr. Aber nach dem Zug um elf fährt heute – wahrscheinlich – noch der um zwölf und um zwanzig nach zwölf. Und dann gibt es noch den um eins und …«
»Ich meinte heute den letzten Zug. Oder musst du morgen nicht in München sein?«
»Doch. Schon.«
»Wann?«
»Rechtzeitig!«
»Rechtzeitig wann?«
»Pünktlich!«
»Du willst nicht zu spät kommen?«
»Nein!«

Das verdammte Spiel der Geschlechter erschien mir wie ein Seiltanz: ich mit der langen Stange in den Händen, links und rechts ein Abgrund, links und rechts viele Möglichkeiten des Lavierens, dabei sah ich doch direkt vor mir das klar definierte Ziel: Philomela, die mich anschaute und wartete.

Zu viel oder zu wenig, ein olympischer Betrachter lächelt sicher zehntausend Mal pro Tag und Nacht, wenn er wieder Zeuge des heldenhaften Aufbietens aller Kräfte wird, die im Seiltänzer schlummern, wenn er unter Trommelwirbel zum letzten Sprung ansetzt.

»Du könntest natürlich auch bei mir übernachten.«

Sie wartete ein, zwei Sekunden und sagte dann das einzig Richtige: »Ich hoffe, dass du eine Einzimmerwohnung hast, damit wir uns gar nicht erst fragen müssen, wer in welchem Zimmer schläft.«

Nichts hatte ich erwartet, nichts geahnt, und plötzlich überrollte mich diese Unbekannte, die noch in derselben Nacht Vertraute wurde. Innerhalb weniger Atemzüge vom bloßen Gegenüber zur Seelenverwandten verwandelt, einfach eingebrochen: Ich habe Philomela einfach zu mir eingeladen, und sie hat sich einfach auf mich eingelassen. Ich habe ihr ein knielanges T-Shirt zum Schlafen angeboten. Sie hat es abgelehnt.

Es war ohne Zweifel ein erhebendes und schon lange nicht mehr erfahrenes, vielleicht vergessenes, vielleicht noch nie erlebtes Erlebnis. Ein Hin- und Herschwingen zwischen allen Sinnen, bis wir uns in völliger Dunkelheit dort hinaufkatapultierten, von wo niemand zurückkehren will, jeder zurückkehren muss.

»Das Spiel des Lebens.«

»Ja, das ist das Spiel des Lebens!«

Wer es so als Erster genannt hatte, vermag ich nicht mehr zu sagen. Begonnen hat es mit einer Eröffnung im Licht, sie mit dem T-Shirt in der Hand und der anderen Hand endlich an meinem Hals. Bis dahin nur Tasten mit Worten und flüchtigen Berührungen, die schon erahnten, worauf es hinauslaufen würde. Umso schöner dann der Kuss, mit dem sie in meinen Mund hineinsteigen wollte. Ich sah Amseln vor mir, die ihre Jungen füttern, sah diese Jungen ihre kleinen Köpfchen bis zum Schlund hineinstoßen, um den Wurm zu angeln, der tief unten zappelt. Schnell waren ihre Bewegungen während des Ausziehens, zielsicher ohne Schnörkel, schnell waren meine Bewegungen und mein Bemühen, sie einzuholen, wir zogen uns um die Wette aus, noch immer im Licht, ihr Körper im Schattenspiel der Bewegungen, noch war Musik um uns, eine CD mit Barockmusik, noch hing der Duft eines Räucherstäbchens in der Luft, noch mehr wollte ich von ihr und schmeckte ihre Haut, sie ließ es gewähren, bot sich an, ließ mich mehr schmecken und hören von ihr, ihr Genießen, ließ mich noch mehr von ihr sehen, sie öffnete sich, kippte ihren Duft über mir aus.

Dann irgendwann, viel später und nach dem Überfluten aller Sinne, löschte sie das Licht und flüsterte: »Nun sei nur noch du! Und lass mich ich sein!«

Wir tobten durch die Nacht, in der Schwerelosigkeit.

Am Morgen nach vielen Stunden intensiven Wachseins in abwechselnd heller und dunkler Umgebung und nach nur wenigen Stunden gemeinsamen Schlafs, der aber, wie jeder weiß, die ergiebigste Form aller Möglichkeiten ist, neue Kraft zu tanken, stand sie auf und bat mich, sie nicht zur Wohnungstür zu begleiten.

»Das ist so, als sei ich schon sehr oft hier gewesen«, sagte sie, während sie sich anzog. »Noch schöner, noch vertrauter wäre es, wenn ich jetzt in deine Küche gehen könnte, alle Schränke aufreiße, um dann den Kaffee zu machen. Aber dafür bleibt heute keine Zeit.«

»Aber ich könnte dir doch noch schnell einen Kaffee kochen.«

»Jetzt? Ich muss zum Zug. Ich habe wirklich einen Termin!«

»Nicht jetzt, aber vielleicht morgen?«

»Aber dann bei mir.«

»Wo sonst.«

Ich wollte aufstehen, aber Philomela drückte mich zurück ins Bett.

»Ich erwarte dich. Am Abend.« Sie nahm einen Stift von meinem Schreibtisch und schrieb mir eine Adresse auf den linken Unterarm. »Du befindest dich in bester Umgebung bei mir. Ich wohne in der Nähe vom Goetheplatz.« Sie küsste in meine halb geöffnete Hand hinein.

»Bis später!«

»Bis später!«

Ich verbrachte den Tag erfolgreich damit, es zu vermeiden, nicht jeden Menschen auf der Straße zu umarmen.

Um sechs fuhr ich mit dem Auto nach München und genoss den ungerechten Stau, dem ich es verdankte, eine Sendung mit Erläuterungen über Strawinskys »Feuervogel« bis zum Schluss anhören zu können. Ich war in einer so euphorischen Laune, dass ich sogar dieser mir bisher nicht zugänglichen Musik etwas abgewinnen konnte. Ich hörte auf einmal Harmonien voller Spannung und Erwartung, neu und fremdartig, mutig und mit waghalsigen Manövern jenseits aller Konvention.

Als ich im dritten Stock vor Philomelas Wohnungstür stand, öffnete sie sehr theatralisch. Sie hatte ein enges blaues Kleid an.

»Ich hätte jetzt beiläufig die Tür aufmachen und dann gleich wieder in die Küche gehen können. Das wäre dann so gewesen, als ob du schon hundert Mal hierher gekommen wärst. Ich möchte dich aber heute offiziell begrüßen. Sei willkommen! Und fühle dich wie zu Hause.«

Wir küssten uns auf der Schwelle zwischen draußen und drinnen. Als ich ihre Wohnung betrat, verließ ich meine nun schon längst vergessene Vergangenheit und betrat eine Zukunft, die ich noch immer nicht abzuschätzen vermag: eine Zukunft, die ich nur mit Hilfe einer Präposition beschreiben könnte, die eine Verschmelzung der Wörter »mit Philomela« und »ohne Philomela« zugleich sein müsste.

Philomela schloss die Tür hinter mir. Damit fing alles an.

Hätte uns beide in den folgenden Wochen und Monaten der olympische Betrachter mit besonderer Aufmerksamkeit ins Visier genommen, ich glaube, er hätte großen Gefallen an uns und unserem Umgang miteinander gefunden: herzerfrischend, austauschend, beflügelnd, nie langweilig. Vor allem nicht ein einziges Mal offiziell und gekünstelt. Ich erzählte ihr, sie erzählte mir. Wir teilten uns einander mit und hatten beide das Gefühl, mit jeder weiteren Preisgabe kleiner Geheimnisse würden sich neue Türen, Tore, Räume und endlose Zimmerfluchten eröffnen, die es uns gestatteten, nicht in Alltäglichkeiten zu versinken. Immer hatten wir ein Lächeln auf den Lippen. Sofern diese Lippen frei waren und sich nicht gegenseitig oder andere Körperteile bedeckten. Unsere Gespräche verästelten sich manchmal zu flächendeckenden, enzyklopädischen Rundumschlägen, in denen wir wie zwei Äffchen von einem Thema zum nächsten hüpften. Dann wieder verharrten wir bei einer einzigen Sache und untersuchten diese mikroskopisch bis in die letzten Details. Der olympische Beobachter hätte vielleicht sogar beim Belauschen und heimlichen Zuschauen ein wenig Neid empfunden, so wie ich Glück und Zufriedenheit und manchmal Nichtglaubenwollen empfand, wenn wir uns wieder trafen und es wie beim letzten Mal war. Oder noch vertrauter. Oder noch neuer und spannender.

Von oben betrachtet war unsere Zweisamkeit sicher herrlich anzusehen! Aus der Mitte heraus: ein Glutofen der Leidenschaft. Von unten: ein Ende, der Hölle geweiht!

Die meiste Zeit in den folgenden Monaten – sofern uns und vor allem ihr Zeit zur Verfügung stand – verbrachten wir bei ihr, in ihrer Wohnung in München. Eine verräterische Wohnung, die von Philomelas Passionen und Leidenschaften regelrecht explodierte. Herrliche Photographien von exotischen Vögeln hingen an den Wänden, beeindruckende Bildbände füllten die Bücherregale, und über ihrem Bett hing ein Seidenbaldachin mit zwei Flamingos, deren Hälse ineinander verflochten waren.

»Wer hat die gemalt?«

»Na hör mal! Ich natürlich!«

Ich konnte nicht anders, ich musste staunen. Meine Überraschung beleidigte sie beinahe.

Am meisten beeindruckten in ihrer Wohnung die Bilder von exotischen Vögeln. Sie beherrschten die Räumlichkeiten bis in die letzten Winkel zwischen Küche und Badezimmer. Eine Großaufnahme eines Bartgeiers mit nacktem Kopf und giftigen Augen schaute auf der Toilette voyeuristisch dem Notdurft Verrichtenden zu. In der Küche hatte Philomela – der Räumlichkeit angemessen – verschiedene Aufnahmen von Seevögeln aufgehängt, die nach erfolgreicher Jagd einen Fisch verschlingen. Salz und Meerluft wehten aus den Bildern ins Gesicht. Zentral, unübersehbar und in einem unbescheidenen Glasrahmen hing über der Essecke in der Küche das exklusivste Bild ihrer Sammlung. Mehrere Male war sie schon in Nordaustralien gewesen, erzählte sie mir, und hatte dort als Erste den Blauen Königsparadiesvogel bei seiner Balz dokumentiert und sogar photographiert.

»Ein Foto, das mich mit der dazu gehörenden Reportage fast ein Jahr lang saniert hat, abgedruckt in GEO, in National Geographic, in sämtlichen Fachzeitschriften. Ein Glücksgriff, das kannst du mir glauben.« Ihre Augen leuchteten vor Stolz.

Auf dem Foto, das so positioniert war, dass jeder am Esstisch es gut sehen konnte außer Philomela, die meist direkt darunter saß, hockte das unscheinbare Weibchen teilnahmslos, fast apathisch wirkend am linken Bildrand, während der stolze Gatte im Hintergrund sich sichtlich bemühte, eine gute Figur zu machen: Sein Kragen war aufgeplustert, der Schnabel in die Höhe gestreckt, die Flügel gespreizt, als wolle er das Weibchen auf der Stelle umarmen.

»Für dieses Foto habe ich mir ein Nest in dreißig Meter Höhe in der Krone eines Eucalyptusbaumes eingerichtet. Dann bin ich drei Tage bewegungslos dort oben gesessen, bis ich die beiden so vor der Linse hatte. Verstehst du? Bewegungslos!«

Gerade über die Paradiesvögel wusste sie eine Menge erstaunlicher Dinge zu erzählen. »Bei keiner anderen Tierrasse, jawohl Tierrasse, nicht nur Vogelsorte, Tierrasse!! Bei keiner anderen Tierrasse im gesamten Tierreich ist das Balzverhalten so skurril wie bei den Paradiesvögeln.«

Ich musste sie unterbrechen. »Ausgenommen natürlich den Menschen!«

»In diesem Fall schließe ich den Menschen vom Tierreich aus, auch wenn er in vielen Dingen, in den meisten, dazu gehört.«

»Meinst du nicht, dass das menschliche Balzverhalten zu den skurrilsten und unbegreiflichsten Phänomenen der Natur gehört?«

»Durchaus. Nur kann es sich mitunter auch ins Lächerliche versteigen. Ich meine allerdings, dass es die meisten Vertreter dieser Spezie, besonders die männlichen, in Originalität mit einem balzenden Paradiesvogel nicht in Ansätzen aufnehmen können.«

»Du meinst hoffentlich nicht mich.«

Ich wollte sie zu mir ins Bett ziehen, aber Philomela widersetzte sich meinen Versuchen.

»Zu einem erfolgreichen Balzversuch gehört es mitunter, Blumen mitzubringen. Paradiesvogelmännchen tun dies manchmal.«

»Um zum einmaligen Erfolg zu kommen und gleich an der nächsten Tür anzuklopfen.«

»Zum Teil sind die Paradiesvögel monogam, zum Teil polygam.«

»Tatsächlich? Es gibt Charakterunterschiede bei den einzelnen Vögeln?«

»Sei nicht kindisch! Innerhalb einzelner Arten natürlich nicht. Aber von Art zu Art. Die Männchen treten mit ihrem herrlichen Gefieder in Wettstreit, das schönste siegt und wird von einem Weibchen auserkoren. Bei manchen Arten bleiben dann die Paare den Rest ihres Lebens zusammen. Nachweislich übrigens! Andere machen es nach erfolgtem Einverständnis des Weibchens mal eben so miteinander und trennen sich dann wieder.«

»Und die daraus entstehende Brut?«

»Wird vom Weibchen versorgt. Allein.«

»Auch dafür gibt es im Tierreich, und nicht nur dort, andere Beispiele«, ergänzte ich klug. »Wenn man sich das vorstellt: Die ganze Arbeit bleibt wieder einmal an den Frauen hängen. Und wenn ich jetzt in meiner Phantasie noch weiter in den Dschungel vordringe und vor mir wilde Eingeborene sehe, die sich diese geschlechtsspezifische Arbeitsteilung zum Vorbild nehmen, dann könnte einem als Frau schon Angst und Bange werden.«
»Könnte das einem hier nicht?«, fragte Philomela.
»Zumindest bist du die wesentlich schönere Ausgabe von uns beiden, die von mir gehegt und gepflegt wird.« Ich startete einen weiteren Versuch, Philomela ins Bett zu ziehen, doch sie war mit ihren Erklärungen noch nicht fertig.
»Manche Männchen bauen als geduldige und hoffnungsvolle Liebesanwärter richtige Hochzeitstore: Lauben aus kleinen Zweigen, durch die sie die Weibchen hindurchführen. Oder sie sammeln farbige Beeren und glänzende Früchte und präsentieren diese als Hochzeitsschatz dem Weibchen. Oder sie hängen mit dem Kopf nach unten an den Zweigen und schnarren und zirpen verrückte Lieder. Oder sie verrenken sich bei anmutig oder idiotisch anmutenden Tänzen.«
»Klingt, als ob es sich um normale Männer handelt!«
Ich versuchte einen Handstand im Bett zu machen und fiel um.
Philomela lachte. »Du sagst es. Zum Glück bis du kein normaler Mann.« Sie küsste mich. »Du bist ein richtiger Mann!«
»Danke für das Kompliment. Zum Glück bist du eine richtige Frau und nicht so eine graue Maus wie die Dame auf dem Bild.«
Wir wälzten uns unter den Flamingos auf ihrem Bett.
»Trotzdem: Es sind herrliche Tiere. Die schönsten Tiere der Welt.«
Einmal, nach einem anderen erfolgreichen Balzversuch meinerseits und noch während des Spiels des Lebens, fragte ich Philomela, warum ihr Herz eigentlich nur für Vögel schlage. Exotische Fische oder Schmetterlinge zum Beispiel könnten doch mit diesen Paradiesvögeln und allen Vögeln der Welt in Farbenpracht und Schönheit konkurrieren.
Sie kuschelte sich und ihre nackte Haut an mich. »Das mag schon sein. Aber Beethoven komponierte wunderschöne Musik, Rembrandt malte wunderschöne Bilder, Goethe hingegen schrieb wunderschöne Gedichte. Der eine kreierte für das Ohr, der andere für die Augen.«
»Und Goethe und alle Schriftsteller der Welt, wofür kreieren sie?«
»Sie sind noch universeller und verstehen es, wenn sie ihr Handwerk beherrschen, alle Sinne zu aktivieren. Wobei ich sagen muss, dass ich bei Beethoven durchaus auch eine Frühlingswiese riechen kann.«
»Vielleicht am ehesten bei der Sechsten?«

»Bei der Sechsten eher eine Sommerwiese nach heftigem Gewittersturm.«

»Du hast meine Frage nicht beantwortet: Warum Vögel?«

»Man muss sich für eine Sache, für eine Sprache, mit deren Hilfe man die Sprache des Universums, der Natur verstehen will, entscheiden. Der Zugang zum Absoluten kann auf unterschiedliche Arten erfolgen: Musik. Bilder. Gedichte. Das Absolute kann sich auf vielerlei Art offenbaren. Ich habe mich entschieden: für Vögel.«

»Aber im Gegensatz zu Beethoven mit seiner Musik und Goethe mit seinen Gedichten kannst du keine Vögel neu erschaffen.«

»Ich habe mich eben für etwas entschieden, was größer ist als der Mensch.«

Ich entschied mich in diesem Augenblick auch: Für das Spiel des Lebens, für sie und ihren Körper und für die Sprache des Universums, die ich mit Philomela sprechen wollte. Die Liebe.

Philomela antwortete dann zumeist in der ihr eigenen Art: Mich überraschend, mich befriedigend, uns beiden gerecht werdend. Sie vergaß sich nie. Ich vergaß mich nie.

Es war herrlich. In jedem Augenblick. Bei jeder Gelegenheit.

Wir – ja letztendlich wage ich es zu sagen –, wir liebten uns wirklich. Jeder für sich, jeder auf seine Weise. Sie auf ihre, ich auf meine. Und das verband und trennte uns zugleich. Denn ihre Liebe war exklusiv, sie konnte mich nicht neben ihre wahre Leidenschaft platzieren, konnte mich nicht integrieren. So zumindest mein läppischer, völlig überzogener Verdacht. Meine Liebe bemühte sich inklusiv zu sein, was zumeist oder immer ein Fehler ist. Denn ich übersah etwas sehr Wichtiges oder wollte es nicht wahrhaben: Philomela stand mit ihrer Leidenschaft sehr weit außerhalb meiner Welt. Wie sollte ich eine so reale, im Leben stehende Frau in mein Leben und in meine Geschichten einbauen – in diese jämmerlichen, lächerlichen Ausgeburten der Phantasie! Niemals würde sie in diesen Geschichten einen Platz finden. Also lassen wir es besser bleiben, das Versuchsfeld »Philomela und ihre Integration in meine Geschichten« und bleiben bei den Realitäten.

Als ihr das Angebot gemacht wurde, bei einer spektakulären Expedition in Papua-Neuguinea teilzunehmen, wusste ich endgültig, worin sich unsere Liebe unterscheidet: Sie wollte etwas völlig Neues entdecken. Etwas völlig Unbekanntes.

Ich wollte, dass sie wieder zurückkommt.

Es war ein verregneter, windiger Novembernachmittag, irgendwann in dieser Zeit, in der man nicht mehr so recht weiß, ob noch Herbst oder schon Winter ist, in dieser nasskalten Übergangszeit vom letzten Aufbäumen der

Farben hin zu den eintönigen Schattierungen aus Grau und Weiß, an solch einem Nachmittag, der für alles andere begonnen hat als zur Offenbarung von zukunftsweisenden Plänen, ein halbes, ein Dreiviertel-, ein ganzes Jahr, nachdem wir uns kennen gelernt hatten, was spielt es für eine Rolle, an eben solch einem Nachmittag hatten wir uns in einem Café an der Leopoldstraße getroffen. Philomela hatte mich angerufen und gebeten, ich möge bitte kommen. Gleich. In unser Lieblingscafé.

Wunderbar, dachte ich, eines unserer ungeplanten, aus dem Himmel herabfallenden Treffen, ein Geschenk an einem Tag, der nicht richtig hell werden wollte. Auf einen inspirierenden Gang in die Sauna hatte ich keine Lust. Und auch sonst wusste ich an diesem Nachmittag nicht so recht, warum ich eigentlich nicht in München bei Philomela war. Ich war um ihren Anruf dankbar.

Auf der Fahrt nach München hörte ich im Radio ein Hörspiel mit dem Titel »Überraschungen«. Der Hauptsprecher erhielt permanent Anrufe, die ihn von einer ungewollten Entscheidung zur nächsten trieben. Er konnte sich dem Strudel auf ihn einbrechender Zwänge nicht entziehen, obgleich ich durch seinen gesprochenen inneren Monolog erfuhr, dass er es gern getan hätte. Als ich vom Altstadtring herunterfuhr und gleich einen Parkplatz fand, war das Hörspiel noch nicht zu Ende. Ich sparte mir den Schluss und erfand auf dem Weg zu unserer Verabredung ein mir gefälliges Ende. Eines, bei dem sich alle getroffenen Entscheidungen gegenseitig harmonisch neutralisieren und es so weitergeht, wie es angefangen hat.

Philomela hätte sich das Hörspiel bis zum Schluss angehört. Sie liebte Hörspiele und Hörbücher. Wenn es die Zeit erlaubte, saß sie manchmal bewegungslos und in ihre Phantasiewelt versunken auf dem Bett, wiegte höchstens den Kopf und lauschte den Worten, die aus den Lautsprechern zu ihr drangen. Dann wirkte sie unantastbar, wie eine Statue, mit sich in ihrer Leblosigkeit allein. Hinterher erzählte sie von den grandiosen Achterbahnfahrten ihrer Phantasie, die ihr nur beim Zuhören gelangen, nicht beim Lesen einer Geschichte.

Von außen sah das Café wie eine Promenadenmischung aus Schickeria und italienischer Mafiaspelunke aus. Innen hingegen erzeugten verschlungene Weinfresken und andere florale Wandmalereien eine antike Gemütlichkeit. Ich betrat das Café mit Unwohlsein und instinktiver Vorahnung.

Sie saß an einem kleinen Tisch und nippte an einer Espressotasse. Vor ihr lag ein Kuvert. Ich setzte mich nach einem fast beleidigend flüchtigen Begrüßungskuss neben sie.

Dann zog sie einen Brief aus dem Kuvert. Sie lächelte mich an und erwiderte nachdenklich, dass etwas Ereignisvolles in ihr Leben getreten sei.

Die Kellnerin fragte mich, was ich trinken wollte. Am Nebentisch beendete gerade ein Paar einen wortreichen Streit. Die Frau stand hektisch auf, bellte ihm einen superlativen Abschiedsgruß ins Gesicht und ging aus dem Café. Er blieb versteinert sitzen.

Philomela wartete.

Ich sah, dass der Brief mit einer schwungvollen Schrift geschrieben war.

»Gibt es heute im Zeitalter von E-Mail und Fotohandy noch Menschen, die sich die Mühe machen, einen Brief mit der Hand zu schreiben?«, fragte ich.

»Die gibt es noch. Es sind die, die es nicht mehr als nötig erachten, die Kunst des E-Mailschreibens und überhaupt der Computerbeherrschung zu kultivieren.«

»Nicht mehr? Ist es etwas sehr Ernstes?«

»Nein, im Gegenteil. Etwas sehr Erfreuliches.«

Damit schied mein anfänglicher Verdacht aus, es könnte sich um einen Trauerfall in ihrer Familie handeln. Über ihre Eltern hatte Philomela kaum etwas erzählt, und ich hatte sie, obgleich wir uns nun schon lange genug kannten, noch nicht getroffen. Sie wohnten seit der Pensionierung ihres Vaters einige Hundert Kilometer entfernt im Norden.

»Etwas Unerwartetes. Ein Geschenk Gottes, möchte ich fast sagen!«

Und dann begann sie, mir den Brief vorzulesen:

»Liebe Philomela,

die wildesten Gerüchte kursieren in unserer so herrlich abgeschirmten, hermetisch abgeriegelten Ornithologenwelt, seit P.C. Asmussen von seiner Expedition in Papua-Neuguinea letztes Jahr zurückgekehrt ist. Es muss ihn geben. Es muss den Vogel des Paradieses geben. Alle Hinweise in den Mythen, du weißt, was ich meine, Terengson, Bordullaire, Pancacotti und alles, was da seit zehn Jahren bei uns und bei den Kollegen von der Ethnologie herumkreucht, scheinen tatsächlich in einer Wahrheit zu münden. Kollege Asmussen hat mit Einheimischen auf Papua-Neuguinea gesprochen. Was heißt mit Einheimischen. Lass mich einmal das Wort benutzen: mit Eingeborenen!«

Philomela schaute an dieser Stelle auf und wollte mich darüber aufklären, dass das Wort »Eingeborene« im einundzwanzigsten Jahrhundert unerlaubt, »Einheimische« hingegen politisch korrekt sei. Sie benutzte ihren Kaffeelöffel wie einen Dirigierstab und verlieh ihren Ausführung dadurch besonderen Nachdruck. Ich nickte und meinte, dass jetzt nicht die Zeit für Wortklaubereien sei und ich solcher Erklärungen nicht bedürfe. Was ich aber dringlichst brauchte, war eine andere Aufklärung: Ich wollte wissen, von wem der Brief war und um was es sich – verflucht noch mal – eigentlich handelte.

»Der Brief ist von Sven Berggrün, meinem Mentor und vielleicht besten Freund. Er ist sicherlich der beste Ornithologe, der zurzeit lebt. Was heißt beste? Der erfahrenste. Er hat eine etwas ausschweifende Art, Briefe zu schreiben. Ich habe Briefe von ihm zu Hause, die fünf Seiten und länger sind. Alle mit dieser eleganten, fast maschinell gleichmäßigen Handschrift. Und am Ende steht nichts drin. In diesem steht dagegen eine Menge.«

»Könntest du bitte etwas deutlicher werden?«

»Berggrün und ich forschen schon seit etlichen Jahren zusammen. Nebenbei beschäftigen wir uns, als Zeitvertreib, noch mit einer sehr verrückten Sache. Einer Sache, die vielleicht nur in der Welt der Mythen lebt, vielleicht aber auch wahr ist.«

»Mythen? Verrückte Sache? Ich wusste nicht, dass du esoterisch veranlagt bist.«

Sie ließ den Brief sinken, schaute mich fragend an und schüttelte wortlos den Kopf. Dann las sie weiter:

»Asmussen hat herausgefunden, dass es in unzugänglichen Regionen im Grenzgebiet zur indonesischen Provinz Iryan Jaya Menschen geben muss, die bis jetzt kaum oder gar keinen Kontakt zu Weißen geschweige denn zu anderen Eingeborenen gehabt haben. Gleichzeitig berichtete er mir, stell dir vor, Philomela – Asmussen traf sich mit mir, dieser alte Sturkopf, allerdings wegen etwas anderem, wegen diesem Frühjahrssymposium in Seattle, du weißt schon, ich soll den Festvortrag halten –, er berichtete also, und das musste ich ihm regelrecht aus der Nase ziehen, dass diese Eingeborenen von Paradiesvögeln berichtet hätten, die noch nie ein Mensch aus unserer Welt gesehen haben soll. Die von Stämmen, die zu niemandem Kontakt haben, angeblich verehrt werden. Die einzigartig sein sollen. Ich betone: einzigartig. Achtung: In der Sprache der Einheimischen, halt dich fest, Philomela, werden diese Vögel ›Vögel des Paradieses‹ genannt.«

Sie hörte auf zu lesen und strich mit ihrem Finger über das Blatt Papier, so unmerklich, dass es nur ihm und den Zeilen gelten konnte, die darauf standen, nicht darum, eine besonders effektvolle Szene zu inszenieren, die mir das Herz und das Verständnis öffnen sollte. Dann schaute sie mich an, als erwartete sie ein staunendes Überraschungsgesicht als Zeichen meines augenblicklichen Verstehens. Ich verstand aber nichts.

»Verstehst du nicht?«, sagte sie. »›Vögel des Paradieses‹! Ist der Funken immer noch nicht übergesprungen?«

»Nein.«

Sie rutschte ihren Stuhl zurecht, trank den letzten Schluck Espresso, bestellte bei der vorbeieilenden Kellnerin einen zweiten Espresso und bereitete sich räuspernd auf den Generalangriff gegen meine Unwissenheit vor. »Dann lass mich dir erklären: Wir Fachleute nennen ungefähr dreißig Vogelarten in Papua-Neuguinea Paradiesvögel. Oder genauer, für dich verkopften Intellektuellen: Paradisaeidae Passeriformes. Was ja nur der Versuch ist, diesen Vögeln einen Namen zu geben, der ihrem Aussehen angemessen ist. Die ersten Ornithologen, die Vogelkundler, wie man so schön sagt, kannten nur Vögel aus unseren Breitengraden. Ausschließlich! Nichts anderes. Solche Augenweiden wie Stare, Tauben oder Spatzen.«

»Aber das sind doch auch sehr possierliche Tierchen.«

»Ja, ja, natürlich. Vergiss jetzt einfach mal diese Geschöpfe. Das haben die ersten Vogelkundler auch getan, als sie nach Neuguinea kamen. Das kannst du mir glauben. Sie haben wahrscheinlich alles vergessen, was sie jemals in ihrem Leben gesehen haben. Denn sie kannten eben nur unsere Vögel. Sie haben die einfach vergessen. Und die Vogelwelt Afrikas auch. Oder Südamerikas.«

»Das ist nun aber fast die ganze Welt!«

»Ich weiß, ich weiß.«

Philomela wurde für einen Moment ungeduldig. Ich wollte nicht so recht begreifen, worauf sie hinauswollte. Am Nebentisch sah ich den verlassenen Mann sitzen, dem die Kellnerin eben einen Espresso und einen doppelten Grappa brachte.

»Es bleibt nicht viel übrig, trotzdem, hör jetzt zu: Vor gut siebzig Jahren kommen ein paar Vogelkundler zufällig auf jene entlegene Insel namens Neuguinea, das Gartentor Australiens, und sehen zum ersten Mal diese Vögel. Einzelne Spezies dieser Vogelgattung. Lebendig, nicht als ausgestopfte Trophäen, die man schon zweihundert Jahre früher zu Gesicht bekommen hat. Sie dachten, sie seien im Garten Eden angekommen. Am fünften Tag der Schöpfung. Sie sahen Vögel, die sozusagen als allererste erschaffen worden sein müssen, als Gottes Phantasie noch nicht erschöpft war. Als er sich noch austoben konnte. Und sie konnten nicht anders, als diese Gattung Paradiesvögel zu nennen.«

Ich wollte nun auch mit Fachwissen brillieren. »Wusstest du, dass das Wort ›Paradies‹ letztlich aus dem Griechischen und dem Altpersischen stammt und in seiner Grundbedeutung eigentlich ›Ummauerung‹ heißt? Eigentlich ist das Paradies ein Gefängnis.«

»Aber ein schönes, aus dem man nicht hinausmöchte«, sagte sie.

»Stell dir vor, dein Wirkungsradius ist nur noch – sagen wir: zehn Kilometer. Oder fünf Kilometer. Oder fünfhundert Meter. Oder ein Meter. Wie groß muss das Paradies sein, dass es dir genügt?«

Sie schaute sich um, streckte kichernd ihren Arm aus, griff nach meiner Nase und sagte: »So weit!«

»Gott bewahre dich davor.«

Philomela atmete durch und holte zum letzten verbalen Schlag aus, um vom Paradies abzulenken und endlich mein Aha-Erlebnis zu provozieren. »Letztes Jahr hat Asmussen auf einer Forschungsreise einen Stamm entdeckt, irgendwo im Dschungel. Einfach so, hoppla hopp. Vorausgesetzt natürlich, dass das stimmt, was Asmussen Berggrün erzählt hat. Ein Stamm, der so gut wie überhaupt nicht mit anderen Menschen in Kontakt steht. Und eben Mitglieder dieses Stammes erklären, dass noch viel tiefer im Dschungel, dort, wo sie selber nicht hin möchten, im tiefen dunklen Wald, noch andere Menschen leben. Warst du schon einmal in einem echten Dschungel?«

Ich überlegte und schüttelte den Kopf. Ich wusste nicht genau, was sie meinte.

»Dann kannst du dir kaum vorstellen, dass es wirklich solche Wälder gibt, in die nicht einmal Einheimische hinein wollen, obgleich diese Wälder direkt vor der Haustür beginnen. Der Schwarzwald ist ein lichter heller Hain gegen die Düsternis der tropischen Wälder. Aber dort tief drinnen, dort leben trotzdem Menschen! Nicht Einheimische, sondern Hineingeborene. Menschen des Waldes. Menschen, die mit niemand anderem Kontakt haben!«

»Auch nicht per E-Mail?«

»Sehr komisch. Vielleicht liegt es an deiner mangelnden Phantasie, dass du bisher nichts wirklich Bedeutendes veröffentlicht hast.«

»Jetzt wirst du verletzend!«

»Entschuldige bitte. Ich habe es nicht so gemeint. Aber es ist tatsächlich so, dass es im Zeitalter von E-Mail, Radiowellen, Satellitenhandys und Lasertechnologie Menschen des Feuers und des Wassers gibt. Menschen, die vielleicht nicht einmal wissen, wie man Feuer erzeugt.«

»Das weiß ich auch nicht. Ich wüsste nicht, wie ein Feuerstein aussieht geschweige denn, was man damit macht.«

»Aber du weißt, wo man ein Feuerzeug kaufen kann. Oder wie man ein Streichholz anmacht. Diese Menschen aber wissen vielleicht höchstens, wie sie ein Feuer konservieren und pflegen, das ein Blitz gebracht hat. Über Generationen. Menschen mit einem Denken, das unserem so fremd, so unvorstellbar ist, als ob sie von einem anderen Planeten stammen würden. Und dabei leben sie jetzt. Hier. Unter uns. Gemeinsam mit uns auf diesem Planeten!«

Philomela sprach mit einer mir unheimlich erscheinenden Leidenschaft von diesen Eingeborenen. Ich wollte mich auf dieses verklärte Bild vom edlen Wilden, der in gauguinscher Manier zwischen saftigen Blättern steht und einen zahmen Tiger streichelt, nicht einlassen.

Sie erkannte meine Gedanken. »Ich will nicht den Eindruck erwecken, dass es dort viel schöner als hier ist. Es ist anders. Nicht schöner, nicht hässlicher. Anders.«

Sogar jeder Atemzug ist anders, dachte ich in diesem Moment. Manchmal gleichmäßig und ruhig, manchmal um Atem ringend, manchmal so durchwirkt von Fäulnis und Bestialität, dass es den Atem verschlägt.

»Und diese unbekannten Menschen sollen laut Asmussen einen Vogel als den ›Vogel des Paradieses‹ verehren. Wortwörtlich, in der Volkssprache. Das ist unglaublich. Unfassbar!! Es muss ein wunderschöner Vogel sein.«

»Aha.«

Philomela schaute mich an, mit ihren herrlichen, unergründlichen Augen. Natürlich erwartete sie mehr als ein »Aha«, natürlich erwartete sie eine Antwort, und natürlich wusste ich diese Antwort: Natürlich gibt es von nun an nichts anderes mehr für dich, Philomela, als diesen verfluchten Vogel zu finden. Und verflucht noch mal, dein Interesse, dein krankes Interesse in Ehren, ich bin daran interessiert, dass du hier bleibst.

Sie las diese Gedanken aus meinen Augen heraus, denn sie sagte: »Was glaubst du? Bin ich an so etwas interessiert?«

Eine ausgesprochen unfaire, herausfordernde Frage, die in Wirklichkeit nach keiner einzigen Antwort verlangte. Natürlich war sie interessiert. Sie las Berggrüns Brief weiter vor.

»Wir werden im März eine Expedition in dieses Gebiet unternehmen. Mit Unterstützung des IOVL, des Natural Geographic und eines Naturschutzförderprogramms der Uni Seattle! Verstehst du? Wir dürfen dorthin. Und erhalten finanzielle Unterstützung. Natürlich habe ich Asmussen auch gefragt. Er hat aber dankend abgelehnt. Zu alt, hat der alte Trottel gesagt. Zu alt, um noch einmal nach Neuguinea zu fliegen.«

Philomela legte für einen Moment den Brief zur Seite und sagte: »Typisch Berggrün. Er ist vier Jahre älter als Asmussen.« Dann las sie die letzte entscheidende Frage des Briefes vor: »*Also, gutes Mädchen, machst du mit oder nicht? Um ehrlich zu sein: Wir brauchen dich!*«

Sie schaute mich an. Diese Augen, diese zu ewiger Verdammnis verdammten Augen schauten mich an. Dieser Blick, dieser unvermeidliche, unerkennbare Blick durchdrang mich und erhoffte meine Zusage.

»Erhoffte« ist zu euphemistisch. Sie erwartete! Setzte voraus!

Ich sagte nichts.

Der olympische Betrachter hielt für einen Moment die Luft an, hätte vielleicht jetzt sehr gerne gerufen, dass Philomela alles noch einmal gut überlegen sollte, besann sich aber eines Besseren, wahrte die Neutralität und überließ ihr und mir den weiteren Verlauf der grausamen Zwänge, die immer einer unergründbaren Sehnsucht folgen.

»Das ist ein Traum«, sagte sie leise. »Verstehst du? Es ist mein Traum, dabei zu sein. Endlich. Endlich kann ein Traum meines Lebens in Erfüllung gehen!«

Ich sagte immer noch nichts, hörte nur den Lärmpegel des Cafés, das ich in diesem Moment am liebsten mitsamt des bitteren Briefes in die Luft gesprengt hätte. Am Nebentisch saß noch immer der verlassene Mann mit diesem stummen Blick, der in einer unbekannten Zukunft etwas Vertrautes entdecken wollte. Aber da war nichts. Da war nichts anderes als eine leere Espressotasse und ein leeres Grappaglas und die Möglichkeit auf einen weiteren doppelten Grappa, in dem die ganze Hoffnung darauf ertrinkt, in der Zukunft möge das Vertraute auch weiterhin Bestand haben. Eine trügerische Hoffnung.

»Es kann –«

»Das Ende sein?«, ergänzte ich. »Der Vogel, dem du nicht widerstehen kannst?«

Philomela schwieg. Hob nervös die Tasse an ihre Lippe und stellte fest, dass sie leer war. Dann flüsterte sie: »Wenn ich das finden und sehen werde, was ich hoffe, dann ...«

»Sag bitte nichts!«

Ich saß da, in diesem Café an der Leopoldstraße, ich schaute sie an und wusste, dass ich sie verlieren würde. Ich wusste in jenem Augenblick nur noch nicht, wofür.

Am liebsten hätte ich mich zu dem Mann am Nebentisch gesetzt und mich mit ihm gemeinsam betrunken. Dabei war mir im Moment noch nicht klar, wieso überhaupt. Er hätte mich vermutlich und zu Recht ausgelacht, hätte dann, nachdem er sein Schicksal beklagt hätte, dessen Zeuge ich beim Betreten des Cafés geworden war, gesagt, was ich denn eigentlich für ein Problem habe, ich hätte eine wunderschöne, unvergleichbare Partnerin, eine Frau, die erfüllt von einer Leidenschaft ist und die mir soeben nicht vermittelt hat, mich zu verlassen, sondern nur einem Traum nachgehen möchte, mit dem ich nicht konkurrieren kann, der aber für unser beider Leben höchst bereichernd sein kann. Ich hätte den Mann angefaucht und altklug gefragt, ob er überhaupt sich darüber im Klaren sei, was das bedeute – Neuguinea, Vogel des Paradieses, Dschungel. Ich hätte ihn am liebsten gefragt, ob er denn überhaupt schon einmal in einem echten Dschungel gewesen sei, ob er wüsste, wie dunkel das dort drinnen sein könnte, ob ihm schon einmal der Begriff Malaria über den Weg gelaufen sei, Blutegel, Schlangen, Moskitos, so groß wie Hornissen, und wahrscheinlich hätte er zu allem »Nein« gesagt, und ich hätte genickt und gesagt, dann sei ja alles klar. Das könne er sich nämlich in seinen kühnsten Träumen nicht vorstellen, was das alles bedeutet. Gegebenenfalls hätte ich dem Mann sogar eine geknallt, so war mein Gefühl, aber da spürte ich Philomelas Hand auf meiner.

»Komm, lass uns nach Hause gehen«, sagte sie. »Lass uns noch einmal über alles nachdenken.«

Als wir in ihrer Wohnung waren, bat ich sie, zunächst nichts zu sagen. Ich wollte mich nur auf ihr Bett legen. Ich wollte auf die Flamingos über mir starren und ich wollte begreifen.

Noch am selben Abend schrieb sie einen Brief an Sven Berggrün mit ihrer unumstößlichen Zusage, an der Expedition teilzunehmen.

»Warum rufst du ihn nicht persönlich an und schilderst ihm das freudige Ereignis? Am Ende kommt der Brief nicht an.«

Natürlich hätte sie meine bissige Bemerkung noch bissiger kommentieren können, hätte zurückschnappen und fauchen können, aber sie überging mich schweigend. Sie besaß in diesem Moment die Würde einer Heiligen.

Ich lag in ihrem Bett unter den verschlungenen Flamingos, eingerollt in eine Decke, die nach Philomela roch.

Wie sie mich später, in der Nacht, am nächsten Morgen, den ganzen nächsten verregneten Tag über dazu brachte, alles, aber auch wirklich alles zu vergessen, gehört zu diesen Geheimnissen, die erst dann zum Geheimnis werden, wenn man darüber nachdenkt. Wenn man es einfach geschehen lässt, ist es so etwas Unbegreifbares wie »vollendete Zweisamkeit«. Im Augenblick vollendete Zweisamkeit. Ich verließ das Bett an diesem nächsten Tag dreimal: um dem Frühstücksservice und dem Pizzaservice aufzumachen und um mit Philomela zu duschen.

»Wir sollten eine Herde Hühner über unser Bett jagen. Die Krümel pieksen so!«, sagte sie irgendwann.

Nichtsdestotrotz oder gerade deswegen: Wir genossen die folgenden Wochen, wie sie zwei Menschen nur genießen können. Wir spielten weiterhin intensiv, ausgelassen, manchmal konzentriert, manchmal völlig gedankenlos das Spiel des Lebens, wir verbrachten Zeit, vergeudeten Zeit und hatten Spaß. Wir schauten uns an und saugten uns mit unseren Blicken aus.

Wir kochten auch miteinander – der einzig kreative Akt, bei dem alle Sinne angesprochen werden. Ihre Begabung zu improvisierten Zusammenstellungen war überraschend und animierend, nur musste ich häufig ihre

Ungeduld bremsen, Zwiebeln und Gewürze zu früh in das noch nicht genügend erhitzte Öl zu werfen.

»Es muss zischen! Es muss mit einem donnernden Akkord beginnen, nicht mit einem langsam anschwellenden, diffusen Pianissimo. Wenn du sie zu früh hineingibst, sind die Zwiebeln und Gewürze schon viel zu vollgesogen, wenn es richtig losgeht!«

Zwei oder drei Mal versuchte ich, mehr aus ihr herauszubekommen, mehr über diese sonderbaren Mythen und Geschichten, die über diesen Vogel – wie Berggrün es so hübsch formuliert hatte – »herumkreuchen«. Ich erhielt aber keine Antwort. Nur einmal, als ich bohrend weiterfragte und nicht lockerließ, gab Philomela lediglich als Antwort, dass dieser Vogel, wenn es ihn tatsächlich gebe, etwas Unvorstellbares sein müsse.

»Denk an gar nichts, vielleicht siehst du ihn dann in deiner Phantasie!«

Einmal, ich glaube, es war in der Adventszeit, wir hatten Glühwein auf dem Tisch stehen, mummelten auf ihrem Sofa herum und hörten einer beschwingenden Barockfuge zu, fragte ich sie, warum sie eigentlich bisher noch nie auf der Insel Neuguinea gewesen sei, wenn es doch das angebliche Paradies für Ornithologen sein sollte.

»Ich weiß nicht, ob du es verstehst. Gibt es in deinem Leben nicht einen speziellen Wunsch? Etwas, das hundertprozentig in deinem Leben passieren wird? Was du hundertprozentig tun willst? Sehen willst. Und sehen wirst!«

»Doch, ja, schon. Ich will irgendwann nach Indien.«

»Siehst du! Die Frage ist nur wann. Es darf nicht irgendwann, nicht zwischen Tür und Angel passieren. So nebenbei. Das wäre unwürdig. Das Spezielle bedarf eines speziellen Zeitpunktes. Was Neuguinea anbelangt: Ich habe, glaube ich, fünfzehn Jahre darauf gewartet. Seit Australien. Und jetzt? Ich habe nicht daran gedacht, es stand auf meinem Wunschzettel nicht an erster Stelle. Der Weihnachtsmann hat es sozusagen von allein mitgebracht. Er hat sich den Wunsch gemerkt. Jetzt ist der Zeitpunkt einfach von selbst gekommen. Ich bin reif für diese Insel!«

Für einen Moment dachte ich darüber nach, ob ich den Zeitpunkt von Philomelas Abwesenheit dafür nutzen sollte, meinen halbherzigen Traum, nach Indien zu fliegen, in die Tat umzusetzen, verwarf diese Idee aber gleich wieder. Es wäre nur ein trotziges Dagegenaufbäumen gewesen und der Versuch, mit Philomelas Traum in Konkurrenz zu treten. Außerdem sah ich mich, sooft ich in diesen Tagen daran dachte, immer nur in Begleitung von Philomela vor dem Taj Mahal stehen.

Bei all diesen Träumereien und Verdrängungsversuchen war ein Wandel unübersehbar: Sie wurde für mich jeden Tag schöner. Etwas Markantes hatte sich über ihr Gesicht gelegt, was ich vorher nicht entdeckt hatte. Einige verspielte Fältchen hatten sich um ihre Augen herum gebildet, die diese noch größer erscheinen ließen. Sie strahlten in die Mitte hinein, als wollten sie mich besonders aufmerksam machen. »Schau sie dir an! Schau sie dir genau an!«

In den letzten Tagen vor ihrer Abreise ließ sie mich nichts von ihrer Anspannung und ihren Erwartungen spüren. Sie gewährte mir die Illusion, dass sie mit ihrem Denken, ihrem Körper, ihrer Leidenschaft noch bei mir war.

Dann kam der Tag des Abschieds. Die Welt hatte sich ein besonders fratzenhaftes Gesicht aufgesetzt, die Maskerade unseres Glücks wurde innerhalb kürzester Zeit seiner Verkleidung beraubt. Es war Mitte Februar, Tage zuvor hatte es geschneit, nun taute es, und Matsch und schwerer Schnee beherrschten die Straßenrinnen. Ich hatte das Gefühl, jeder würde mich auslachen, als ich in der Früh zum Bäcker ging und Brötchen holte. Das ist das letzte Mal für zwei Personen, dachte ich mir. Dann bestellte ich nur für Philomela. Ich hatte keinen Hunger, noch weniger Appetit und wollte wissen, wie es sich anfühlt, wenn man nur für eine Person bestellt. Ich hatte es beinahe verlernt. Seitdem aber habe ich nichts anderes mehr getan, als immerfort nur für eine Person zu leben, zu bestellen, zu handeln und zuzusehen, dass diese Person nicht auch noch vergisst, sich selbst zu versorgen: ich mich.

Ich brachte sie natürlich zum Flughafen, sah ihre Begeisterung, als sie den ersten ihrer Kollegen begrüßte. Die anderen Teilnehmer der Expedition sollte Philomela erst in Papua-Neuguinea treffen, sie kamen aus anderen Teilen der Welt. Die Umarmung zwischen den beiden war kameradschaftlich und ehrgeizig zugleich. Wie zwei Athleten, die sich anschicken, in der Mannschaftswertung weit vorne liegen zu wollen. Ich spürte, dass Philomelas Vorfreude sich endlich entladen durfte. Ich war in diesem Moment froh, dass man nicht in den Check-in-Bereich folgen darf, die Zone, in der die meisten Menschen geistig überhaupt nicht mehr anwesend sind, sondern mit ihren Gedanken ihrem Körper schon weit zum Ziel der Reise vorauseilen.

Sie gab ihr Gepäck auf. Allein in der Art, wie sie den Koffer auf das Förderband stellte, der Frau am Computer den Pass und das Ticket hinstreckte, die Bordkarte entgegennahm und sich dann wieder umdrehte und fast überrascht war, dass ich noch immer dort stand, in all dem sah ich ihre Konzentration auf das Ziel und ihren ungeheuren Willen. Sie wollte diesen ominösen Vogel entdecken.

Wir küssten uns vor der Passkontrolle. Ein ferner, überflüssiger Kuss. Dann ging sie davon.

Ich wandte mich um, sobald ich sie nicht mehr sehen konnte.

Stimmen aus dem Dschungel

Unmittelbar nach ihrer Ankunft in Papua-Neuguinea traf Philomela den Rest der Expedition. Insgesamt waren sie sechs Ornithologen aus Deutschland, Japan, Australien und Frankreich. Philomela war die einzige Frau. Sie schrieb mir ein E-Mail, in dem sie mir mitteilte, dass sie überglücklich sei, endlich Berggrün wieder zu sehen.

»So ein bisschen ein Papa für mich!« Weiter schrieb sie, dass die Hauptstadt von Papua-Neuguinea, Port Moresby, ein unangenehmes und wenig einladendes Pflaster sei: »Unüberschaubar, trotz seiner kleinen Größe! 300 000 Einwohner, das ist gerade einmal Schwabing und Neuhausen zusammen. Irgendwo hat sich Industrie versteckt, aber man kann sie nicht sehen. Auch hier beherrschen Palmen das Stadtbild. Nachts soll es der gefährlichste Ort von ganz Papua-Neuguinea sein! Viel gefährlicher als der Urwald!«

Sie berichtete, dass die Expedition sich hier mit den letzten notwendigen Dingen ausrüsten wollte, bevor sie nach Tabubil weiterfliegen würden, um von dort aus zu Fuß in den Dschungel vorzudringen.

»Eigentlich gibt es in diesem Land nichts zu kaufen. Außer hier in Port Moresby. Angeblich soll es hier aber die besten und zugleich schwersten Moskitonetze der Welt geben. Berechtigterweise. Wenn sich das im Dschungel potenziert, was ich im Hotel erlebt habe, dann kann es passieren, dass Millionen Moskitos im Kollektiv das Netz anheben. Dieser Gefahr gilt es vorzubeugen! Falls du mich also besuchen kommst – es ist ja lediglich ein 28-stündiger Flug inklusive Umsteigen: Bring nichts mit! Kauf dir das Moskitonetz, die Baumwollshirts aus Taiwan und eine gute Trekkinghose aus Australien hier!«

Ich wusste überhaupt nicht, wie sie auf die Idee kam, ich könne mir überlegen, sie zu besuchen. Papua-Neuguinea gehörte zu den Ländern der Welt, die auf der Liste meiner potentiellen Urlaubsziele ähnlich weit hinten lag wie auf der offiziellen UN-Entwicklungsliste: sehr weit hinten, in Konkurrenz mit den weitaus bekannteren Ländern Afghanistan, Bhutan oder Sudan, wie ich auf der Internetseite des Auswärtigen Amtes erfuhr.

Unmittelbar nach ihrem Abflug, noch bevor ich Philomelas erstes E-Mail erhalten hatte, kaufte ich mir eine Karte dieses Landes, um zumindest mit dem Finger in ihrer Nähe sein zu können. Bei unserem gemeinsamen Studium ihres Atlas hatten wir nur zwei untaugliche Karten von Ozeanien und Australien in viel zu großen Maßstäben zur Verfügung, auf denen außer der Hauptstadt und einigen größeren Ortschaften an der nördlichen Küste nichts zu sehen war.

Obgleich ihr Atlas eine recht neue Auflage war, erstaunte uns ein Umstand besonders: Von der Hauptstadt Port Moresby schien nur eine einzige Straße nach Osten zu führen. Das relativ dicht bewohnte zentrale Hochland war mit einem Fahrzeug nicht zu erreichen. Eine Hauptstadt ohne Anbindung an den Rest des Landes – Philomela fand dies ausgesprochen spannend. »Wenn man schon in der Hauptstadt das Gefühl hat, am Ende der Welt angekommen zu sein, wie wird das dann erst in einem Ort, der weit von dieser Hauptstadt entfernt ist?«

Der Verkäufer in der geographischen Buchhandlung neben dem Viktualienmarkt – das einzige Geschäft, wo ich mir vorstellen konnte, eine solche Landkarte zu bekommen – fragte nicht nach, als ich zögerlich sagte, ich wolle eine Landkarte von Papua-Neuguinea, woraus ich schloss, dass mein Wunsch nicht gänzlich abwegig war. Immerhin musste er dann einige Minuten suchen. Er fand schließlich ein an den Ecken ramponiertes Exemplar.

»Das Einzige, was wir im Moment vorrätig haben. Etwas viel Aktuelleres dürfte es allerdings auch nicht geben. Ich glaube aber, dass der Straßenbau auf Papua-Neuguinea nicht so schnell vonstatten geht, dass diese Karte bereits jetzt schon wieder überholt ist.«

»Waren Sie schon einmal dort?«, fragte ich.

»Nein, natürlich nicht. Aber es ist sicherlich eine Reise wert. Eines der letzten großen Abenteuer auf dieser Welt.«

Ich fuhr mit der Karte direkt in Philomelas Wohnung. Ich wollte mich während ihrer Abwesenheit möglichst häufig in ihren Räumlichkeiten aufhalten und unter den Flamingos schlafen, um wenigstens einzelne zurückgelassene Duftmoleküle und Hautpartikel in der Nähe zu wissen.

Die Karte hatte den sonderbaren Maßstab 1:1 977 000. Auf der Rückseite waren die Pläne einiger Städte abgebildet. Tabubil war nicht darunter. Auf der Vorderseite fand ich ihn: ein Ort, der auf der Karte am äußersten linken Rand lag und beinahe herausfiel, in Wirklichkeit aber ziemlich exakt in der Mitte der Insel Neuguinea liegt. Die zweitgrößte Insel auf der Welt, berichtete mir ein Lexikon. Welche Unterschiede zwischen Neuguinea und der größten Insel der Welt, Grönland! Wenn ein Landstrich dieses Planeten es verdient hat, »Grünes Land« genannt zu werden, so müsste es eigentlich diese Insel an der Bruchzone zwischen Asien, Australien und dem Pazifik sein, denn auf der Karte war der größte Teil des Landes in sattes Grün getaucht. Nach Philomelas Erklärungen bestand das Land ohnehin zu 99 Prozent aus Wald.

Ich versuchte, mir diesen Ort, dessen Namen ich nur wenige Tage vorher von Philomela gehörte hatte, vorzustellen: Tabubil, am westlichen Rand des Staates Papua-Neuguinea, direkt an der Grenze zur indonesischen Provinz Iryan Jaya, in unmittelbarer Nähe zu den Victor Emanuelbergen, die immerhin bis auf 4000 Meter ansteigen. Ansonsten erfuhr ich durch die Website des papua-neuguinesischen Touristen-Informationsdienstes, dass Tabubil 10 000 Einwohner hat und dass die Vielfalt der Vögel in der Umgebung einzigartig sein soll. Allein sechzehn verschiedene Arten der Paradiesvögel leben in einem Radius von 25 Kilometern. Dass der Ort im Internet zu finden und sogar dem Touristen-Informationsdienst eine Eintragung wert war, beruhigte mich etwas. Allerdings klickte ich noch durch mehrere andere Seiten und fand einige Beschreibungen Papua-Neuguineas von Globetrottern, Travellern und Abenteurern. Keiner schrieb etwas über Tabubil im Detail, nur über das zentrale Hochland und die Insel im Allgemeinen. Was mich allerdings mehr beunruhigte, war die simple Bemerkung eines australischen Reisenden, dass das Grenzgebiet zwischen der Western Province von Papua-Neuguinea und der indonesischen Provinz Iryan Jaya mit dem höchsten Berg, dem Antares, gänzlich unerforscht sei, ein weißer Fleck auf der Landkarte.»When you are looking for adventures, go to Western Papua New Gini. Here you will find the real ones!«

Genau dorthin wollte Philomela.

Eine Woche später erhielt ich ein E-Mail aus Tabubil.

»Mein Lieber! Wenn Port Moresby die Hauptstadt eines unabhängigen Staates ist, dann ist Tabubil das Zentrum einer florierenden Provinz. Hier wird irgendein Mineral abgebaut. Aber das ist alles. Und der Titel ›Provinzhauptstadt‹ besagt nichts. Das Ruhrgebiet ist das hier nicht. Wir sind an einem Ende der Welt angekommen. Oder besser gesagt: an einem Tor zum Ende der Welt. Es war nicht einfach, Träger und Guides zu finden. Die Menschen sträuben sich hier vor dem unbekannten Wald. Man möchte nicht in fremdes Gebiet eindringen. Und das fremde Gebiet scheint unmittelbar hinter den letzten Häusern von Tabubil zu beginnen. Selbst gebildete Menschen sprechen von den Geistern und Göttern des Waldes. Und mancher spricht vom Vogel des Paradieses. Verstehst du? Sogar hier! Dabei sind wir hier noch am Rand der erschlossenen Welt, noch nicht darüber hinaus und heruntergefallen! Es gibt hier sogar eine Kneipe! Du würdest sicherlich eine gute Figur hinter der Theke machen.«

Ich hatte in den Tagen seit Philomelas Abflug den Besuch gastronomischer Einrichtungen zum privaten Zeitvertreib völlig aufgegeben, umgekehrt aber den Konsum alkoholischer Getränke in den heimischen vier Wänden deutlich gesteigert. Zum Ausgleich, als Ablenkungsmanöver und Aufrechterhaltung zwischenmenschlicher Kontakte arbeitete ich, sooft es ging, in der Kneipe. Es mag sich übertrieben, fast hysterisch anhören – geplant waren vier bis sechs Wochen, die sie in Papua-Neuguinea verbringen wollte, also eine völlig überschaubare Zeitspanne, die selbst von frisch verliebten Teenagern mühelos überstanden werden kann. Ich aber war von einer düsteren Unruhe durchdrungen, die etwas Instinkthaftes in sich trug. Als wittere mein Innerstes die unbekannte Gefahr, die in den Büschen und ihren E-Mails lauerte.

»Alles in Allem kommen wir uns wie Pioniere vor, die ein unbekanntes Stück Erde zum ersten Mal betreten. Mit allem Unbekannten, die ein solches Unternehmen in sich birgt. Denn von einer perfekt organisierten Expedition kann nicht die Rede sein. Im Gegenteil. Wenn ich an so manche große Abenteurer denke, die satellitenunterstützt und mit Hightech-food zu Fuß durch die Antarktis laufen oder mit irgendwelchen Ballons, die Hunderttausende von Dollar gekostet haben, um die Erde fliegen, dann ziehe ich zwar vor diesen großen Leistungen meinen Dschungelhut. Aber unser Kerosinkocher ist mir lieber. Und das Gemüse kaufen wir auf dem hübschen kleinen Markt hier in Tabubil. Frisch! GPS und Satellitenhandy haben wir dabei, aber wenn es nach mir ginge, könnten wir auch darauf verzichten. Was helfen uns moderne Geräte in einer Gegend, die es bisher nicht einmal wert war, vermessen zu werden! Was die Kenntnisse über mögliche Menschen in den Wäldern anbelangt: dürftig, dürftig. Der Dschungel hält noch schützend sein Dach über die Geheimnisse.

Mit Hilfe von Pater Angelo, ein hier tätiger Adventistenmissionar, haben wir aber doch ein paar Guides gefunden, die zugleich als Träger fungieren. Ich trage auch ungefähr zehn Kilo, keine Sorge! Es muss nach allen Informationen, die wir von Pater Angelo erhielten, etwas dran sein, dass etwa fünfzig bis fünfundsiebzig Kilometer von hier, im Niemandsland, Menschen leben, die bisher noch nie Kontakt zu Weißen hatten. Die Gegend soll sehr unzugänglich sein. Hügel sind ja gut und schön. Aber überwachsen und überwuchert, ohne Wege, mit einer Steilheit, die sich erst erschließt, wenn man ihr direkt ausgesetzt ist. Nur Wurzeln und Blutegel! Dazu täglicher Regen, der wie Hagel das Laubdach über uns durchschlägt. Wir sind alle sehr gespannt.«

Wiederum eine Woche später erhielt ich die erste Nachricht aus dem Dschungel: »Geliebter! Es ist grandios. Wir haben bereits herrliche Vögel gesehen. Ich mache phantastische Aufnahmen. Aber wir sind noch nicht am Ziel. Wir trafen Einheimische, die uns in unserer Erwartung bestärken.

Die sich aber vehement weigern, uns zu helfen geschweige denn uns zu führen. Es muss jenseits dieser Berge noch Menschen geben! Und Vögel! Bis bald, du Lieber!«

Ihre E-Mails wurden jeden Tag kürzer. Sie schrieb, sie müsse Strom sparen. »Hier gibt es keine Steckdose, um das Handy aufzuladen. Unsere kleine Solaranlage kann nur die Hälfte ihrer Leistung erbringen: Hier am Boden herrscht ein diffuses Licht, als habe jemand die Jalousien herunter- und nur kleine dünne Schlitze offen gelassen. Lichtungen sind Fehlanzeige. Jeder Quadratzentimeter ist doppelt und dreifach überwuchert von Bäumen, Schmarotzern, Fäulnispilzen, Gräsern, Moosen und so weiter. Der Boden scheint zu leben. Den wenigen Strom, den wir zur Verfügung haben, verbraucht der Laptop und die abendliche Beleuchtung. Punkt sechs macht nämlich jemand mit seiner großen Hand an einem noch viel größeren Schalter das Licht aus. Und zwar von einem Augenblick auf den nächsten. Dann, mein Geliebter, beginnt der Dschungel richtig zu leben. Es ist wie bei uns beiden: Die Nächte sind am lautesten.«

Sie schrieb von phantastischen Insekten, die den Boden und die Stämme der Bäume besiedeln, von phosphoreszierenden Wurzeln, die in der Dunkelheit leuchten, von herrlichen Vögeln, und immer wieder von einer allgegenwärtigen, alles beherrschenden Natur. Sie schrieb von ihrer Sehnsucht, noch tiefer in den Dschungel vorzudringen. Dem Regen widmete sie die lapidare Bemerkung: »Nässe, ständige Nässe«. Von den Strapazen hingegen, den Kämpfen mit dem Dschungel, von den allgegenwärtigen Moskitos und den Blutegeln ließ sie mich kaum etwas wissen. Nur einmal, nach ungefähr zwei Wochen schrieb sie: »Ich kann heute nicht mehr. Ich muss schlafen, Liebling! Dieser Dschungel ist höllisch! Manchmal glaube ich, in dieser Feuchtigkeit zu ertrinken. Alles fault. Zugleich: Alles lebt!«

Dann nach drei Wochen ein verwirrter, beunruhigender Angriff auf ihre Kollegen. »Diese Feiglinge wollen zurück. Ich verstehe sie nicht! Ich habe auch Kopfschmerzen, aber ich mache kein Drama daraus. Ich hätte nie geglaubt, dass ich mich einmal mit Sven streiten muss. Wir sind doch noch nicht am Ziel!«

Nochmals zwei Tage später schrieb sie, sie wolle allein weiter. »Wenn mir niemand mehr folgen will, bitte! Ich will aber zu ihm. Zum Vogel des Paradieses. Es muss ihn geben! Ich habe eine Feder entdeckt, die ich keinem anderen Vogel zuordnen kann. Diese Farben sind magisch. Du verstehst mich doch! Wer sonst als du!«

Natürlich hackte ich ein E-Mail nach dem anderen in meinen Compu-

ter hinein: Ob sie verrückt sei. Ob es einen einzigen Grund für so einen Wahnsinn gebe. Ob sie vielleicht einen Moment auch an mich denke. »Kein Vogel dieser Welt ist es wert, das Leben aufs Spiel zu setzen.«
Ich appellierte an ihre Vernunft, an ihre Gefühle. Ich versuchte Erinnerungen an mich zu wecken, an uns, an hier, an Zuhause, an Herrgott noch mal die banalsten Dinge. Ich wollte ihr die Wahnvorstellung, ums Verrecken diesen Scheißvogel finden zu müssen, aus dem Hirn hinausschreiben.
Was ich in diesen Tagen an Philomela schrieb, das war wirklich »Geschriebenes«. Nicht vergleichbar mit den Erzählungen, die in der Schublade vor sich hinschmachteten, nicht vergleichbar mit dem Hineinlauschen und Warten auf Eingebung, um dann zwei, drei Worte eines Gedichtes zu schreiben. Meine Orgien auf der Tastatur in diesen Tagen waren echtes, leidenschaftliches Schreiben, das eins zu eins versuchte, das zu übersetzen, was in mir kämpfte und rang, die Angst um Philomela, die Sucht, sie zu sehen und zu spüren, die Wut auf Berggrün, Asmussen und alle Ornithologen dieser Welt. Aber nichts passierte. Nichts kam an. Oder Philomela hat nichts gelesen, aber das weiß ich nicht.
Eine Woche lang hörte ich überhaupt nichts mehr.
Dann kam ihre letzte Nachricht: »Ich habe die Schönheit entdeckt! Verzeih mir! Ich werde dich nie wieder sehen!«
Ausgesendet über ihr Handy, eingespeist aus dem Dschungel über einen Satellit ins Internet, aus dem Nirgendwo unter dem Blätterdach von Papua-Neuguinea zu mir, der in Philomelas Wohnung vor dem Bildschirm saß und wartete.
Diese Worte, diese verfluchten Sätze.
Absatz.
Stille.

Ich hatte wahrscheinlich geschlafen, als sie diese Worte getippt hatte. Geschlafen! Und wahrscheinlich irgendeine unerfüllbare Illusion geträumt.
Bei mir war es vier Uhr morgens gewesen. Bei ihr war es laut Eingangszeile genau 14.03 Uhr, als sie das E-Mail über ihr Handy abgeschickt hatte. Als ich diese letzten Sätze sofort nach dem Aufstehen um kurz nach neun gelesen hatte, waren schon fünf Stunden vergangen. Fünf Stunden! Fünf Stunden, in denen sie die Schönheit entdeckt hatte?
Welche Schönheit? Welche gottverfluchte Schönheit?
Ich ahnte, dass es unwiderrufliche Worte waren. Aber ich wollte, konnte, durfte mich nicht damit abfinden.
Es war ein Reflex, der sich meiner bemächtigte: Ich konnte mich selbst

nicht mehr dirigieren, war nicht mehr Herr meiner selbst. Ich riss Bilder von der Wand, schmiss eine neben dem Bett stehende Flasche nach ihren Büchern, konnte mich gerade noch bremsen, als ich schon die Flamingos in der Hand hielt, um sie zu zerreißen. Es war wie ein Schlag in die Magengrube, Übelkeit überkam mich, ich fühlte mich besudelt, ausgeschissen, weggeworfen, nutzlos, durch einen einzigen Satz vollständig ausgeknockt. Ich wurde auf gut Deutsch verrückt vor Angst, Wut und Sehnsucht.

Es gab ab diesem Moment nur noch eines für mich: Philomelas Entscheidung rückgängig zu machen.

Natürlich setzte ich, nachdem ich mich wieder beruhigt hatte, alle Hebel in Bewegung, um mit den anderen Teilnehmern der Expedition in Kontakt zu treten. Aber zunächst blieben alle Versuche erfolglos. Meine verzweifelten Schreie in das Internet verrannen entweder in der Weite des Netzes oder kamen mit dem Hinweis zurück, der Empfänger sei nicht erreichbar. Die wiederholten Versuche, Philomelas Handy direkt zu erreichen, endeten mit dem Besetztzeichen.

Meine Gedanken vollführten die absurdesten Kapriolen: Das Auswärtige Amt würde mich nach meinem Verwandtschaftsverhältnis zu der Vermissten fragen und es vermutlich nicht einmal als nötig erachten, mir eine Begründung für das sofortige Auflegen des Hörers zu geben. Jemandem ihren letzten Satz zeigen und erklären, dass damit nicht der Abschiedsgruß gemeint sei, weil sie jemand anderen kennen gelernt habe – ich wollte mich nicht lächerlich machen. Ich dachte für einen Moment sogar an die UNO. Ich rief bei der Auskunft an und verlangte nach der Telefonnummer der Botschaft von Papua-Neuguinea, ließ mich aber nicht weiterverbinden. Sämtliche Ornithologen der Welt wollte ich augenblicklich kontaktieren. Dann, am Mittag, ließ die hyperaktive Phase nach, ich brach zusammen, kam mir furchtbar hilflos und dumm vor. Abgestellt in einer Ecke. Von Philomela vergessen.

Ich wusste nicht, was ich tun sollte.

Philomelas Eltern wagte ich nicht anzurufen. Ich wollte auf keinen Fall Informationen weitergeben, die ich selber nicht zur Kenntnis nehmen wollte.

Dann, nach einer wirren irren Woche erhielt ich den ersehnten, zugleich unvermeidlichen Anruf: Sven Berggrün, der Leiter der Expedition. Der Mann, der in meinen Augen verantwortlich war. Der Mann, der sie zu diesem Irrsinn eingeladen hatte.

Ich wollte nichts hören, schrie nur in die Muschel. Berggrün sagte nichts, ließ mich. Irgendwann beruhigte ich mich.

»Von wo rufen Sie an?«

»Aus Port Moresby. Es tut mir Leid. Ich weiß, dass ... dass Ihnen Philomela sehr viel bedeutet.«

Es war das erste Mal, dass ich einen anderen Menschen ihren Namen aussprechen hörte. Wenn wir mit Freunden weggegangen waren, vermieden diese es, sie mit ihrem Namen anzusprechen, was ich manchmal bedauerte, zugleich aber auch darin eine Exklusivität empfand, die nur mir zustand. Ich sprach sie oft, eigentlich immer mit ihrem Namen an. Beim Aufwachen, beim Einschlafen. In Gedanken.

Auch jetzt noch. Ein Kosewort kam mir nie über die Lippen. Es gibt nichts, was ihr angemessen wäre.

»Philomela sagte es mir. Sie sprach oft von Ihnen. Aber Sie müssen sie verstehen. Philomela liebt Vögel über alles! Ich glaube, sie erwartet, dass man ...«

»Verdammt noch mal, was ist mit Philomela?«

»Das wissen wir nicht!«

»Was? Verdammt, lebt sie noch?«

»Ich weiß es nicht. Es tut mir Leid!«

»Verdammt noch mal, sagen Sie mir, was passiert ist?«

Berggrün erzählte mir, dass die Expedition tatsächlich in völlig unerforschtes Gebiet vorgestoßen sei. Man hatte mehrere Dörfer auf dem Weg entdeckt, die mit der Restwelt kaum in Kontakt stehen. Die Guides aus Tabubil konnten kaum mehr dolmetschen, die Sprachen von einem Tal zum nächsten unterschieden sich bereits weit mehr als bloße Dialekte.

»Wussten Sie, dass es nirgends auf der Welt eine solche Fülle unterschiedlichster Sprachen gibt? 700 Sprachen soll es auf der Insel Neuguinea geben. Bei gerade einmal fünf Millionen Bewohnern! Es muss ein Schlaraffenland für Sprachforscher und Linguisten sein. Man sagt doch, dass jede Sprache ein Abbild des Denkens sein soll. Auf dieser Insel existieren 700 verschiedene Sprachuniversen. Einmal nur eine einzige dieser Sprachen lernen. Das muss ein Erlebnis sein, als betrete man eine Region des eigenen Gehirns, in das man noch nie zuvor eingedrungen ist! Es soll sogar Stämme geben, die drei, vier Sprachen nebeneinander benutzten: eine Männersprache, eine Frauensprache, eine Sprache für Rituale ...«

Ich unterbrach Berggrün vehement und erklärte ihm, dass mich seine Überlegungen zur Linguistik nicht im Geringsten interessierten.

Er fiel mir ins Wort. »Aber Philomela hat mir erzählt, Sie seien Schriftsteller. Dann müssen Sie sich doch für Sprache interessieren.«

»Ich interessiere mich für nichts anderes auf der Welt als für Philomela!«, schrie ich in das Telefon.

Berggrün verstummte.

»Verzeihen Sie«, sagte er nach einer Schreckpause. »Sie haben Recht. Selbst wenn man alle Sprachen dieser Insel verstünde, man würde trotzdem nicht diese Welt verstehen, in die wir und Philomela hineingeraten sind.«

Berggrün erzählte, dass er und das Team genau das erfahren hätten, was die Asmussen-Expedition vor einem Jahr auch herausgefunden hatte: Dass in diesem Dschungel, jenseits eines bestimmten Tales, Menschen und die schönsten Vögel leben sollen, die jemals ein menschliches Auge erblickt hat. Die Expedition marschierte daraufhin insgesamt zehn Tage in einem Zickzackkurs weiter, immer tiefer in den Dschungel hinein, dorthin, wo es keine Wege, keine Pfade und scheinbar auch keine menschlichen Siedlungen mehr gab. Sie konnten aber nichts Neues entdecken, bis man dann beschloss, umzukehren.

»Wir mussten umkehren. Es gab keine Alternative. Es wäre unverantwortbarer Leichtsinn gewesen, diesen Wahnsinn fortzusetzen.«

Berggrün erzählte, dass der Proviant zu Ende gegangen sei. Das Gelände sei immer gefährlicher geworden, mit steilen Abbrüchen, undurchdringbarem Dickicht, unsichtbaren Schlickstellen. Das Wetter mit unabsehbaren und in ihrer Heftigkeit unberechenbaren Regengüssen sei immer schlechter geworden. Das größte Problem aber waren die Guides. Aus einem unerfindlichen Grund wollten sie ein bestimmtes Tal nicht weiter kreuzen. Sie widersetzten sich partout.

»Hier beginnt das unbekannte Land, das Land der schönen Vögel haben sie gesagt.«

Philomela aber wollte nicht umkehren. Sie widersetzte sich allen Überzeugungsversuchen und bestand darauf, weiterzusuchen. Immerhin seien sie doch gerade wegen der Vögel hier.

»›Genau hierhin wollten wir. Deswegen sind wir hier. Nur deswegen.‹ Sie war an dem letzten Abend völlig hysterisch und ließ sich auf keine Diskussionen ein«, erzählte Berggrün.

Als Leiter der Expedition wollte er das Leben der anderen Teilnehmer nicht gefährden. Der Japaner litt an Symptomen, die auf Malaria hindeuteten, der Australier hatte schweren Durchfall, der lebensbedrohliche Ausmaße anzunehmen begann. Und einer der Guides hatte sich eine leichte Blutvergiftung zugezogen dank der teuflischen, omnipräsenten Ameisen. Berggrün betonte, dass er alles versucht habe, Philomela zu überzeugen, aber es sei ihm nicht gelungen.

»Sie kennen sie. Oder vielleicht kennen Sie sie auch nicht. Philomela ist eine ungewöhnliche Frau. Irgendwann stößt man bei ihr an Grenzen, die sie selbst nicht kennt.«

Philomela verließ die Gruppe mit ihrem Satellitenhandy, einem Zelt, der Fotokamera, einem Restproviant und drang weiter in den Dschungel vor.

Allein mit sich und einem an Wahnsinn grenzenden Ehrgeiz, diesen Vogel zu entdecken.

Die Expedition kehrte in größter Eile und ohne irgendwelche Umwege nach Tabubil zurück und erhielt dort über das Internet nach fünf Tagen eine ähnliche Nachricht wie ich: »Ich habe die Schönheit entdeckt! Ich werde euch nie wieder sehen!« Die Ornithologen wurden nicht um Verzeihung gebeten.

Berggrün klang aufgewühlt und niedergeschlagen. Er hatte noch gewartet, bevor er mich angerufen hatte – er entschuldigte sich, versicherte aber, er hätte noch Hoffnung gehabt, dass Philomela vielleicht – ja was? Dass sie sich vielleicht doch noch eines Besseren besinnt, dass sie vielleicht von diesem Dschungel doch noch ausgespuckt wird, dass sie dort irgendwie noch einmal herausfindet. Aber nichts. Sie war dort geblieben.

Ohne Zweifel – Berggrün trug keine Schuld. Für ihn war der Verlust genauso groß wie für mich, er hatte eine Schülerin, eine Kollegin, eine Freundin verloren.

Verloren?

Ich wusste von Philomela, dass man kein Visum braucht, sondern bei der Einreise mit gültigem Rückflugticket ein Touristenvisum für vier Wochen erhält. Zwei Tage nach ihrem finalen Satz saß ich in einem Flugzeug nach Singapur. Von dort hatte ich einen direkten Anschluss nach Port Moresby, der Hauptstadt von Papua-Neuguinea.

Der Herzschlag der Natur

Zwei weitere Tage musste ich in diesem Provinznest am Ende der Welt warten, bis ich den Anschlussflug nach Tabubil bekam. Diese so genannte Hauptstadt des unabhängigen Staates Papua-Neuguinea stellte sich als ein staubiger, heißer und wenig besuchenswerter Ort heraus. Ich war froh, dass ich bereits am Flughafen von Port Moresby das Anschlussticket nach Tabubil kaufen konnte. Ein Taxi japanischer Bauart fuhr mich in eine Pension namens Amber's Inn. Ich war ob des in meinen Augen völlig überteuerten Preises einigermaßen erstaunt, hatte ich doch geglaubt, in ein unterentwickeltes und deswegen extrem günstiges Land zu kommen. Der Besitzer versicherte aber, dass es eine der billigsten Unterkünfte überhaupt in Port Moresby sei.

Noch mehr erstaunt war ich, als der Hotelbesitzer nicht aufhörte, nachzufragen, warum ich nach Papua-Neuguinea gekommen sei. Ich antwortete wahrheitsgetreu, dass ich kein Tourist im eigentlichen Sinne sei, sondern jemanden suchen wollte.

»Meine Freundin. Ich fliege übermorgen weiter nach Tabubil.«

Seine Reaktion auf diesen Namen war beunruhigend, denn er schüttelte nur den Kopf und sagte, dass auf Neuguinea schon an anderen Orten Menschen verschollen seien: »Der Sohn des amerikanischen Milliardärs Rockefeller ist auch verschwunden. Noch weiter im Westen. 1961. Irgendwo an der Südküste von Iriyan Jaya, im Marschland. Aber vielleicht haben Sie Glück: Man sagt, dass es auch im Westen keinen Kannibalismus mehr gibt. Was wissen wir hier schon von dort hinten. Das sind 2000 Kilometer.«

»Kannibalismus?« Ich wiederholte ungläubig das Wort. Die Vorstellung von Kochtöpfen und krausköpfigen Schwarzen mit kleinen Knochen in der Nase erschien mir absurder als der Gedanke an außerirdische Lebewesen.

Der Mann hinter seinem kleinen Rezeptionstisch holte mich in die Gegenwart des 21. Jahrhunderts zurück. »Offiziell gibt es die Menschenfresserei natürlich nicht mehr. Aber wer weiß schon, was sich in den Wäldern dieses Landes verbirgt? Die Regierung sicher nicht. Und die Menschen hier in Port Moresby auch nicht. Es interessiert uns auch nicht. Was glauben Sie, wo Sie sind? Von hier, von Port Moresby, gibt es keine einzige asphaltierte Straße in einen anderen Teil des Landes. Und das ist die Hauptstadt! Von hier führen nur Trampelpfade in das Herz der Insel. Und natürlich Flugzeuge. Schließlich sind wir nicht mehr im 19. Jahrhundert.«

Er fragte noch einmal, woher ich gekommen sei.

»Aus Europa. Deutschland.«

»Dann können Sie kein Verständnis für dieses Land haben. Auch wenn Ihnen einmal die nördliche Küste gehört hat. Für ein paar Jahre. Aber das ist schon lang her. Wissen Sie: Es gibt hier Internet und Fernsehen. Es gibt aber auch die Geister des Waldes. Die Dämonen, die in den Sümpfen wohnen. Der Regen, der aus Bluttropfen besteht.«

»Wollen Sie mir Angst machen?«

»Nein, keineswegs. Ich will Sie nur warnen. Es gibt schöne Orte in Papua-Neuguinea: Lae, Goroka, Rabaul. Überlegen Sie es sich genau, wohin Sie fliegen.«

Als ich ihm sagte, ich würde nur zwei Nächte bleiben, weil ich das Ticket nach Tabubil bereits gekauft hätte, bekreuzigte sich der Mann. Er machte in seinem gepflegten Anzug nicht den Eindruck, abergläubisch zu sein. Die Präsenz des Unerklärbaren ließ er mich spüren.

Hinter ihm hing die Fahne des Landes an der Wand: die vier symmetrisch angeordneten Sterne mit dem kleinen fünften Ausreißer, die ich schon auf dem Nachtflug von Singapur zum ersten Mal am schwarzen Firmament bewundern konnte: Das Kreuz des Südens. Es dominiert den Himmel südlich des Äquators, wie es kein Sternbild der nördlichen Hemisphäre vermag. Daneben, in völligem Kontrast, für mich ein Schattenriss des Unheils: die Silhouette eines Paradiesvogels, gelb auf rot: Wie Gold, das in Blut schwimmt.

Bis auf einen kurzen Spaziergang durch das Zentrum der Stadt blieb ich in meinem Zimmer und schlief den Jetlag aus.

»Bleiben Sie in der Nacht hier im Hotel«, sagte der Hotelbesitzer. »Die Nächte auf Port Moresbys Straßen gehören denen, die den Tag fürchten.«

Es waren die letzten Nächte ohne Alpträume.

Mich interessierte an diesem Land und dieser Stadt nichts, weder seine faszinierende, unberührte Natur noch seine geheimnisvollen Menschen und auch keine Geschichten von Geistern und Göttern. Nach zwei Tagen war ich froh, Port Moresby verlassen zu können und nach Tabubil fliegen zu dürfen.

Während des dreistündigen Fluges in einer klapprigen zweimotorigen Maschine nahm ich kaum etwas von der grenzenlosen Schönheit wahr, die unter mir vorbeizog. Ich überflog eines der letzten großen Regenwaldgebiete der Erde, unglaublich grün, unglaublich dick und dicht, und stierte nur in eine unbekannte Ferne. Ich nahm die winzigen Siedlungen kaum wahr, die sich verstreut und scheinbar ohne jeden Kontakt untereinander in dieses Waldmeer hineingeschält hatten und vom tieffliegenden Flugzeug wie hellbraune Leberflecken auf grüner Haut aussahen. Inseln, umbrandet von den Wogen des alles verschlingenden Urwaldes. Ich nahm das auftürmende Zentralgebirge Papua-Neuguineas, an dem wir entlangflogen, und seine morbiddunklen Schluchten nicht wahr – Mount Hagen, Mount Wilhelm, Mount Adiagu. Auch die wenigen Passagiere um mich herum nahm ich nicht wahr, fremde, dunkelhäutige Menschen mit sonderbarer Physiognomie und eigenartigen Stimmlagen.

Ich befand mich in einem tranceähnlichen Zustand. Die Temperaturkapriolen taten dazu ihr Übriges: eine Luft zum Zerschneiden in Port Moresby, nur wenige Minuten nach dem Start, als das Flugzeug nach steilem Anstieg seine Flughöhe erreicht hatte, ein deutliches Absinken der Temperaturen, bis man fast fröstelte.

Dann die Landung auf einer Graspiste in Tabubil, ein gottverlassenes Kaff aus Wellblech und Holzhäusern. Verbeulte Öltonnen direkt neben dem Wartehäuschen des Flughafens fielen mir als Erstes auf. Der Gestank nach Zivilisation wollte überhaupt nicht zu dieser Szenerie passen, die ich erwartet hatte. Es folgte die Suche nach einer kleinen Pension, nein, der kleinen Pension. Ein Mann, der nur eine ausgefranste kurze Jeans trug, führte mich. Auf seinem Rücken lagen einige Dutzend wulstige Narben in geordneten Reihen. Die Pension, zu der er mich brachte, war ein zweistöckiges Holzgebäude mit einem lethargischen Wirt, der kaum ein Wort Englisch sprach. Zwar glaubte ich einzelne Worte seines sonderbaren Pidgin verstehen zu können, aber weitere Informationen waren von ihm nicht zu erwarten. Von meinem Zimmer im ersten Stock aus konnte ich den Fernseher hören, vor dem er gesessen hatte, als ich die Pension betrat, und vor dem er scheinbar auch den Rest des Nachmittags und seines Lebens verbringen wollte. Er war mit ausgestreckten Beinen sitzen geblieben und hatte weiter auf den Bildschirm gestarrt, als ich den Raum betreten hatte. Das Bild war schwarzweiß und zerbrach alle paar Sekunden in verzerrte Streifen. In meinen Augen war es unmöglich, der Sendung zu folgen. Erst, als er gelangweilt meinen Pass angeschaut hatte, erhob er sich und führte mich einen Stock höher.

Ich bezog mein Zimmer und hoffte, dass der Fernseher nicht die ganze Nacht hindurch laufen würde. Danach machte ich mich sofort auf die Suche nach Pater Angelo.

Erst allmählich dämmerte mir, dass ich eigentlich völlig verrückt war. Philomelas Wahnsinn hatte mich in gewisser Weise angesteckt.

Die Adresse von Patern Angelo hatte mir der Mann in der Pension nach mehrmaligem Nachfragen gegeben.

»Wissen Sie, wo Pater Angelo wohnt?«, hatte ich ihn während seines anstrengenden Fernsehens gefragt.

»Who – who – who?« Sein wiederholtes Nachfragen klang, als wolle er ein Gespenst nachahmen, das kleine Kinder erschreckt. Dann begriff er, und ein strahlendes Grinsen zeichnete sich zum ersten Mal in sein Gesicht. Seine Zähne waren unvollständig und orangerot gefärbt. Mit wilden Armbewegungen zeigte er mir den ungefähren Weg.

Ich lief betäubt, wie in einem Delirium, oder vielleicht nur wie in einem schlechten Film, durch die Ansiedlung. Ort. Dorf. Städtchen – es fällt mir schwer, eine angemessene Bezeichnung zu finden. Ich dachte nur: Wie leben Menschen? Wie können Menschen leben? Was ist das hier? Warum ist das hier? Was bin ich hier?

Die kleinen Geschäfte sahen aus wie Minilagerhallen für Konservendosen, -büchsen, -kanister. Frisches Gemüse in sehr begrenzter Auswahl, drei vier Sorten, die ich nicht kannte, lagen direkt auf dem Boden. Auf der einen Seite wirkte alles gepflegt und sauber, gleichzeitig improvisiert und gerade eben erst für kurze Zeit errichtet. Die meisten Häuser waren einsehbar. Darin Familien, die zusammenhockten, Männer, die diskutierten, Frauen und spielende Kinder. Die Kleidung, die die Menschen trugen, wirkte zum größten Teil zusammengestellt und abgetragen. Mindestens jede zweite Frau hatte archaisch wirkenden Schmuck an den Handgelenken oder um den Hals. Als eine junge Frau mit schönen, nackten Brüsten und einem Rock aus Grashalmen aus einem kleinen Geschäft mit Plastiktüten in beiden Händen heraustrat, beschloss ich, nichts mehr auf dieser Welt in Frage zu stellen. Hätte sie unter ihrem Bastrock ein Handy herausgezogen, wäre ich vielleicht schreiend davongerannt. In fünf Jahren wird sie es wahrscheinlich tun. Eigentlich also alles normal, aber gleichzeitig? Alles zur gleichen Zeit auf einem Planeten? Oder wird in solchen Gegensätzen die Verkrümmung der Zeit sichtbar, von der schon Einstein gesprochen hat? Selbst der Priester dieses Ortes hat kein fließendes Wasser, keinen Strom und lebt, kocht und schläft in einem Zimmer, das keine Tür hat, sondern nur einen Vorhang aus getrockneten Halmen.

Wo war ich?

Wirklich entlegen, wirklich abgeschieden und sehr weit weg – das waren meine Gedanken, als ich staunend an einer Straßenecke stehen blieb und mir plötzlich gewahr wurde, dass ich innerhalb von nur vier Tagen um die halbe Welt geflogen war und mich nun hoffentlich in unmittelbarer Nähe von Philomela befand. Und die anderen Gedanken: Wovon eigentlich weit weg, weit entfernt? Von meinem Schreibtisch? Von meinem Heimatort? Von irgendwo sonst auf der Welt? Hier gab es sogar, immerhin, selbstverständlich – welches Adverb soll ich benutzen? – eine Landepiste! Eine Verbindung zur Restwelt. Trotzdem: Alles wirkte so autark, so selbstgefällig – oder vielleicht besser: selbstzufrieden? Dann war schon der nächste zwingende Gedanke da: Wie sieht es mit den Menschen in jenem Dschungel aus? Jenseits von Tabubil, hinter Tabubil, dort hinter diesen Bäumen und Büschen, die gleich neben der Straße stehen? Endgültig eine andere, abgeschottete, unerreichbare Welt? Ich ertappte mich dabei, dass ich begreifen wollte, warum das Hier und Jetzt in Tabubil mir so fremd und exotisch anmutete, das Zuhausesein dagegen meist eine unreflektierte vertraute Selbstverständlichkeit ist.

Die Erde ist kugelrund und egal, wo ich bin, ich bin einfach nur darauf. Daheimsein? Was ist das? Die eigene Anwesenheit bei sich selbst?

Eine mögliche Antwort von vielen könnte lauten: Es ist die Suche und die Entdeckung eines Vogels, von dem man nicht mehr loskommt.

Was ist Daheimsein?

Pater Angelo, der weißhaarige Adventistenmissionar, war von meiner Ankunft sichtlich überrascht, als ich ihn in seinem kleinen Häuschen neben der Kirche aufsuchte. Er wusste natürlich von der Expedition. Bis zur einbrechenden Dunkelheit saßen wir in seinem kleinen Zimmerchen beim Schein einer Petroleumfunzel und tranken Wasser aus Plastikflaschen. Er erklärte mir, dass die letzten Expeditionsteilnehmer erst vor einer Woche abgereist seien. Nach dem Scheitern der Expedition hätten sie beschlossen, in einer anderen Gegend von Papua-Neuguinea auf die Suche nach anderen Vögeln zu gehen. Und er wisse auch, dass die Frau, die einzige weibliche Expeditionsteilnehmerin, nicht mit den anderen zurückgekehrt sei.

»Eine schöne Frau! Eine starke Frau!«

Mein Versuch, sie finden zu wollen, sei gelinde ausgedrückt ziemlich vermessen. Ehrlich ausgedrückt völliger Wahnsinn.

»Der Dschungel gibt nichts mehr her! Der Dschungel verschlingt! Er absorbiert! Transformiert. Der Dschungel verwandelt alles.«

Soweit er informiert sei und soweit die Teilnehmer der Expedition es dem zuständigen Polizeioffizier von Tabubil mitgeteilt hatten, habe die Frau sich selbst entschieden. Kein Unfall, kein Schicksal, nur eigener Wille.

»Gegen den Traum eines Menschen darf man nichts unternehmen. Sonst kehren die Träume zurück. Das glaubt selbst ein Polizist.«

»Und ein Priester? Glaubt der das auch? Verhalten Sie sich für einen christlichen Priester nicht etwas –?« Mir fiel das englische Wort für »abergläubisch« nicht ein und ich sagte deshalb: »Naiv?«

Er korrigierte mich sofort: »Sie meinen ›superstitious‹? Sie werden verstehen, was ich meine, wenn Sie nur ein paar Wochen in diesem Land bleiben. Die christliche Botschaft enthält viele Wahrheiten. Aber sie entstand in Palästina. In der Wüste. Wenn das Paradies hier gewesen wäre, dann hätten Adam und Eva es freiwillig verlassen. Glauben Sie mir: Mein Verhalten steht in keinerlei Widerspruch zum christlichen Glaubensbekenntnis. Die Auferstehung des Herrn ist ein Wunder gewesen, das einmalig in der Geschichte ist. Hier in Papua-Neuguinea ereignen sich aber täglich Dinge, die jenseits des Verstandes liegen. Jenseits Ihres Verstandes. Ihres abendländisch-aufgeklärten Verstandes.«

»Was kann sich Unverständlicheres ereignen als die Auferstehung des leibhaftigen Sohn Gottes?« Ich wollte den Pater provozieren.

Er konterte gelassen und provozierte mich dadurch noch mehr. »Vielleicht die Erkenntnis, dass dies nicht die einzige Tat eines allmächtigen Gottes war. Wenn man lang genug in diesem Land ist, erklärt man sich gerne bereit, die Allmacht Gottes auf alles auszudehnen, selbst auf die Gegenwart.«

»Wozu ist die Allmacht Gottes fähig?«

»Das geschehen zu lassen, was nicht geschehen darf! Ich bin inzwischen sogar bereit, etwas zu glauben, was in anderen Kulturen Reinkarnation genannt werden würde. Hier sprechen die Menschen von der Rückkehr aus dem Reich der Ahnen. In unterschiedlichen Nuancen. Manche glauben, wir sind nur Gast und kehren nach dem Tod in die eigentliche Heimat zurück. Andere glauben, wir werden geholt. Wieder andere glauben an eine andere, gleichzeitige Welt, in der die zu Hause sind, die uns beschützen. Oder die uns hassen. Die größte Gefahr besteht, wenn diese Welten sich vermischen.«

Ich wollte wissen, woher er stammt. »Pater Angelo, dieser Name deutet auf Italien oder Spanien.«

»Das mag sein. Aber auch dieses nationale Denken verliert sich hier, wo Menschen im nächsten Tal eine Sprache sprechen, die sich von der hiesigen unterscheidet wie Chinesisch von Deutsch. Ich kam in Portugal zur Welt. Aber das ist lange her. Welche Rückschlüsse ziehen Sie daraus, wenn ich Ihnen verrate, dass ich in Maçao, in Indien, in Mocambique und in Malaysia gearbeitet habe?«

»Dass Sie nirgends zu Hause sind.«

»Oder überall! Überlegen Sie es sich, mein Freund. Dieser Urwald ist nicht Ihr Zuhause.«

»Es gibt nichts zu überlegen!« Ich betonte noch einmal mein festes Vorhaben, mich auf die Suche nach Philomela machen zu wollen, und fragte den Pater, ob er mir in irgendeiner Weise helfen könne.

Er schaute mich traurig an. »Können Sie sich mit diesem Schicksal, mit Ihrem Schicksal und noch viel mehr mit Philomelas Schicksal nicht abfinden?«

»Nein, das kann ich nicht!«

»Dann werden Sie vielleicht furchtbare Geheimnisse erfahren.«

»Kein Zustand ist schlimmer als Unwissenheit.«

»Die Menschen hier glauben an Geister und Götter des Dschungels. Jeder Baum, jeder Käfer, jede Blume kann etwas Gefährliches oder etwas Glück Verheißendes sein! Es wird kaum möglich sein, jemanden zu finden, der Sie in den Wald führt. Im Übrigen kann ich Ihnen sagen, dass es nicht nur Geister und Dämonen gibt. Es gibt auch sehr reale Gefahren. In Ihrem Verständnis. Jeder Käfer und jede Blume kann entweder völlig harmlos oder so giftig sein, dass Ihnen bereits vom bloßen Anschauen Ihre Augen schmerzen.«

»Verdammt, helfen Sie mir, Pater. Ich zahle jeden Betrag!«

»Das ist es nicht. Die Menschen hier haben Angst vor den Geistern des Waldes. Verstehen Sie? Geister kann man nicht mit ein paar Kina oder ein paar Dollar verscheuchen.«

»Das ist mir egal. Die Träger, die bei der letzten Expedition dabei gewesen sind, werden mich doch zumindest bis dorthin führen können, von wo aus Philomela allein aufgebrochen ist! Von dort werde ich dann allein weitersuchen.«

Er schaute mich gutmütig und verständnisvoll an, aber da war noch etwas in seinem Blick, das fremd und abweisend war, als wolle er einen ungebetenen Gast möglich schnell aus seinem Zuhause lossein. Sein Zuhause: ein Holzhaus am Rand eines Dorfes am Rand eines Regenwaldes am Rande der Welt.

Ich spürte, dass mir der Pater etwas verheimlichte. Nicht, dass er irgendetwas über Philomela wüsste, das war es nicht. Ich hatte viel mehr den Eindruck, dass er mehr über den Dschungel und die vermeintlichen Menschen dort wusste, mir das aber verschwieg und vorenthielt, mich damit nicht beunruhigen wollte. Ich hatte das Gefühl, dass er mich bewusst in Unkenntnis ließ. Er hatte mich schnell durchschaut und begriffen, dass ich nicht aufzuhalten war. Dass ich in meiner Sturheit, Philomela finden zu wollen, selbst in diesen Dschungel musste. Selbst auf die Gefahr hin, dort auch verloren zu gehen. Dieser Pater wusste alles und wusste auch, dass es nicht mit Worten zu vermitteln war. Ich selbst musste sehen, verstehen, begreifen.

So kam es mir zumindest eine Stunde später vor, als ich in meinem Zimmer in der einzigen Pension von Tabubil unter dem Moskitonetz in stickiger Luft lag und die sonderbare Begegnung zwischen diesem ortsansässigen Priester und dem dahergelaufenen, ungeduldigen Europäer Revue passieren ließ. Er hatte mir seine Hilfe zugesichert und gleichzeitig die Aussichtslosigkeit des Unternehmens betont. Von den wirklichen Gefahren wollte er nicht sprechen. »Die sind unwichtig!«

Ich lag dort, hörte den rauschenden Fernseher von unten und versuchte mir in mein dumpfes Hirn einzuhämmern, dass ich wirklich hier, in diesem Zimmer, in diesem Ort, in diesem Land lag.

Hier!

Hier, wo ich jetzt bin! Nicht woanders. Nichts Besonderes! Hier auf dem Erdenrund, irgendwo, eben hier! Und irgendwo hier auf dem Erdenrund war auch Philomela! Irgendwo hier in meiner Nähe!

Zwei Tage später ließ mich Pater Angelo wissen, er habe zwei Männer überzeugen können, dass keine Gefahr drohe. Ein zwanzigjähriger, etwas rüder Bursche namens Tom und ein vertrauenerweckender Dreißigjähriger, der beinahe zwanzig Jahre älter aussah und ein Paar Brocken Englisch verstand, Roscko. Tiefdunkle Männer mit Ohrschmuck, breiten matschigen Füßen, die von der Evolution dazu geformt worden waren, auf weichem feuchtem nachgiebigem Boden zu gehen, und wildem Haar. Zwei Männer, aufgewachsen in diesem Dschungel, vertraut und verwachsen mit ihm, erfüllt von den Ängsten vor ihm.

Beide waren auch bei Philomelas Expedition dabei gewesen.

Beim Abschied am nächsten Tag wurde der Pater noch einmal eindringlich: Ich dürfe auf keinen Fall zu den Männern sagen, dass ich nach den Vögeln suche. Dass ich Vögel finden wolle. Die letzte Expedition habe schon genug Unruhe gestiftet. Ich wolle nur die weiße Frau suchen. Nichts anderes.

Ich verstand nichts. Denn ich hatte auch nichts anderes vor.

»Das ist auch besser so. Suchen Sie nur Ihre Freundin! Gott stehe Ihnen bei! Und denken Sie daran: Machen Sie, was die Führer sagen. Wenn sie am Nachmittag das Zelt aufschlagen, dann widersetzen Sie sich nicht. Die beiden wissen genau, was zu tun ist. Es regnet annähernd jeden Nachmittag.«

Es war früher Morgen, als wir am nächsten Tag aufbrachen. Die Luft war dunstig und roch nach bitteren Blüten.

Nach fünf Tagen und einem Marsch, der, was das Tempo anbelangt, stramm zu nennen ist, das Vorankommen betreffend aber mühsam und beschwerlich war, erreichten wir den Platz, an dem Philomela die Gruppe verlassen hatte. Auf der Lichtung waren die Narben der Feuerstellen noch nicht zugewachsen. Wir waren zielsicher auf diesen Punkt zumarschiert und hatten keine Zeit in endlosen Schleifen vergeudet wie die Expedition. Zweimal lagen winzige Siedlungen auf unserem Weg, wo Tom und Roscko noch einmal Verpflegung erhielten. Die Hütten aus Bast, Holzstämmen und Blättern, Kinder mit Fliegentrauben unter der Nase, die sich am Rotz berauschten, misstrauische Blicke der Männer, keine Frauen, sie hatten sich hinter den Bastmatten der Hütten versteckt – ich spürte Pater Angelos Worte. Andere Welt, anderer Glauben, andere Wirklichkeit. Und diese Orte waren noch durch einen Pfad mit der Restwelt verbunden.

Ich hatte mich den Umständen entsprechend gut akklimatisiert, was an meinem ungebändigten Drang, Philomela zu finden, und dem reichlichen Adrenalin im Blut lag. Ich hatte mich in diesen Tagen sogar mit dem Dschungel und seinen unangenehmen Begleiterscheinungen vertraut gemacht, ohne behaupten zu können, dass es Freundschaft war. Das Gewirr der Insekten, die dich ununterbrochen bedrängen, sich manchmal zu schwarzen Wülsten auf deiner Haut verdichten. Der Schweiß, der in ununterbrochenen Sturzbächen herabströmt. Die Regengüsse, nach denen man beinahe die Uhrzeit stellen kann und die sintflutartig auf das Dach über dir einpeitschen. Noch Stunden später sorgen die Millionen Blätter für ein gleichmäßiges Tropfen von oben. Am beeindruckendsten war für mich der niemals versiegende Lärmpegel aus Rauschen und Kreischen und Zirpen und Knarren der Bäume und Tiere. Und immerfort das Gefühl, nicht allein zu sein.

Natürlich glaubte ich zwischenzeitlich zu ersticken, so nass und schwer war die Luft. Oder ich verfluchte die Stachelhalme, die sich gierig in der Kleidung und der Haut festkrallen, als wollten sie dich nicht mehr hergeben. Immer wieder rutschte ich auf dem überwucherten Boden aus. Immer wieder mussten die beiden Guides mir beim Übersteigen riesiger Baumstümpfe oder beim Überqueren der unzähligen Bäche helfen. Trotzdem: Ich hatte nach diesen fünf Tagen nicht den geringsten Zweifel, allein in diesem sattschwülen Lebenswald Philomela zu suchen und sie zu finden.

Mit den beiden Guides machte ich aus, dass sie in dem letzten Lager auf mich warten sollten, bis ich zurückkehren würde. Ich konnte sie nicht überzeugen, weiter mit mir in den Wald vorzudringen. Ich versuchte es, erkannte aber trotz mir ungewohnter Gesten und Gebärden, dass es zwecklos war. Gleichzeitig bestand ich darauf, dass sie auf mich warteten. Immerhin rechnete ich mit etwas Schlimmem, nicht mit dem Schlimmsten. Ich wollte Vorsorge dafür treffen, dass ich auf dem Rückweg in die Zivilisation vielleicht Hilfe brauchen würde.

Die beiden Guides hatte ich in dieser knappen gemeinsamen Woche auf engstem Raum schätzen gelernt. Ihre Kenntnis des Dschungels war beeindruckend. Selbst nach den schlimmsten Regengüssen gelang es ihnen, trockenes Holz für unser allabendliches Feuer zu finden. Natürlich hatten wir Proviant in Tabubil gekauft und in den beiden Dörfern ergänzt, eigentlich das Einzige, was wir neben den Zelten dabeihatten. Aber unterwegs pflückten sie hier und da etwas ab, was für mich auf den ersten Blick extrem giftig aussah, sich dann aber als ausgesprochen wohlschmeckend erwies. Der ältere Roscko konnte mich mit seinen überraschend vielen Brocken Englisch in Geräusche und Gerüche des Dschungels einweihen. Ein paar Mal sahen wir bunte Vögel durch das Dickicht flüchten, und ich erfuhr sofort ihre fremdartig klingenden Namen. Die Abende wurden mit eigentümlichen Liedern, »sing-sings«, wie sie es nannten, kurzweiliger. Ich musste ihnen auch ein Lied aus meiner Heimat vorsingen. Ich konnte mich nicht erinnern, wann ich das letzte Mal gesungen hatte. Ich empfand es selbst als komisch, dass mir spontan »Die Vogelhochzeit« einfiel. Allerdings scheiterte ich bereits bei der zweiten Strophe und sang nur die Melodie mit selbsterfundenen Worten weiter. Zunächst beherrschten sich die beiden anstandshalber, zum Schluss lachten sie schallend los.

Wenn ich in meinen Schlafsack kroch, fühlte ich mich mit dem Wissen wohl, dass zwei mit dem Dschungel Verwachsene neben mir lagen. Nur einmal geschah es in einer Nacht, dass ich erwachte und die beiden laut miteinander sprechen hörte. Plötzlich war es wieder still, um nur Sekunden später noch lauter zu werden. Der junge Tom hörte sich an, als ob er größte Furcht habe, und Roscko versuchte, ihn zu beruhigen. Ich kroch aus meinem Zelt, schlich zu ihnen hinüber und fragte, was los sei.

»Nichts, nichts«, wollte Roscko beruhigen.

In diesem Moment schrie Tom wieder.

»Was ist los?«, fragte ich.

»Sei still und lausch hinaus in den Wald«, antwortete Roscko.

Ich lauschte, hörte Grillen, das Rauschen der Blätter und unbekannte Tierstimmen. Doch dann hörte ich tatsächlich in sehr weiter Ferne, sehr undeutlich, fast nicht auszumachen, einen sonderbaren Ton. Dunkel und kurz.

Tom wurde immer panischer. Roscko beschwichtigte ihn.

»Es ist gleich vorbei«, sagte er zu mir. »Dort ist das Land der Vögel.«

Ich wollte schon sagen, dass ich genau dorthin wollte, weil dort wahrscheinlich Philomela sei, erinnerte mich aber an Pater Angelos Worte und seinen ausdrücklichen Befehl, auf keinen Fall von Vögeln zu sprechen. Einen Hauch dessen, was dies bewirken könnte, erlebte ich nun, in dieser Nacht.

»Geh jetzt schlafen. Er wird sich beruhigen. Noch einen Tag, dann sind wir da, wo es nicht weitergeht.«

Ich legte mich wieder in das Zelt, war froh um den Schlafsack und die Jacke, denn die schwülen Temperaturen des Tages fielen in der Nacht deutlich ab. Die Höhe, in der wir uns befanden, zeigte sich gerade in diesen nächtlichen Stunden. Ich versuchte angestrengt, weitere Laute in der Ferne zu hören, doch nun waren diese verstummt. Auch aus dem Zelt von Tom und Roscko war nichts mehr zu vernehmen.

Trotzdem: Es kam der Tag. Unausweichlich.

Ich weiß immer noch nicht, welcher Teufel mich ritt, aber es ist nun einmal so: Liebe macht blind. Macht gedankenlos. Versetzt Berge. Setzt Kräfte frei, die bislang unentdeckt geblieben sind. Am Morgen nach unserer Ankunft am letzten Lagerplatz der Expedition sparten wir uns jede weitere Diskussion, denn sie wäre ohnehin zwecklos gewesen. Ich packte das Notwendigste zusammen, das Zelt, die Pumpe zum Entkeimen des Wassers, das Buschmesser, Proviant, alles in allem gewichtige 15, 16 Kilo und verabschiedete mich von den beiden. Roscko zeigte mir noch im undurchsichtigen Dickicht eine erst kürzlich eingetretene, aber beinahe schon wieder zugewachsene Spur, die für mich unerkennbar gewesen war: der Weg, den Philomela gegangen sein muss.

Ich folgte beiden, der Spur und Philomela. Erstere war bald verschwunden. Zweitere lenkte und zog mich instinktiv weiter und tiefer hinein. Ich machte mich tatsächlich allein in diesen unbekannten Dschungel auf: eigentlich wieder nur von irgendwo nach irgendwo – ich will mich nicht wiederholen, trotzdem: ich irgendwo auf diesem Erdenrund. Aber trotzdem anders. Völlig anders. Plötzlich allein. Ich ganz allein. Nicht ein Wald oder ein Wäldchen im Allgäu oder im Schwarzwald. Nein, ich war nun allein, wo man als Mensch nicht allein hingehört.

Der Dschungel im Zentrum der Insel Neuguinea ist ein anderer Ort auf dieser Erde als die allermeisten. Es ist ein bisschen wie der Herzschlag der Vergänglichkeit. Denn in jeder Sekunde stirbt etwas und wird daraus etwas Neues geboren.

Sie

Keiner kann sagen, ob ich am nächsten Tag, am übernächsten Tag überhaupt noch in Papua-Neuguinea war oder schon hinübergeglitt in den indonesisch besetzten Teil der Insel, Iryan Jaya. Grenzen spielen in diesem Teil der Welt keine Rolle. Die Bäume, Büsche, Sträucher, Blätter, die Tiere, die Menschen gehören sich hier selbst. Gehören keinem Land. Sind reine Natur. Ich begann zu begreifen, dass ich und wir alle auch nur Bestandteil dieser einen einzigen einmaligen Natur sind.

Nach drei Tagen fand ich Spuren von Philomela. Deutliche Spuren zerhackter Wurzeln in einem ansonsten unberührten Dschungel. Ich war nicht sonderlich überrascht. Es war für mich selbstverständlich. Beinahe glaubte ich, Philomela hinter einem der Bäume schon hören zu können.

In der Nacht glaubte ich sie singen zu hören.

Nach vier Tagen fand ich ihr verlassenes Zelt auf einer kleinen Lichtung direkt neben einem Bach. Ich war noch weniger überrascht. Beinahe sogar ein wenig enttäuscht, dass sie nicht in ihrem Zelt lag und schlief. Ich hätte sie gern geweckt, ein bisschen liebkost, ein bisschen geneckt und dann vielleicht gefragt, ob sie jetzt nicht vielleicht doch mit nach Hause kommen wolle. Es sei spät.

»Ich möchte dir gerne einen Espresso kochen«, hätte ich gesagt.

Leider war sie nicht da, sondern sicherlich irgendwo unterwegs. Ich ließ alles, wie es war. Mein Zelt fand gerade noch Platz neben ihrem. Ich hatte das eigenartige Gefühl, als müsse ich sie um Erlaubnis fragen, ob ich in ihrem Zelt schlafen dürfe. Ich wollte mir nicht eingestehen, dass sie sich vielleicht in den vergangenen Wochen in eine mir völlig fremde Person verwandelt hatte. Der Bach bot beim Einschlafen eine willkommene Ablenkung von den ansonsten grellen, peinigenden, krächzenden Lauten des nächtlichen Dschungels. Einmal glaubte ich, wieder diesen Vogelruf zu hören, vor dem Tom solche Angst gezeigt hatte, nun viel näher, doch als ich aus dem Schlaf erwachte, schien es schon wieder vorbei zu sein. Ich konnte nicht mehr sagen, ob es nur Teil eines Traumes gewesen war oder Wirklichkeit.

Am fünften Tag fand ich ein beträchtliches Stück weiter ihre Kleidung, nicht gewaltsam heruntergerissen, sondern fein säuberlich zusammengelegt an einem vermodernden Baumstamm.

Am sechsten Tag fand ich ihr Satellitenhandy. Leer, unbrauchbar. Daneben lag ihre Fotokamera.

Und am siebten Tag sah ich sie. Die Vögel des Paradieses.

Als Götter verehrte Vögel.

Nur undeutlich zunächst, im Geäst eines Baumes, aber deutlich genug, um zu wissen, dass sie es waren. Die Vollendung in Farben, Formen, Harmonien und Glanz. Komponiert und arrangiert vom größten Meister: der Natur.

Erst glaubte ich, dass es nur zwei sind, aber im dichten Blattwerk hockte ein dritter, ich hörte ein Krächzen und ein vierter schaute hervor. Schließlich konnte ich sieben Vögel zählen. Die Farbenpracht und Eleganz verdichtete sich mehr und mehr und wurde beinahe unansehnlich, so schön war es. Und daneben, sehr unscheinbar, nur zufällig von mir entdeckt: das Weibchen, das eine Weibchen, zu dessen Eroberung die Männchen sich zusammengefunden hatten. Ich saß gerade zehn Meter entfernt, versteckt in hockender Position hinter einem verrottenden Baumstumpf, dessen sich stinkende Pilze bemächtigten. Trotzdem konnte ich die Anmut erkennen, mit der diese Vögel über die Äste glitten, langsam, bedachtsam, behutsam, lautlos.

Ein stiller Balztanz. Ein Tanz in erkennbar geregelten Rhythmen. Ein stiller Reigen. Ein stiller Kampf um die Gunst des Weibchens. Als verharre der Dschungel für einen Moment in Andacht und Ruhe – ich hörte nichts mehr vom lauten Pegel derer, die sich um das Szenario nicht kümmerten.

Der Balztanz war zunächst lautlos, doch dann, dazwischen, sehr kurz und sehr plötzlich: der Balzruf der Männchen! Ein Schrei, nicht ein Schrei – ein Laut, nein, auch nicht ein Laut – ein Echo der Schöpfung. Ja, genau das war dieser Ton. Ein Echo der Schöpfung aus dem Inneren des Seins. Unverwechselbar, unwandelbar, noch nie zuvor gehört, nicht mehr wiederholbar.

Es war, als würde mir die Schöpfung zulächeln, mir ins Ohr flüstern, mir einen klitzekleinen Wink davon geben, was in diesem Universum noch vorhanden ist und was wir uns in unseren kühnsten Träumen nicht vorstellen können.

Ich wollte losschreien und zu ihnen hinüberschweben. Ich wollte hineintauchen in diese Schönheit. Ich wollte für einen Moment mich mit dieser Schönheit vereinigen.

Ich wagte nicht mehr zu atmen.

Diese Farben, dieses Blau, dieses Rot, dieser Glanz der Federn – diese Vögel entstammten direkt dem Paradies. Sie waren direkt aus dem Paradies herausgesprungen und inmitten einer feindlichen Welt angekommen, hier, auf dieser Welt, aber versteckt und abgeschottet an diesem unbekannten, unerreichbaren Ort und hier lebendig. Ich wurde atemlos vom Schauen und Nichtglaubenwollen.

Wann hatte ich zuletzt gelebt?

Hatte ich jemals zuvor gelebt?

Ich erhob mich vorsichtig. Sofort entstand Unruhe in der Gruppe. Sie tänzelten wilder auf den Ästen, der erste Vogel gab auf, spreizte seine Flügel, erhob sich, flog in das dichte Grün des Dschungels davon. Der Zweite stieg empor, der dritte.

Flügelschläge, die so leicht durch die satte Luft glitten wie der Schwung der Walfischflosse.

Langsam verflüchtigte sich dieser unglaubliche Anblick, langsam und würdevoll. Unmerklich, nicht abrupt. Ganz langsam flog einer nach dem anderen davon.

Doch dann passierte das Unerwartete: Der letzte Vogel stieg in die Luft, drehte eine Runde um den Baum, drehte seinen Kopf zu mir und flog direkt auf mich zu. Ich sah die Innenseiten der Flügel, ein Mosaik aus Glitzer, ein Kaleidoskop von Farbschatten. Ein weiches sanftes Auf- und Abschwingen dieser herrlichen Flügel.

Geschossen in Zeitlupe.

Er flog direkt auf mich zu, den Schnabel kühn nach vorn gestreckt, als wolle er sich im nächsten Moment in mich hineinbohren.

Er bremste unversehens seinen Flug, brach ihn ab, landete elegant auf dem Baumstumpf, hinter dem ich mich versteckt hatte. Zwei Meter von mir entfernt.

Dann schaute er mich an.

Ich versank.

Es war ein simples Aha-Erlebnis: Die Offenbarung der Schönheit.

Farben und Muster von der anderen Seite meiner beiden Gehirnhemisphären, von dort, wo meine, jede Vorstellungskraft sich verliert. Sein Kopf, seine Augen, der Schnabel. Umrandet mit feinziselierten Tupfern. Durchwirkt mit tiefer Schwärze. Betont und schattenhaft zugleich. Als ob sich alles im nächsten Augenblick in seine Farbfragmente auflöst. Als ob sich alles im nächsten Augenblick neu arrangieren möchte, zu neuer Phantasie zusammen finden will. Neu werden will.

Ein Gewebe aus Wahrheit.

Alles, gerade die Augen des Vogels, waren unendlich tief. Er war eine Tarnung Gottes. Wer genau hinsieht, erkennt die wahren Umrisse.

Diese Augen saugten mich aus.

Der Vogel verharrte bewegungslos, nur zweimal zuckte sein Kopf nervös, ein kurzes Krächzen, dann blieb er ruhig sitzen und musterte mich.

Wir musterten uns.

Wir verharrten.

Ich schaute genauer und ich weiß nicht, was es war. Eine Fata Morgana? Das Vorgegaukel einer Wunschillusion? Meine vernebelten Sinne? Ich erahnte inmitten dieses Bildes Philomela. Inmitten dieses herrlichen Gefieders, dieses herrlichen Spiels aus Gold- und Silberhärchen, feinsten, kleinsten Federchen, irgendwo dort saß sie, hatte sich ihr Bild verewigt, abgelichtet, ja fast hineingebrannt.

Genau ihn, diesen Vogel, muss sie auch gesehen haben. Genau ihn.

Als nicke er mir ein letztes Mal zu, so senkte er einmal, ein letztes Mal den Kopf. Dann breitete er die Flügel zum Abschiedsgruß aus, ließ sie zweimal auf- und abschwingen, erhob sich, stieg auf, stieg höher und verschmolz mit dem Schlund des sich öffnenden Dschungels.

Und das Weibchen, versteckt und vergessen, stieg auch plötzlich auf, hatte sich entschieden, folgte ihm, verschwand mit dem Sieger.

Dort hinein, dort drinnen, dort inmitten des Pflanzenmatsches, inmitten des ruchlosen, sich ständig in millionenfacher Variation ewig erneuernden Lebens, dort hinein verschwanden sie.

Ließen mich allein zurück.

Ich saß an den Baumstumpf gelehnt und stand vor einer Entscheidung des Lebens, vor der Entscheidung meines Lebens, vor der gleichen Entscheidung wie Philomela. Weiter hineintauchen und vielleicht noch einmal diesen Anblick erleben, mit dem Dschungel, mit der Natur verschmelzen oder zurückkehren in die graue Welt ohne Farben, ohne den Lichtblitz der Schöpfung. Zurückkehren in diese alltägliche Welt, die vom Windhauch der ursprünglichen Allmacht der Natur kaum mehr etwas zu spüren erlaubt.

Lang blieb ich an jenem Baumstamm sitzen, wartete, aber Philomela kam nicht. Ein paar Mal schreckte ich hoch und glaubte, ihre Schritte zu hören.

Einmal glaubte ich, ihren Schatten zu sehen. Doch da war nichts, außer der Ahnung, die sich seitdem in meinen Alpträumen verdichtet. Es waren nicht Philomelas Schritte. Es war nicht ihr Schatten.
Das Fremde schlich herum.
Ich wartete weiter, aber auch die Paradiesvögel kamen nicht mehr. Nur die Dunkelheit brach irgendwann herein, sehr plötzlich, tropisch schnell, Abendwind blies durch die Blätter, ich ging zurück, eilig, und fand zum Glück unsere beiden Zelte, dann setzten die üblichen, schon vertrauten Geräusche des Dschungels ein, über meinem Zelt, durch die Blätter über Philomelas Zelt, neben mir, Regen ergoss sich irgendwann für zwei Stunden, der Himmel trauerte, ich wartete auf Schlaf, ich wartete auf den Morgen, auf die Rückkehr, auf die Entscheidung, was ich machen würde, wenn ich aufwache, der Wind blies und hauchte mich an, und irgendwann in der Nacht ließen die Geräusche mich endlich in den Schlaf gleiten.
Ich machte mir am nächsten Morgen, einem hellen, klaren, eindeutigen Morgen, nichts vor. Eine Rückkehr war mit dem endgültigen Eingeständnis verbunden, Philomela nie wieder zu sehen. Sie war in diesem Dschungel, das wusste ich. Irgendwo hier lebte sie noch, sicherlich lebte sie noch, vielleicht bei den Vögeln, mit den Vögeln zusammen. Irgendwo in diesem undurchdringbaren Dschungel dieser einzigartigen Insel Neuguinea lebte sie noch.
Aber unerreichbar für mich.
Ich hatte Philomela verloren.

Die Mythen

Ich brauchte zwei Tage, um wieder den Pfad zu finden, der mich zu meinen beiden Guides zurückführte.
Als ich nach zwei weiteren Tagen zwischen den vertrauten, inzwischen verinnerlichten Geräuschen des Dschungels in der Ferne das monotone »sing-sing« von Tom und Roscko hörte, wusste ich, dass ich in meine Welt zurückkehre und Philomelas Welt verlasse.
Hinter mir verschloss sich eine Tür, durch die ich vor gar nicht allzu langer Zeit das erste Mal hindurchgeschritten war.
Diese vier Tage der Rückkehr, des Wanderns und Alleinseins hatten mir gleichzeitig Gelegenheit geboten, das Erlebte zu begreifen. Zumindest ver-

suchte ich es zu begreifen. Ich war in diesen Nächten allein in meinem Zelt gelegen, geschützt durch das dünne Nylonnetz, an dessen Außenwänden die Moskitos in Trauben hingen und nach meinem Blut gierten, ich war allein mit mir und den Geräuschen – dem Zischen, Rauschen und Schnattern des Dschungels –, allein mit mir und der Natur. Hunger begann mich zu plagen, aber ich achtete nicht weiter darauf. Am dritten Tag ließ er nach, öffnete neue Strukturen des Denkens, Fastenvisionen ergriffen mich. Ich hatte mich abgefunden mit der gottverfluchten Realität. Ich musste mir eingestehen, dass ich nicht in diese Welt der Farben und Vögel gehörte, so gern ich es auch gewollt hätte. Philomela hatte dort ihr Zuhause gefunden.

Sie wollte hier ihr Zuhause finden.

Sehr bald sollte ich erfahren, wie ihr dunkles Zuhause wirklich aussah.

Sehr bald sollte ich auch begreifen, dass ich die Entdeckung der Vögel von nun an wie ein Kainsmal mit mir herumtragen würde und dass die Vögel des Paradieses in ihrer Schönheit nicht vom Himmel herabgestürzt, sondern dem Schlund der Hölle entsprungen sind.

Sehr bald sollte ich mit der Furcht vor den Geistern des Waldes konfrontiert werden.

Denn als ich mich nach vier Tagen dem Lagerplatz näherte, standen meine beiden Führer schon dort und erwarteten mich. Ich trat gerade aus dem Wald auf die Lichtung heraus, keine dreißig Meter von ihrem Zelt entfernt, als plötzlich der Jüngere, Tom, mich sah, anstierte, anfing zu schreien und mir befahl, stehen zu bleiben, während Roscko brüllte: »Schau uns nicht an!«

Zunächst hielt ich es für hysterische Spinnerei und ging weiter auf die beiden zu, als Tom ein Messer hervorzog und auf mich losgehen wollte. Roscko, der Besonnenere, hielt den Jungen zurück und rief wieder: »Schau uns nicht an! Du hast sie gesehen! Du trägst es in deinen Augen! Du hast sie gesehen!«

»Was soll ich gesehen haben?«

Tom wurde völlig hysterisch, wollte sich aus den Armen des Stärkeren losreißen. »Sag die Wahrheit! Sag es!«

»Ich habe sie nicht gefunden. Ich habe die weiße Frau nicht gefunden. Ich habe nur Vögel gesehen. Wunderschöne Vögel.«

Ich hatte es gesagt.

Es war ein grauenvoller Schrei, der nun über die Lichtung gellte. Der Junge stach sich mit dem Messer in den Arm, ich dachte schon, er hätte sich sein Handgelenk aufgeschnitten, aber es war nur eine fleischige Wunde am Unterarm, aus der dickes Blut herausquoll. Auf seiner dunklen Haut glänzte das Rot unnatürlich hell. Er drückte die blutende Wunde auf seine Augen. Verschmierte das Blut in seinem Gesicht. Schrie und zuckte ekstatisch. Sein Gesicht verwandelte sich durch die glänzenden Schlieren in eine grausame Fratze. Für einen Moment sah er aus wie ein Neugeborenes. Dann schmiss er das Messer weg und rannte in den Wald. Nur noch kurz hörten wir das Zerbrechen der Zweige unter seinen Füßen, dann wurde es still.

Roscko zitterte vor Furcht, stand abgewandt von mir und wisperte nur: »Schau mich nicht an! Schau mich nicht an!«

Ich näherte mich, sah seinen kräftigen Rücken. Wenige Meter vor ihm blieb ich stehen, er atmete aufgeregt, abgehackt, er zitterte.

»Was ist los? Du musst keine Angst haben. Ich habe keine Geister mitgebracht.«

»Schau mich nicht an! Schau mich nie wieder an!«

Ich trat an ihn heran, legte vorsichtig meine Hand auf seine Schulter und flüsterte: »Nein, ich werde dich nie wieder anschauen. Aber bitte! Bitte erkläre mir!«

Die Anspannung wich langsam aus seinem Körper und er begann zögerlich, sich umzudrehen.

»Dreh dich weg! Dreh dich weg!«

Er wollte mich auf die Probe stellen, er wollte mich testen, und so wandte ich mich von ihm ab, ebenso langsam, wie er sich mir zuwandte. Nur einen Augenblick später stand er hinter mir. Ich spürte seinen Blick in meinem Nacken. Ich war nun seiner Willkür ausgeliefert, so, wie er zuvor meiner Willkür ausgeliefert war, von der ich noch nicht wusste, welche Gefahr sie für ihn bedeutete.

»Ich verspreche dir: Ich schau dich nicht an. Ich drehe mich nicht um!«

Ich blieb von ihm abgewandt stehen, sah vor mir dichtes Buschwerk, durch das Tom geflohen war. Dann spürte ich, wie Roscko vorsichtig auf mich zuging und direkt hinter mir stehen blieb, ich spürte seinen raschen Atem, hörte das aufgeregte Schnaufen. Der Gedanke an das sofortige Ende, mit einem einzigen Schlag, würgte mich. Bedingungsloses Vertrauen. Dann lag seine Hand auf meiner Schulter. Sie zitterte. Blieb für einen Moment liegen. Dann zog er sie wieder zurück, legte sie erneut, aber diesmal ruhiger auf meine Schulter.

Fast unhörbar flüsterte er: »Du lebst. Du lebst. Du bist kein Geist!«

»Nein. Ich bin kein Geist. Ich lebe. Ich bin ein Mensch.«

Er verstärkte den Druck seiner Hand. In jeder Hinsicht war ich ihm körperlich unterlegen, auch wenn ich etwas größer war. Seine Arme waren kräftig und grob. Er hätte mich in diesem Moment ohne weiteres erwürgen können.

»Setzen wir uns«, sagte er leise. »Ich werde dir alles erklären.«

Wenn der olympische Betrachter sich an diesem Abend in diese von ihm noch nie besuchte Region des Planeten verirrt hätte, dann hätte er vielleicht über diesen höchst grotesken Anblick geschmunzelt: Auf einer Lichtung im Dschungel saßen Rücken an Rücken zwei Männer, am Abend jenes Tages, an dem ich allein aus Philomelas Wald zurückgekehrt war. Ein Europäer und ein einheimischer Papua. Rücken an Rücken saßen wir da, neben uns ein Feuer, beide eingehüllt in Rauch, ich eingekleistert mit Moskitomilch, über uns ein überwältigender Sternenhimmel, von dem in der Lichtung nur ein kleiner Ausschnitt zu sehen war.

Das Kreuz des Südens wanderte mahnend empor.

Roscko erzählte und erklärte, sprang zwischen den Sprachen hin und her, Englisch, Pidgin und seiner Muttersprache. Und ich, der Europäer, verstand nichts, überhaupt nichts.

Die Nacht war trocken, lau, unheimlich. Ich schlief später unter meinem Moskitonetz unruhig, denn die ersten Alpträume kündigten sich an, obgleich ich noch nichts wusste, nur etwas von den Mythen, Geheimnissen und letztlich den Wahrheiten erahnte, die den unbekannten Vogel aus dem Paradies umgarnen.

Als Pater Angelo mir eine Woche später in seinem kleinen Häuschen neben der Kirche in Tabubil von den Mythen aus dem Regenwald erzählte und ergänzte, was Roscko mir nicht erzählen konnte, wollte ich nichts glauben, weiß aber, dass alles wahr ist.

Ich flog nach Hause. Ließ ein unbekanntes Land hinter mir, flog in eine unbekannte Zukunft hinein. Seitdem habe ich die Alpträume. Immer wieder andere, immer wieder verschiedene, doch alle zusammen ergänzen sich zu einem Bild: Philomela, obgleich sie so weit weg ist.

Das Gehirn kann jede Distanz verringern. Auch die unüberwindlichste.

Diese Alpträume sind doppelt schrecklich, weil ich ahne, dass sie wahr sind. Jetzt, jetzt in diesem Moment ist es wahr. Jetzt in diesem Moment geschieht es in den Wäldern Papua-Neuguineas, in einem Tal im Grenzgebiet zu Iryan Jaya. Dort, wo es in hundert Jahren noch keine Straße geben wird, dort passiert es jetzt. Und jede Nacht. Die Vollführung des Rituals. Um die Götter und Geister des Waldes zu besänftigen, um den Fluch abzuwenden, der über das Dorf gekommen ist mit dem Auftauchen der unbekannten Frau aus dem Reich der Ahnen. Um sich mit der alles beherrschenden Natur zu versöhnen. Um die alles beherrschende Natur nachzuahmen.

Jede Nacht wieder passiert es, und jede Nacht habe ich wieder diese Alpträume.

Nie wieder werde ich es erleben dürfen: die Vereinigung mit Philomela, denn sie, mit der ich mich vereinigen möchte, sie erlebt es Nacht für Nacht. Nur nicht hier, nur nicht bei mir. Und sie weiß nicht, mit wem. Weiß, nicht mit was.

Denn sie kann es nicht sehen.

Jede Nacht wieder sehe ich die fratzenartigen Masken, die Bemalungen der Männer, von denen Pater Angelo berichtet hat, die noch unentdeckt sind, aber irgendwann entdeckt werden und dann weiß die Welt von ihrer Existenz. Dort im Grenzgebiet, in den unzugänglichsten Regionen dieser Erde, dort leben diese Menschen, in Hütten unter den Bäumen. Sie haben noch keine Lichtungen in den Regenwald hineingekratzt. In bedeckten Nischen zwischen den riesigen Wurzeln der Bäume, in Gruben mit Moos leben sie. Dort verehren sie den Vogel aus dem Paradies, dort schmücken sie sich, bemalen sich und ahmen seine Farbenpracht nach. Dort tragen sie die Federn, die er abwirft, und flechten sie in ihre Haare. Dort ahmen sie seinen Balztanz nach. Seine Hochzeitszeremonien. Seinen Ruf. Seine Mitgift, die er von seinem Weibchen erzwingt. Und doch haben sie Angst vor ihm.

Jede Nacht kopuliert das wunderschöne Männchen mit seinem unscheinbaren, blinden Weibchen.

Dort lebt auch Philomela.

Nur weiß sie und sieht sie nichts mehr.

Wie dieser unbekannte Vogel, dessen Name noch nicht missgestaltet wurde durch Rangklassen und Ordnungen aus lateinischen Kunstwörtern und einfach nur ob seiner Schönheit »Vogel des Paradieses« genannt wird, wie dieser Vogel, dessen Erforschung Philomelas Ziel war und weiterhin das Ziel der Ornithologen dieser Welt bleiben wird, wie das Männchen dieser Gattung nach erfolgreicher Balz und dem Geschlechtsakt dem Weibchen die Augen aushackt und es so für den Rest des Lebens fest an sich bindet, genauso haben sie ihr die Augen ausgeschält. Als sie nackt und hungrig, aber im Rausch des Gesehenen vereint mit der Welt, der Natur und gänzlich eins mit dem Wald, in das Dorf getorkelt kam und mit ihrem Blick Zeugnis darüber abgelegt hat, dass sie ihn gesehen hatte. Den Gott. Die Schönheit an sich.

Die Männer des Dorfes, von schrecklicher Furcht gepackt, rissen sie zu Boden, hielten sie fest. Sie war arglos, als man ihr erst die Augen mit einem Stück Wurzelmoos bedeckte. Um ihren Blick zu mildern. Die Frauen schrien grell, kreischten, packten die Kinder, rannten davon. Ein plötzlicher Regenguss, das Aufjaulen der Hunde. Angst bemächtigte sich des Dorfes mit seinen Hütten und Gruben aus Bast und Bambusästen.

Dann kam ein Mann in furchterregender Bemalung und riesigem Penisfutteral und trug einen Schabstein in seiner Hand.

Sie nahmen den dreckigen Bast wieder von Philomelas Augen und alle, bis auf den einen, schnitten sich mit geschliffenen Steinen ihre Unterarme auf und drückten das Blut auf ihre eigenen Augen im Glauben, damit den Fluch zu bändigen. Und der Mann mit der schrecklichen Bemalung trat zu ihr, sie schaute ihn an, er ist ein Teil von hier, er ist nur Natur, schreiendgrell bemalt, er drückte den Schabstein an die Innenseite ihres linken Auges, direkt dort in die Mitte, drückte tiefer und fester, bis das Gewebe nachgab, und dann hebelte er nach innen, hebelte aus, hob das Auge heraus.

Es glitt ihm entgegen.

Es widersetzte sich nicht.

Ihr Kopf kippte zur Seite. Blut floss ins Haar. Über dem Ohr. An der Schläfe entlang.

Noch einmal widerstand der Medizinmann der machtvollen Kraft ihres verbliebenen Auges, drückte ein zweites Mal den Schabstein an, hebelte ein zweites Mal aus und dann biss er die Sehnerven durch.

Leer waren die Höhlen. Ausdruckslos und leer.

Ich schreie in den Nächten und in diesen Alpträumen deinen Namen, Philomela, ich schreie ihn noch immer. Ich sehe dich und ihn, den Vogel. Und das Weibchen.

Der unbekannte Vogel des Paradieses, in den Wäldern Papua-Neuguineas als Gott und Geist verehrt, unentdeckt bisher und versteckt in einem sehr entlegenen Tal, der Vogel, der nach erfolgreicher Balz seinem Weibchen die Augen aushackt, damit sie keinen anderen mehr sieht, der den Rest des Lebens beide versorgt, Brut und Braut, der so schön ist, dass es verboten ist, ihn zu sehen, der jede Nacht kopuliert und denjenigen erblinden lässt, der ihn gesehen hat: Dieser Vogel existiert.

In meinen Alpträumen ist Philomela nicht die einzige blinde Frau in jenem Dorf.

Nachdem das Werk vollendet war, drückten sie vielleicht Kräuter in die leeren, blutigen Höhlen, stopften vielleicht ein Gemisch aus zerstoßenen Maden und Wurzeln hinein, behandelten die Wunden vielleicht mit glühenden Holzscheiten, ich weiß es nicht, soweit reichen meine Alpträume nicht, die Frauen kehren aus dem Wald ins Dorf zurück, die Kinder sind noch immer verängstigt, verstecken, vergraben sich hinter ihren Müttern, vielleicht wird es morgen wieder regnen, doch die Gefahr ist gebannt, die weiße Frau, vielleicht von den Göttern gesandt, vielleicht von den Geistern, die weiße Frau aus dem Zwischenreich ist keine Gefahr mehr.

Die Sippe kann weiterleben.

Sie sieht es nicht, wenn jede Nacht erneut ein Mann des Dorfes sie heimsucht, den armlangen Peniskócher abstreift und an ihr die Versöhnung mit den Geistern des Dschungels vollzieht. Jede Nacht wieder, denn jede Nacht müssen die Geister versöhnt werden. Die Geister der Baumstümpfe, das Rauschen der Bäche, das Gemurre der Natur und das Unheimliche, das hinter den letzten Pfaden im Wald lauert.

Sie schrieb mir: »Verzeih mir!«

Ich verzeihe sogar den Menschen in jenem Tal. Sie gehorchen ihren Gesetzen, ihrem Glauben, ihren Ängsten. So wie ich meinen Sehnsüchten und unerfüllten Hoffnungen unterliege. Dieser vermaledeiten Illusion, Philomela sei einmal ein Teil von mir gewesen und hätte mir ein erfüllteres Leben ermöglicht, als ich es jetzt habe.

Ich glaube, Philomela gehört inzwischen zum Dschungel. Er hat sich ihrer bemächtigt. Ihre Entscheidung ist gefallen. Eine Suche wäre zwecklos.

Ich werde niemals den Film entwickeln, den ich aus Philomelas Kamera herausgenommen habe.

Ich werde fortan meinem Vogel des Paradieses auf der Spur sein.

Worte werden von nun am Ziel vorbeischießen.

Zweites Kapitel

Wohin führst du mich, Ovalu?
Führst du mich aus der Dunkelheit heraus?
Erfüllst du meinen letzten Wunsch?
Du führst mich wirklich an den Rand deiner Welt, dorthin, wohin du dich noch nie gewagt hast? Dorthin, wo meine Welt beginnt? Nur langsam, Ovalu, nicht zu schnell, bald werden mich meine Kräfte verlassen. Halt mich fest, wenn wir unbekannte Wege betreten. Wege, die ich nicht kenne. In der Dunkelheit geht es nicht so schnell.
  Wir nützen die Unruhe im Dorf aus. Noch tobt das Fest und die Männer tanzen in Trance. Sie stampfen in der Mitte des Dorfes nach den Rhythmen des Waldes, sie singen und schreien die grausamen Lieder. Sie ahmen den Vogel des Paradieses nach. Sie haben sich geschmückt mit seinen Federn. Sich bemalt in seinen Farben. Lehmkrusten kleben an den Schultern der tanzenden Männer. Die Risse fühlen sich wie platzende Narben an. Die Kinder quieken und schreien vor Aufregung. Noch nie in ihrem kurzen Leben haben sie so etwas erlebt. Fremde Menschen aus den Innereien des Waldes. Geschlachtete Schweine. Der Klan mit seinen Gästen ist in euphorischer Aufruhr.
  Nur ich kann nichts mehr sehen, ich kann nichts mehr hören. Aber ich weiß es. Sie ahmen wahrscheinlich inmitten all der Zeremonien und Tänze das Krächzen nach, den Balzschrei des Männchen, sie wollen wie er sein. Sie wollen seine Farben auf ihre dunkle Haut zaubern. Sie wollen seine Macht besitzen. Sie wollen klingen und tönen wie er.
  Aber ich höre es nicht mehr.
  Gönn mir eine Pause, Ovalu. Ich kann nicht mehr. Lass mich hier ausruhen.
  Aber sie scheucht mich weiter. Zerrt und zieht an meiner Hand. Sie nimmt keine Rücksicht auf das Blut, das ich verloren habe. Hinter uns muss noch immer eine Gefahr sein.
  Die Flucht aus dem Dorf jenseits meiner Zeit ist überstürzt. Fern und abgelegen ist dieses Dorf, unbekannt und am Rand zur Unbegreiflichkeit – ein Dorf inmitten seiner eigenen Zeit, hier gibt es keine Jahre und Jahrzehnte, es gibt nicht einmal Tage und Wochen, der Mond und der Regen bestimmen das, was immer gleich bleibt, immer ist und war alles gleich, ein Tag ist ein

Tag, jeder Morgen ist ein neuer Morgen, der siebte Tag hat hier nie stattgefunden, vielleicht regnet es, vielleicht stürmt es, was macht es aus, nur der Mond in der Nacht und die Nächte sind anders – auch wenn diese Flucht aus diesem Dorf ohne Zeit meinen Tod bedeuten kann: Ich will jetzt fort. Jetzt!

Aber ich brauche eine Pause. Ovalu, ich will es dir sagen, aber meine Stimme ist weg: Ich brauche eine Pause. Wenn man einen Gott zur Welt gebracht hat, muss man doch ausruhen, wie am siebten Tag.

Ich will, dass nur noch mein Herzschlag die Zeit bestimmt. Und wenn mein Herzschlag stehen bleibt, vereinigt sich die Zeit mit der Stille.

Die Stille.

Diese Stille, die tief in mich hinabreicht.

Nie wieder eine fremde Hand. Nur Ovalu. Sie wird es wissen, dass der Dschungel mich nun aufnehmen soll.

Führ mich! Führ mich nur dorthin, wo die Stille ist. Führ mich an den Rand meines Lebens!

Ich habe viel Blut verloren, ich verliere immer noch Blut, mein Unterleib braucht eine Pause. Aber Ovalu treibt mich weiter in den Urwald hinein. Sie zerrt mich an der Bambusschnur immer weiter in den Dschungel hinein. Schmerzlos sind meine Füße, unempfindlich gegen Äste und Stacheln. Ich stolpere. Ovalu zerrt weiter an der Schnur. Blut an meinen Beinen. Mein Blut und Blut meines Kindes. Der Gott. Ich will vergessen. Äste schlagen in mein Gesicht. Ich will endlich vergessen.

Das Leben ist eine einzige Vorbereitung auf das Vergessen.

Nur fort von hier. Das Hier vergessen. Das Dorf vergessen. Diese Hölle, die über mich hereingebrochen ist. Diese Hölle, die mich ein ganzes Jahr – war es ein Jahr? – gequält hat. Fort, endlich fort. Fort aus dieser Verachtung. Ich will zurückkehren.

Ich werde zurückkehren.

Ich will zu ihm zurückkehren. Nur für einen Augenblick. Ihn nie wieder sehen. Ihn nie wieder hören. Aber vielleicht ein letztes Mal spüren. Seinen Atem spüren.

Es gibt keine Rechtfertigung. Für mein Tun gibt es keine Rechtfertigung. Er ist der Einzige, der vielleicht alles versteht. Er wird mir helfen zu vergessen.

Es ist so viel Zeit vergangen. Ein unverzeihbarer Fehler ist es, einen Menschen für eine Idee aufzugeben. Ich suchte nach dem, was größer als der Mensch ist. Aber wir können nur begreifen, was menschlich ist. All die Nachrichten, die er mir zum Schluss geschrieben hat! Seine Plädoyers an meine Vernunft. Seine Versuche, sich wieder in mein Gedächtnis zu rufen. So zärtlich, selbst nur mit Worten. Ohne seine Hand zu spüren, fühle ich seine Nähe. Er schrieb von Zoobesuchen und von unseren Kocherlebnissen. Vom Spiel des Lebens. Von seinen spontanen Fahrten über die Autobahn, um die Nacht bei mir zu verbringen. Von langen Morgenstunden.

Ich habe alles ignoriert. Jede Zeile, jeden Satz habe ich ignoriert. Der Vogel des Paradieses hat mich gerufen und ich bin gefolgt.

Es ist das Letzte, das mir geblieben ist: Die Hoffnung, wenigstens noch einmal seine Hand zu spüren. Eine Hand, die es verstanden hat, Worte von solcher Zärtlichkeit zu schreiben, dass ich für Momente sogar die Vögel vergessen habe. Seine Hand war da, und wenn sie nicht da sein sollte, zog sie sich zurück. Und wenn ich diese Hand begehrte, fand sie zu mir. Suchte mich. Gewährte es mir. Gewährte mir alles, was ich begehrte. Noch einmal seine Hand spüren – Ovalu, führ mich weiter.

Ich habe zu viel gelernt in zu kurzer Zeit. Jetzt weiß ich zu unterscheiden. Zu viele Hände in diesem Jahr in unfassbarer Rücksichtslosigkeit. Hände überall an mir, in mir, auf mir. Ich war menschlicher Teig. Sie haben ihre Hände an mir getestet, die Kraft ihrer Hände. Hände, so rau und brüchig wie Äste. Fingernägel wie Dornen. Gewaltbereit und ungezügelt wie herabstürzende Felsbrocken.

Ein Jahr, was ist das im Vergleich zur Ewigkeit?

Eine Pause, Ovalu? Danke. Könnte ich dir doch von ihm erzählen.

»Auch zu viel Zeit?« Das war der erste Satz, den ich zu ihm gesagt habe. Damals. Vor zwei Jahren. Vor dem Seehundgehege. Ich bin ihm zuvorgekommen. Vielleicht hätte er mich nicht angesprochen. Er hatte einmal kurz gelächelt, dann weggeschaut. Aber ich blieb bei ihm. Ich schaute ihn weiter an. Und war sofort von diesen überraschten, verschämt wegblickenden Augen gebannt. Ich hatte nicht lang überlegt, sondern nur gesagt: »Auch zu viel Zeit?« Er wirkte verunsichert. Aber er fand sich sofort, fasste sich und überraschte mich im nächsten Moment mit einer unerwartet selbstbewussten Stimme: »Ich habe immer Zeit. Das Leben ist eine einzige lange Zeit! Hat irgendjemand mehr oder weniger Zeit, als ihm zur Verfügung steht?«

Die Zeit kann die Dauer eines einzigen Flügelschlags haben, wenn der Kolibri an der Blüte Nektar saugt. Geschehen und vorbei. Sie kann die Dauer eines Schwunges haben, mit dem der Wal seine Schwanzflosse durch das Meer treibt. Die Zeit kann verharren, warten und neu einsetzen.

Vielleicht findet er mich irgendwann doch noch. Irgendwann und irgendwie einen letzten Augenblick erleben, mit ihm, sei er noch so kurz, dieser Augenblick: Das ist es, ja, was mich treibt.

Jetzt führ mich weiter, Ovalu! Führ mich weiter. Hörst du nicht das Schreien, das aus mir herauswill, um dich anzutreiben?

Ich will die Zeit anhalten.

Das Leben ist ein Flügelschlag des Schicksals.

Das war es, worüber er geschrieben hat. Schreiben wollte. Doch seine Phantasie reichte nicht in diese Höhen, in die ich mich erheben wollte und in die ich aufgestiegen bin. Hätte seine Phantasie dazu ausgereicht, dann hätte er mich vielleicht wie einen Drachen an eine Nylonschnur gelegt, um mich immer wieder zurückholen zu können.

Sicher feiern die Männer immer noch. Die Luft vibriert von den Trommeln. Mein Gespür reicht viel weiter als Augen und Ohren. Niemand folgt uns. Die rhythmischen Trommeln, die tiefen Töne der Knochenflöten, der laute bellende Gesang der Männer – ich höre sie nicht mehr. Aber ich spüre alles. Wir müssen weiter in den Wald hinein. Ovalu, führ mich bis zum Rand der Welt!

Ich habe zu spät erfahren, dass das Ritual, dem ich jede Nacht ausgesetzt war – wie lang ist das her, dass es nicht mehr notwendig war: zwei Monate, drei Monate, vier Monate –, zu spät habe ich erfahren, dass das nicht alles ist. Zu spät habe ich begriffen, dass mein Abtauchen in die ewige Nacht vor einem Jahr nicht alles ist. Zu spät habe ich erfahren, dass die Versöhnung mit den Geistern des Waldes, die Versöhnung mit Ovalus Mutter und den Ahnen aus dem Reich des Todes einen letzten Höhepunkt abverlangt. Einen Höhepunkt, für den es sich zu feiern lohnt.

Die Gäste kamen aus einem noch tieferen Dschungel. Dieses Dorf mitten im Urwald auf Neuguinea, der Garten Eden der Vogelwelt, dieses Dorf, das mein Gefängnis ist, hat zu einem einzigartigen Ereignis eingeladen. Vor wenigen Stunden hat das Ereignis stattgefunden. Der Gott wurde geboren. Das Fest tobt noch immer. Ich war der Anlass.

Ich weiß nicht, wie viele Menschen, Freunde, Gäste, Verwandte aus noch ferneren Tälern, noch unzugänglicheren, herbeigekommen sind. Es müssen Dutzende gewesen sein. Menschen aus den Ureingeweiden des Dschungels. Menschen, die nicht wissen, dass es noch andere Menschen gibt.

Ich bin kein Mensch. Ich bin eine Ahnin.

Für die Gäste haben sie die Hütten mit glühenden Schweinslederresten ausgeräuchert. Sie haben Moskitos und Fliegen vertrieben. Sie haben Gräben gezogen, um Schlangen und Spinnen und Skorpione zu fangen. Sie haben Schlangen gegrillt. Sie haben im Wald Maden gesammelt. Tausende Maden, tagelang. Und sie haben wahrscheinlich die Hütten und den Platz mit Blumen und Schnitzereien geschmückt. Sie haben Blätter geflochten, die Kinder zurechtgewiesen, artig zu sein. Alle Bewohner des Dorfes, in dem ich ein endloses Jahr gelebt habe, haben seit Wochen dieses Fest vorbereitet.

Das Wichtigste von allem: Sie haben alle Schweine geschlachtet. Ovalu hat meine Finger gezählt und gesagt: Zehn Schweine! Sie hat es mit Ehrfurcht gesagt. Ein Höhepunkt, von dem die Großväter und Großmütter noch in Generationen ihren Enkeln am Feuer erzählen werden. Zehn Schweine! Noch nie wurden in diesem Dorf so viele Schweine geschlachtet, hat Ovalu gesagt. Es war ein Gequieke und Gegurgel ohne Ende, stundenlang, es hörte nicht auf, das Schlachten mit Messern aus geschliffenem Stein. Sie haben die Schweine gequält. Sie Stück für Stück zerlegt, denn das Quieken im Todeskampf klang wie der Balzruf des Vogels.

Ich hörte ihren Flügelschlag. Sie kamen geflogen und die Männer fingen sie ein.

Wie die geschliffenen Steine in das lebende Fleisch eindrangen. Ich höre es noch immer. Ein schmatzendes, klaffendes Geräusch. Immer wieder. Das röchelnde Schnaufen nach letzter Luft des sterbenden Schweins und die ununterbrochenen Schreie der Angst der restlichen Schweine. Sie haben die Beine einzeln abgeschnitten, die Ohren ausgerissen, den Unterleib geöffnet. Sie haben die Kiefer auseinander gebogen, bis sie brachen. Sie haben die Haut zerrissen. Die Augen eingedrückt. Sie haben ihnen das Gedärm einzeln herausgenommen, den Magen, die Leber, die Lungen. Und dann haben sie die warmen Herzen herausgerissen, das Blut über ihren Köpfen herausgepresst und die Herzen den Vögeln geopfert. Die Leber roh verzehrt. Das Fleisch verteilt. Die Innereien in Erdlöchern gebacken. Sie haben mich eingerieben mit nasser stinkender Haut. Und die Hunde haben sich über die Knochen und Sehnen gefreut.

Ich habe Durst, Ovalu. Gib mir Wasser. Jetzt lassen die Schmerzen nach, und mit ihnen auch meine Kräfte. Immer schwächer. Lass mich schlafen, Ovalu, lass mich jetzt schlafen.

Es war ein Höhepunkt im Leben dieses Dorfes, das in seiner eigenen Welt seine eigenen Gesetze hat. Es sind Traditionen aus einer Vergangenheit, die keiner kennt. Die Welt hier hat ihre Grenzen jenseits der nächsten Hügelkette. Dieses Fest ist für die Menschen wichtig gewesen. Der Zeitpunkt war unaufschiebbar. Der Anlass für dieses Fest bestimmt die Zukunft, den Regen, die Hitze und den Dampf aus dem Urwald, den Wachstum der Knollen und Süßkartoffeln, die Laune der Geister.

Dieses Fest war der Höhepunkt seit langer Zeit und wird der Höhepunkt in der Geschichte des Dorfes für lange Zeit bleiben: Ein Gott wurde geboren.

Von den Höhepunkten, denen ich jede Nacht ausgesetzt war, werden die Großväter und Großmütter den Enkeln nicht erzählen. Nicht am Feuer, wenn die Nacht hereingebrochen ist, nicht wenn draußen vor den Hütten der Regen alles ertränkt. Nicht einmal, wenn die Kinder danach fragen, woher der Gott gekommen ist. Von den Höhepunkten, die ich erleben musste, darf nicht gesprochen werden.

Sehr spät wurde ich eingeweiht von Ovalu. In die Gesetze des Dorfes. In den Glauben der Menschen in diesem Tal. In das Wissen von den Ahnen. In die Ängste, die die Menschen vor den Ahnen und den Geistern aus dem Wald haben. Und sie hat mich auch gelehrt, was das Ritual bedeutet.

Vom Vogel des Paradieses sprach sie nie.

Wozu Menschen fähig sind, wenn sie sich ihren Ängsten ausliefern, liegt jenseits aller Phantasie. Ich schreie Ovalu an. Aber ich erhalte keine Antwort. Wie sollen sich zwei Gehirne aus den entgegengesetzten Räumen des Universums verstehen?

Ich spüre meine Schritte auf dem feuchten Boden. Ich spüre Ovalus Hand. Das Ritual wurde vollbracht. Niemand scheint sich für mich zu interessieren. Niemand folgt uns. Ich wurde uninteressant. Ich habe meine Pflicht getan.

Ich möchte weiterleben. Denn es war nicht zu spät, um den schönsten Ton zu hören, der mich von nun an in der Nacht der Geräusche und des Lichtes begleitet. Ich habe einen wunderbaren Ton gehört, das ursprünglichste Geräusch: der Schrei des neugeborenen Gottes, ansonsten nichts.

Soll ich jetzt aus leeren Augen weinen? Soll ich schreien? Ich lebe noch und ich werde mit Ovalus Hilfe das Dorf und diesen Dschungel, diesen wahnsinnigen Urwald verlassen.

Vielleicht wird er mich noch einmal finden. Nicht mehr so zufällig wie damals im Tierpark vor dem Seehundgehege. Ein Tierpark, den ich in einem vergangenen, vergessenen Leben besucht habe, nur um mich meiner Leidenschaft hinzugeben: den Vögeln. Dort traf ich ihn und er beflügelte alle Leidenschaften noch mehr. Er wollte keine wissenschaftlichen Details von mir hören, sondern Geschichten. Geschichten von Vögeln. Er wollte in dem Vogelhaus, in das wir dann gingen, meine Berufung, meinen Drang, mein Streben und Wollen und meine Verletzlichkeiten kennen lernen.

»Und wovor hast du Angst?«, hat er gefragt.

Wir kannten uns gerade zwanzig Minuten.

»Vor einem Vogel, von dem ich nicht mehr loskomme!«, antwortete ich.

Dann fuhr ich fort, Geschichten von Vögeln zu erzählen. Ich spürte, wie meine Sätze in seinen Kopf eindrangen. Es war kein halbherziges Zuhören. Er wollte jeden einzelnen Satz erleben. Er wollte spüren, was mich antreibt.

Ich habe vor nichts mehr Angst. Außer vor dem Ausgestelltwerden. Sie können mich nicht konservieren und mich auf einem Jahrmarkt präsentieren. Das dürfen sie nicht.

Wir gingen Kaffeetrinken und konnten nicht voneinander ablassen. Wir konnten nicht aufhören zu erzählen. Es war schön, zu erzählen und zu wissen, dass die Sätze nicht im Nichts verrauschten. Dass sie ankamen. Ich wollte nicht mehr nach Hause fahren. Ich wollte mit ihm die Nacht verbringen.

Später, beim Abendessen, erzählte er von sich in einer Art, die bescheiden war, zurückhaltend, entschuldigend. Dann, bei dem anschließenden Spaziergang zu verschwiegenen Plätzen in der Altstadt, fragte er, ob ich mit zu ihm kommen wolle. Wir schlenderten durch stille Gassen. Irgendwann hielt er meine Hand in seiner Hand und ließ sie nicht mehr los. Bei ihm zu Hause wollte er mich ganz kennen lernen. Er hat mich einfach eingeladen. Ich bin einfach mitgegangen. Ich wollte mich so nackt wie nur möglich in sein Bett legen. So nackt wie jetzt.

Meine letzte Hoffnung ist, ihn noch einmal treffen. Ihn, den ich nach allem, was sich ereignet hat, längst vergessen habe. Vergessen musste. Ihn, der nie begriffen hat, welche Bedeutung er in meinem Leben gewonnen hat. Ich spürte es schon während unseres ersten Treffens. Er glaubte, sich immer mit meinen Vögeln messen zu müssen. Dabei brauchte er das nicht. Er genügte, so wie er war. Jetzt befinde ich mich wieder auf dem Weg zu ihm. Ein bisschen verspätet. Mit einem Jahr Verspätung kehre ich zurück, Geliebter.

Ja, ich habe ihn verlassen, zurückgelassen, um Verzeihung gebeten habe ich ihn. Deswegen ahne ich es, nein – ich weiß es: Er wartet nicht mehr auf mich. Er erwartet mich nicht mehr. Denn ich habe ihn ersetzt durch die Vögel. Er hat gegen die Vögel verloren. Seiner Bitte bin ich nicht gefolgt: Der Bitte, zurückzukommen!

Weil es wunderschön war. Es gibt keine andere Entschuldigung.

Die Vögel zu sehen, war wunderschön. Am Balzritual teilzunehmen war wunderschön. Den Balzruf zu hören war wunderschön. Alles war wunderschön. Es ist wert, für diesen Anblick zu sterben.

Ich wäre beinahe gestorben. Eigentlich habe ich es nur Ovalu zu verdanken, dass ich noch lebe. Lebe? Jawohl, ich schreie es in mich hinein: Ich lebe! Leben! Ich lebe noch! Blind und taub. Aber ich spüre den weichen Dschungelboden unter meinen Füßen. Tappe mit jedem Schritt in diese feuchte Fruchtbarkeit. Rieche die sattschwarze Nachtluft des Waldes. Taste nach Ovalu, nach Zweigen und Ästen, die mich halten und weiter geleiten.

Ich weiß, dass alle Vögel des Paradieses es nicht wert sind, dieses wunderbare Leben für sie zu opfern! Für etwas anderes, aber nicht für sie!

Ovalu, ich danke dir! Ich weiß es nicht, ob du es verstehst. Auch eine Ahnin aus dem Reich des Todes kann dankbar sein. Du läufst noch immer vor mir, du bist noch in meiner Nähe. Deine Hand, deine wunderbare Hand, die mich in die Freiheit führt, ich spüre sie. Ovalu, ich danke dir! Wenn ich ihn noch einmal treffen sollte, werde ich ihm von dir erzählen. Danke für das Wasser, das du mir reichst. Morgen führst du mich weiter.

Ovalu ist eine dicke Frau, die nach warmem Schweinefett und bitterem Holzfeuer riecht. Alles im Dorf riecht nach Schweinefett und Holzfeuer. Bei Ovalu kommt noch ein derber Geruch nach frischem Leder dazu. Und ein mir unbekanntes Öl, das sie sich hinter die Ohren schmiert. Dieses Öl vertreibt Moskitos und Fliegen. Alle benützen das gleiche Öl. Doch bei jeder riecht es anders. Jede Frau stellt es selbst her und reicht es ihren Töchtern weiter. So habe ich erkannt, welche Frauen Ovalus Schwestern sind. Ich liebe diesen Geruch. Ich liebe besonders den Geruch von Ovalus Öl. Ich werde diesen Geruch vermissen, denn er erinnert mich an Geborgenheit, Sicherheit, Ruhe inmitten dieser schwarzen unruhigen Welt aus Männergewalt und den mich immer noch erschreckenden Schreien aus dem Dschungel.

Plötzlich Stöhnen aus dem Nichts! Krächzen aus der Höhe! Blut in den Ohren.

Eine kurze Zeit nach meinem Abtauchen in die ewige Finsternis, ich kann nicht sagen, wie lange es gedauert hat, drei Tage, vier Tage, da waren Ovalus Hände das Erste, was ich spürte. Die erste Berührung mit dem Leben. Eine erste Zuwendung.

Ich hatte geglaubt, dass sie mich in einer dreckigen Grube ihres Dorfes verrecken lassen würden. Eine Stelle, die vom Kotgeruch der Schweine verpestet war. Unter mir war warmer Morast. Sie warteten, ob ich überleben würde. Dann trugen sie mich in eine Hütte. Wenn der Regen einsetzte, dauerte es nur wenige Minuten, bis er einen Weg durch das Dach gefunden hatte. Ich lag auf einer harten Matte und war angebunden. Vor Schmerz konnte ich mich kaum rühren. Dann spürte ich plötzlich diese rauen, zerfurchten Hände: Sie strichen über meine Augenlider, die noch immer vor Schmerz glühten, sie strichen meine Augenlider zur Seite. Ich weinte. Dann fuhr Ovalu mit einem Finger in meine Augenhöhlen hinein. Es fühlte sich an, als ob sie mein Gehirn streicheln wollte. Sie kratzte die durchtränkten Kräuter heraus, die mit Blut und Eiter vermischt waren. Sie legte feuchte Blätter auf meine Augen, die nach Pfefferminze und Banane dufteten und augenblicklich Linderung brachten. Sie umwickelte meinen Kopf mit einer Bastschnur, um das unaufhörliche Pochen zu bändigen, das wahnsinnige Pochen. Sie gab mir Wasser zum Trinken und schmierte klebrige Paste auf meine aufgesprungenen Lippen. Sie goss dicke Flüssigkeiten auf die offenen Geschwüre an meinen Beinen. Nichts heilt in dieser feuchten Luft, alles fault nur. Echtes trockenes Sterben gibt es im Dschungel nicht. Was verrottet, lebt.

Manchmal betastete Ovalu meine Haut. Danach kribbelte es angenehm. Ich fasste an die Stellen und hatte lebende Maden in der Hand, die Ovalu in die Wunden hineingesetzt hatte. Die Maden fraßen das schmerzlose, abgestorbene Fleisch an den Wundrändern. Es tat gut. Ein Teil des Dschungels fraß das Sterbende meines Körpers.

Für all das und noch mehr in der darauf folgenden Zeit – bald ist der Augenblick des Abschieds gekommen – werde ich Ovalu danken, wenn wir am Rand des Dschungels oder wo auch immer – ich weiß nicht, wohin sie mich führt – angekommen sind. Dann werde ich ihr danken.

Ovalu war es, die meine Schmerzen linderte, die Schmerzen, die jener Augenblick in mich hineingeschossen hatte, als ich in das Dorf getorkelt kam. Ich hatte für einen Augenblick gedacht: Nun wird alles gut. Das ist das Paradies. Jetzt bin ich zu Hause.

Aber ich kam wie ein Geist aus dem Nichts.

Ich weiß nicht, wie lang ich gerannt war. Dann ein verschwommener Blick, nichts sah ich, nur Schatten, die vielleicht Hütten waren. Ich hatte Durst von meiner stundenlangen Raserei durch den Urwald. Ich hatte das irre, gierige Bedürfnis zu erzählen, was ich gesehen hatte. Ich wollte erzählen, einfach nur erzählen, reden, mir diese Freude von der Seele wegreden, egal, mit wem, einfach nur reden. Ich war verhext vom Vogel des Paradieses. Dann sah ich Schatten, die sich bewegen. Im Dickicht hinter den Hütten. Keine Angst war da. Nichts. Nur der Wahnsinn.

Dann wurden es mehr Schatten, der Dschungel begann sich zu bewegen. Hinter den Hütten öffneten sich die Blätter. Der Erste kam heraus. Geschrei von allen Seiten. Ich lachte, ich schrie. Ich wollte sie alle umarmen. Ich war so glücklich. Ich war nackt. Da kam der Mann mit dem riesigen Penisköcher auf mich zu, die anderen Männer, das Geschrei, die Panik, die ausbrach. Frauen und Kinder rannten in den Wald, Hunde jaulten, ein Schwein lief mir durch die Beine, dann sah ich den seltsam verformten Stein in der Hand dieses grellbemalten Mannes, ich roch seinen Schweiß, die Hände der anderen Männer, die Kraft, die brutale Kraft, mit der sie mich festhielten. Dann sah ich diesen Stein, der so seltsam geschnitten war, ein Stein, mit dem man ausschabt. Er kam direkt auf mich zu. Ich wehre mich, zapple, drücke dagegen. Bäume mich auf. Aber der Stein ist über mir. Direkt auf mich gerichtet. Hände halten mich und biegen mich auseinander. An den Boden gedrückt. Der Kopf wie in einem Schraubstock.

Das sind doch die Boten aus dem Paradies, dachte ich.
Dann kam der Stein.
Besteht man aus mehr als aus Augen?
Aus dem Nichts heraus begann der Schmerz, erst war es ein Drücken, ein Nichtwahrhabenwollen, ein Jucken, dann wurde es schlimmer, ein verzweifelter Ruf, ein Schrei, ich wollte so laut schreien, dass ihnen das Trommelfell platzt, aber nichts, keine Regung, keine Aufgabe, nur noch mehr verrohte Gewalt, die mich festhielt, dann der Moment, in dem ich versuchte wegzuschauen, ich wollte meine Augen in meinem Kopf verstecken, doch es gab nichts mehr zu sehen, und noch einmal sah ich sie, die Vögel – ich sehe sie noch immer und weiß, dass ich aus mehr bestehe als aus meinen Augen –, doch dann verirrte sich der Schmerz in meinem Gesicht, er klatschte hinein, in das Innere meines Kopfes, überall. Er ergoss sich über mich. Wurde laut und lauter. Wurde entsetzlich. Alles wurde rot, dann dunkel.

Ich floss aus. Augenwasser spritzte. Die Hülle war geplatzt.

Noch einmal blickte ich auf, sah alles nur noch verschwommen und zweidimensional, ich glaube, ich rief und schrie. Ich flehte: »Lasst mir das eine! Bitte lasst mir das eine!«

Doch der Mann mit dem riesigen Penisköcher und den grellen Farben in seinem Gesicht hörte nichts, verstand nichts, wiederholte alles, wiederholte das Drücken, das Schaben, die Qual, ich roch mein Blut, das mir in die Nase floss, vermischt mit meinen Tränen und dem Augenwasser, dicker Gelee, was hätte ich schreien sollen, ich kannte ihre Sprache nicht, und dann, Tage später, Nächte später, eine einzige lange Dunkelheit später, die mich mit Alpträumen quälte, Alpträume von Schmerzen und von grellem Licht, Alpträume von Vögeln und von meinen Schreien, die mir die Ohren zerrissen, nach diesen tausend vergeblichen Versuchen. Eine gefühlte Ewigkeit später – wahrscheinlich waren es nur zwei oder drei Tage – später spürte ich Ovalus Hände auf meinen Augen, auf meiner Haut, hörte ich Ovalus Stimme.

Die erste Stimme seit Tagen. Die erste Stimme in meinem neuen Leben. Tief und zerkratzt, glucksend und weit entfernt von aller Weiblichkeit, aber voller Wärme. Eine Stimme, die das Echo des Dschungels in sich trägt. In die sich das Feuer der Hütten eingebrannt hatte. Eine Stimme, auf die es immer geregnet hat.

Nichts verstand ich von dem, was Ovalu zu mir sagte. Ich konnte noch nichts verstehen. Aber es waren angenehme weiche Worte, still und rücksichtsvoll, sie erschlugen mich nicht wie die Schreie der Männer, diese tiefen Bässe, das Husten mit dem Rotz aus den Lungen. Ovalus Worte kratzten auch nicht wie der unheimliche Balzruf des Männchen, den ich jede Nacht hörte.

Im ersten Moment stellte ich mir vor, dass sie nur: »Hab keine Angst mehr. Ich bin bei dir.« gesagt hat.

Inzwischen habe ich die Sprache gelernt. Ist es leichter eine Sprache zu lernen, wenn man blind ist? Ist es leichter eine Sprache zu lehren, wenn die Schülerin blind ist? Man hört genauer, achtet mehr auf Laute, kombiniert mehr den Klang der Wörter mit dem geistigen Bild.

Ovalu konnte mir nie etwas zeigen. Immer musste ich erfühlen und erschmecken und erriechen. Sie führte meine Hand an ihre breite Nase, ihren Mund, ihre durchstochenen Ohren und nannte dann das Wort in ihrer Sprache. Sie ließ mich die Narben auf ihrer Haut spüren, lange gleichmäßige Narben, und nannte ihren Namen. Sie führte mich im Frauenhaus herum, das aus langen, knarzenden Baumstämmen, unebenen geschnittenen Stämmen und Matten aus Gräsern und Bast bestand, sie legte meine Hand neben Hitze und für Bruchteile einer Sekunde auf glühende Steine und sagte in ihrer Sprache: »Kochstelle!«, sie wischte mit meiner Hand durch einen glatten Holztrog und sagte: »Topf!«, sie legte meine Hand auf warme, weiche Nässe, ließ mich riechen, ließ mich probieren und sagte: »Fleisch!« Unterschiedliche Früchte legte sie in meine Hände, ließ mich daran riechen und sagte dann: »Knolle«, »Süßkartoffel« oder »Tarowurzel«, die Dinge, die ich ein Jahr lang mit einheitlichem, fadem Gewürzmischmasch zu Essen bekam. Sie steckte mir kleine harte längliche Stücke in den Mund, die sich bewegten, und ich spuckte sie aus. Ovalu lachte und sagte dann: »Maden!« Bald mochte ich Maden. Sie schmeckten wie lebendige Avocado.

Einmal gab sie mir einen langen Stachel in die Hand. Am Ende hing ein feines, weiches Haarbüschel. Sie sagte, so glaubte ich zunächst: »Nadel!« Zuerst war der Stachel kühl und unangenehm. Je länger ich ihn jedoch in meinen Händen hielt, desto mehr nahm er meine Wärme an. Erst Wochen später begriff ich, dass es der spitze Federkiel eines Paradiesvogels war, den sie zum Nähen, zum Herauspuhlen von Würmern aus Erdlöchern und zu allen möglichen medizinischen Prozeduren benutzte.

An jenem wunderschönen Tag, an dem ich meine Hütte verlassen durfte und zu Ovalu ins Frauenhaus kam, durchstieß sie mir mit diesem Kiel die Nasenscheidewand. Ich habe den Schmerz vergessen. Meine Freude war zu groß an jenem Tag. Zum Desinfizieren und zur Wundbehandlung benutzte sie die gleichen Kräuter wie bei meinen Augen. Nachdem es verheilt war, drückte sie einen dünnen Stab durch meine Nase. Ich war aufgenommen im Frauenhaus.

Durch Abtasten und Ovalus Führungen lernte ich das Frauenhaus und die Schlafstätten darin kennen: Manche Frauen hockten den ganzen Tag vor kleinen schweren Steinen, schälten Gemüse oder verzwirbelten die langen dünnen Blätter eines Grases zu Schnüren. Eine weit ausgerollte Matte aus Bambus war der Spielplatz der Kinder im Frauenhaus, wenn es regnete. In einem Eck roch es besonders scharf und giftig: Das war für alle die Schlafstelle, die täglich mit Ölen zur Abwehr der Moskitos eingestrichen wurde. Zehn Frauen und ihre Kinderschar wohnten und schliefen in diesem Haus. Es war sehr eng beim Schlafen. Wie viele Häuser die Männer bewohnen, wollte ich nicht wissen. Das Haus selber stand auf Stelzen, damit keine Schlangen und Tausendfüßler hereinkommen konnten. Einmal hatte sich eine Schlange unter einer Bastdecke versteckt. Als sich ein Kind dorthin legte, biss die Schlange zu. Der Todeskampf war lang und laut, das Kind schrie die halbe Nacht, röchelte gegen Ende zu nur noch, dann verstummte es. Ovalu gab mir die getötete Schlange in meine Hände, ein dünner, nicht sehr langer Körper mit einer glatten kalten Haut. Ein anderes Mal erschlug Ovalu einen Tausendfüßler, der in der Nacht dicht an unseren Köpfen über das Holz glitt. Ihn gab sie mir nicht in die Finger. Ich durfte ihn nur mit Hilfe des langen Federkiels indirekt abtasten. Sein Körper war zwei Hände lang und über und über mit Stacheln bedeckt. Ovalu imitierte die Schmerzensschreie, die man erleidet, wenn man nur hauchzart von einem der Stachel berührt wird.

Das tägliche Leben spielte sich in dieser Hütte ab. Und alles habe ich mit Ovalus Hilfe ertastet und erfühlt. Als ein Hund bellte, sagte sie: »Hund!«, als lautes Geschrei von draußen ins Frauenhaus drang, sagte sie: »Männer!«. Es war ein hartes, gefährliches Wort, das Ovalu nur flüsterte. Als wir uns das erste Mal auf dem Weg zur Morgentoilette am Waldrand befanden und uns ein Schwein in Erwartung auf seine tägliche Morgenration folgte, sagte sie: »Schwein!«. Dieses Wort erinnerte mich an das Grunzen dieser Tiere.

So lernte ich mit den Tagen und Wochen mehr, konnte immer mehr die Wörter untereinander kombinieren, begann Zusammenhänge zu verstehen und schließlich gelang es mir auch, abstrakte Begriffe und Abhängigkeiten abzuleiten, Handlungen zu erkennen, Tätigkeiten zu verstehen, die ich nicht ertasten konnte. Wenn man vierundzwanzig Stunden am Tag einer Sprache ausgesetzt ist, dann beginnt sich irgendwann die Sprache mit dir zu vereinigen. Selbstverständlichkeiten treten ein.

Er hätte große Freude daran, diese Sprache zu verstehen. Er konnte so ansteckend sein mit seinen Erklärungen. Wenn er Wortbedeutungen ableitete und Ursprünge aus dem Lateinischen und Griechischen erklärte, vergaß er die Welt um sich herum. In einer Nacht hatte er mich damit überrascht, dass das Wort »Unsterblichkeit« in »amor« steckt.

»Das Nicht-Tote. A-mors! Ist das nicht wundervoll!«
Ich küsste ihn.
»Das ist wahre Etymologie«, fuhr er fort. »Und dass die wörtliche Übersetzung des Wortes ›Etymologie‹ ›die Wissenschaft vom Wahren‹ lautet, weißt du ja sicherlich.«
»Nein, das wusste ich nicht. Aber ich weiß es jetzt und finde, dass es sehr gut zu dir passt«, antwortete ich.
Er war immer auf der Suche nach dem Wahren. Nach dem Echten.
»Komm, lass uns weiterschnäbeln«, hatte ich dann gesagt.
Einmal versuchte ich, ebenfalls Lehrerin zu sein. Ich wollte Ovalu einige Worte aus meiner Sprache beibringen. Schöne Worte wie »Liebe«, »Sonne« oder »Freundin«. Aber ich spürte sofort, wie Ovalu erschrak. Sie hielt meine Sprache für die Sprache der Ahnen. Für die Sprache aus dem Reich der Nacht und des Todes. Ich ließ es fortan bleiben.
Ich lernte auch die Namen der Tiere aus dem Dschungel kennen, ohne sie je gesehen zu haben. In der ersten Zeit hatte ich geglaubt, das Dorf sei bereits das Herz des Dschungels. Als mich Ovalu nach Wochen der Genesung das erste Mal und von da an täglich mit zu den Gärten nahm – ein dreißigminütiger Spaziergang auf glitschigen Pfaden mit Wurzeln, über die ich anfangs stolperte, die ich aber nach Monaten einzeln und auswendig kannte –, erst da tauchten wir vollständig in diese Ursprünglichkeit des Lebens ein. Ovalu führte mich in ein Geräuschmeer aus Gekratze und Geschabe von Pflanzenteilen, unter, über, neben mir, und dazu die Geräusche aus den Kehlen lebendiger Tiere, das Schlagen ihrer Flügel in der Luft, das Zirpen und Schnalzen, das Gesumme, Gequake, Getuschel. Das Schwirren der Insekten. Das Grollen eines aufziehenden Gewitters. Der klatschende Beifall eines Schauers um die Mittagszeit. Das Pfeifen des nachstürzenden Sturmes in den Wipfeln der Bäume. Wir hörten nichts, wir hockten tief unten, geschützt vom Baldachin der Blätter.
Am lautesten war das Gespräch der Bäume. Unaufhörlich.
Wie der Dschungel ein undurchdringbares Meer aus grünen, blauen und grauen Schatten für den Sehenden ist, wenn er tief unten unter dem Dach der Zweige und Äste entlangläuft und das Sonnenlicht hundertmal gefiltert den Boden erreicht, genau so ist der Dschungel für den Hörenden eine Sinfonie unendlich vieler Töne, die unwillkürlich und unaufhaltsam niederregnen. Ununterbrochen. Eine Partitur mit vieltausend Stimmen. Zahllose Teilnehmer, die selbst der Sehende nicht zu Gesicht bekommt, deren Stimmen übereinander gelegt werden zu rauschenden Akkorden. Und jede Tages- und Nachtzeit hat ihre eigene Melodie, hat ihre eigenen Signale, besticht durch eigene Symbolik in Lauten, Takten und Rhyth-

men. Selbst die stillste Nacht hat in den Stunden vor Sonnenaufgang ihr Lied, und wenn es nur fernes Grillen einer einzelnen Zikade ist. Oder der einsame Lockruf eines Vogels, der zwei- oder dreimal hoffnungsvoll in die Dunkelheit schreit.

Ich weiß nicht, wie die Vögel aussehen, von denen ich nach Ovalus Lehrstunden und noch mehr nach meiner ungeduldigen Fragerei – tief innen in mir schlummert noch immer eine unzerstörbare Leidenschaft – mindestens vierzig verschiedene Namen kennen gelernt habe. Vierzig verschiedene Rassen, vierzig wunderbare Vögel, aber ich weiß nicht, wie sie aussehen, ich weiß nicht, wie ihre Namen in meiner Sprache lauten. In der Sprache aus meiner anderen Welt, in die ich nun zurückkehren möchte.

Komm, Ovalu, weiter, führ mich jetzt weiter. Genug der Ruhe.

Wahrscheinlich haben diese Vögel überhaupt noch keinen Namen in einer anderen Sprache dieser Welt. Aber ich kenne ihre Rufe, ihr Singen, ihr Krächzen, ihre Warnung, wenn der Mensch sich ihnen nähert, ihr freudiges Jubilieren, wenn er das Revier wieder verlässt. Von ein paar Arten gab mir Ovalu einen kleinen Vertreter in die Hand. Nun kenne ich deren Größe, die Form ihrer Schnäbel, die Form ihrer Krallen, ihrer Füße, das Arrangement ihrer Flugfedern, die Dichte ihres Gefieders, die Stärke, die in den Schwingen steckt. So tragen diese Vögel in meiner Phantasie die Namen, die ich ihnen gegeben habe: »Großer lauter Morgenvogel«, »Tiefsingschwalbe«, der »Sänger, der über die Blätter hüpft und lacht«.

Ich kann mir sogar ein bisschen ihre Farben vorstellen, denn ich habe in den vergangenen Monaten ein paar Farbnamen kennen gelernt. Ovalu beschrieb mir die Farben des Waldes, und so weiß ich nun, was grün heißt, was blau heißt, was gelb. Ich glaube, dass die Menschen hier im Dorf Dutzende verschiedene Grüntöne unterscheiden, doch das ist für mich nicht wichtig. Ich bin glücklich, wenigstens noch zu wissen, was grün ist. Ovalu fuhr mit meiner Hand durch ihre Haare, und ich wusste, was in ihrer Sprache »dunkel« bedeutet. Sie fuhr mit ihrer Hand durch meine Haare und über meine Haut, und ich wusste, was »weiß« bedeutet. Oder »blond«. Oder »hell«.

Farben zu unterscheiden, Farben überhaupt wahrzunehmen, die Verknüpfung der Imagination vor dem geistigen Auge mit dem jeweiligen Wort – das ist für eine Blinde wie die plötzliche Erinnerung an einen Geruch. Er ist nicht da, man weiß nicht mehr, wo man ihn zum ersten Mal gerochen hat, aber er ist unglaublich vertraut, er sitzt irgendwo hinter der Stirn, das ganze Gehirn besteht nur noch aus diesem Geruch, ja, er ist Bestandteil des Lebens.

Ist es leichter, eine Sprache zu lernen, wenn man blind ist? Oder ist es nur leicht, wenn man eine so geduldige Lehrerin wie Ovalu hat? Ihre ersten Worte waren: »Frau mit der weißen Haut! Bitte, nimm mich nicht mit in das Reich der Ahnen!«

Sie sagte diese wenigen ersten Worte, geknackte, geknetete Vokale und Konsonanten, Laute, die ich noch nie aus einem menschlichen Mund gehört hatte, dann sagte sie weitere Sätze, nahm meine Hände und legte sie unter ihre Brüste. Sie drückte mit ihren Armen dagegen, und ich war gefangen in dieser Wärme und Weichheit. Ich habe geweint wie ein Kind.

Dann drückte sie meinen Kopf zwischen ihre Brüste, schlaffe, lange Brustlappen, ich vergrub mich und roch dieses Gemisch aus Holzfeuer, Schweinefett und versteckt die unbekannten Kräuter und Öle.

Monate später, als ich nicht mehr in meine Hütte musste, sondern im Frauenhaus bleiben durfte und in der Nacht meist neben Ovalu lag, roch ich diesen Duft hinter ihrem Ohr. Es war immer wie Nachhausekommen.

Dass sie Ovalu heißt, erfuhr ich bei unserer ersten Begegnung. Ich lag in dieser nach Schweinemist stinkenden Grube. Überall stank es nach Schweinen. Erst Wochen später hatte ich mich an diesen Geruch gewöhnt. Ovalu hatte meine Augen versorgt und meinen Kopf an ihre Brust gelegt. Ich weinte. Sie wippte sanft hin und her, dann nahm sie meine Hand, legte sie auf ihre Stirn, legte sie auf ihre Augen, auf die Augen, die von nun an für mich die Welt erkundeten, legte meine Hand auf ihr Herz und summte leise: »Ovalu, Ovalu, Ovalu.«

Dann legte sie ihre Hand auf meine Stirn, die vom Infektionsfieber glühte, und wartete, wiederholte weiter monoton »Ovalu, Ovalu, Ovalu«. Dann drückte sie ihre Hand fester auf meine Stirn und auch auf mein Herz und schien dann zu fragen – so kam es mir zumindest vor –, wie mein Name sei. Es waren wieder durchgeschluckte, wie ausgeworfene Laute, ich verstand nichts, hörte keine einzelnen Wörter, es war eine Sprache, die in ihrem Klang, ihren Betonungen, ihrer ganzen Modulation den Dschungel nachzuahmen versucht – ich denke jetzt wieder an ihn und seine Freude, die er an dieser Sprache gehabt hätte. Seine Verbissenheit, mit Sprache und Sprachen umzugehen, war mindestens so leidenschaftlich wie meine Sehnsucht, Vögel zu entdecken. Doch das hatte er nicht wahrhaben wollen, er hatte wahrscheinlich nie darüber nachgedacht, dass seine Leidenschaft eine ähnliche, mindestens genauso starke gewesen ist, egal – ich hörte Ovalus Stimme, hörte Fremdheit und unbekanntes Lautgefüge. Es war klar: Sie fragte mich, wie ich heiße.

Eine wunderbare Frage nach allem, was ich in diesem Dorf erlebt hatte.

»Philomela.«

Ich sagte es langsam und jedem einzelnen Buchstaben die ihm gebührende Betonung schenkend. Und ich stellte fest, dass ich meinen Namen noch immer für den schönsten Namen der Welt hielt. »Philomela« – alle Vokale vereint, die freudigen, hellen Vokale, nicht das dunkle U.

Er hat diesen Namen auch manches Mal sinnlich und warm ausgesprochen, mit Gefühl und Ehrlichkeit, einfach nur um des Namens willen, damals in meinem vergangenen Leben, in meinem Bett unter meinem mit verschlungenen Flamingos bemalten Baldachin – diese hatten es ihm besonders angetan.

»Ja, natürlich, die habe ich selber gemalt. Seidenmalerei!«

Er staunte noch mehr. Dort hatten wir das Spiel des Lebens gespielt, wie er es genannt hatte. Und er sagte meinen Namen. Manchmal leise, manchmal stürmisch, laut und leidenschaftlich, manchmal nachdenklich. Davor, danach und währenddessen. Einmal hatte ich ihn gefragt, ob er wüsste, was die Bedeutung meines Namens sei. Er schwieg und wollte es nicht sagen.

»Ich weiß es. Aber ich will es aus deinem Mund hören«, flüsterte ich.

Er schaute mich an und verbarg seinen Unwillen nicht.

»Sag es!«, wiederholte ich nachdrücklicher.

Er beugte sich zu mir und flüsterte: »Die dunkle Seite der Freude!«

Ich erschrak. Für mich hatte Philomela bisher immer nur die Nachtigall bedeutet.

»Die dunkle Seite der Freude? Ich dachte, Philomela sei ...«

»... die Nachtigall? Nur bei Ovid.«

Ich erinnerte mich in diesem Moment an meine Kindheit und dieses Gefühl, das bis in die gegenwärtigen Stunden überlebt hat, das ich aber als Kind viel intensiver gespürt habe. Das Gefühl, über meinem Leben schwebe ein finsterer Schatten, der mich bedrückt und irgendwann vernichten wird. Als er neben mir lag und mich traurig mit seinen dunklen Augen anschaute, wollte ich so etwas nicht hören, schon gar nicht erklärt wissen. Ich schob dieses Geheimnis zur Seite.

»Dann lass mich durch dich die hellen Seiten der Freude erleben!«

»Ja, Philomela«, sagte er, nahm meine Hand und lud mich zum weiteren Reigen ein. Und frühmorgens, im ersten Licht der Sonne, im ersten Anflug von Bewusstsein, im ersten Moment, in dem das Leben in dich zurückkehrt, wenn du ausgeträumt hast und du dich, er sich, wir uns wiederfinden, uns nach dem Schlaf in die Augen blicken, des anderen gewahr werden, feststellen, nein, man ist nicht allein, es ist schlafwarm unter der Decke, diese Welt ist wunderbar – dann sagte er zärtlich meinen Namen. Ehrlich, ohne Verzierungen und frei von Betonung.

Einfach nur »Philomela«.

Ovalu wiederholte meinen Namen. Auch langsam, auch warm. Ich weinte noch mehr. Meine Augen schmerzten, meine Augenhöhlen, sämtliche Glieder, aber ich hatte zum ersten Mal seit jenem Augenblick des gewaltsüchtigen Irrsinns das Gefühl, wieder in eine normale, mir zwar unvertraute, aber mit Grundzärtlichkeiten versehene Welt zurückzukehren. Eine Welt, die tief verborgen doch menschlich ist. Eine Welt, die nicht völlig der Herrschaft des Dschungels und der Herrschaft gewaltiger Männer unterliegt. Männer, die Angst um das haben, wofür sie Verantwortung tragen.

In diesem Teil der Welt, in diesem unzugänglichen und abgeschirmten Tal im Dschungel der Insel Neuguinea richtet sich alles nach dem Vogel des Paradieses. Es kann keine Zärtlichkeiten geben. Nach allem, was die Männer mir angetan haben, die Frauen zugelassen und geduldet haben und ich nicht verhindern konnte, weiß ich, dass hier die Hölle eine Heimat gefunden hat.

Alle Gesetze, jeder Glaube, jede Angst in diesem Urwald bündeln sich in diesem als Gott verehrten Vogel. Ich weiß es, seitdem ich ihn gesehen habe: Jener Augenblick, als ich den Vogel des Paradieses zum ersten Mal gesehen habe, offenbarte sich das Endgültige und Unumstößliche. Die Horde liebessüchtiger Männchen bei ihrem irren Balztanz. Das Ringelrei ihrer Farben in der düsteren Schattenstimmung des Urwalds. Ich habe die Vögel des Paradieses gefunden, ich allein. Und ich begann im gleichen Augenblick zu begreifen, dass der ehrgeizige Irrsinn, allein in diesem Dschungel herumzusuchen und dabei Stolz zu empfinden, Vermessenheit und Wahnsinn ist. Der Wahnsinn, dem ich sogleich verfiel, als einer der Vögel dicht herangeflogen kam. Ich blieb ruhig sitzen, er kam näher, er schaute und prüfte: Bin ich eine Gefahr, bin ich eine Konkurrenz? Ich blieb weiterhin sitzen, rührte mich nicht, und dann setzte er sich auf meinen Schenkel, schaute mich an. Er gurrte, stieß den gutturalen Balzruf aus. Und dann flog er davon, nur wenige Meter. Denn dort saß das Weibchen, es rührte sich nicht, er rutschte näher an das Weibchen heran, und gemeinsam flogen sie ein Stück in den Dschungel hinein.

Ich folgte ihnen. Ich war berauscht, betört, verrückt von diesem Anblick. Ich hatte noch nie so etwas Schönes gesehen.

Ich schlich ihnen nach, sie ließen mich herankommen, denn ich war ein Bestandteil ihres Rituals geworden. Ich holte sie ein. Und dann sah ich das Unvergessliche, das Produkt der Schattenseite der Natur, ich sah die überspitzte Phantasie, zu der nur die Natur fähig ist: die Vollführung der Hochzeit, ich sah die Vollstreckung der Mitgiftgabe, ich sah das Weibchen, wie es regungslos dasaß, den Gatten anstierte, in seiner Farbenpracht, die er ihr nun in überbordender Vollendung präsentierte. Denn unter seinem wunderbaren Kleid waren noch weitere Federn versteckt, spitze Federn aus reinem Gold, die plötzlich hervorschnellten, emporstiegen aus dem dichten Federkleid, und das Weibchen schaute und gab sich dem Anblick hin. Und diesen Augenblick nutzte er aus, dieser Gott, sein spitzer Schnabel stieß vor, zweimal, sehr schnell, sehr plötzlich, aus dem Nichts hinein in die Schwärze ihrer Augen, sie sprang in die Luft, Blutgel spritzte aus dem kleinen Kopf, und in einem unendlich traurigen Gepiepse schrie sie um Hilfe. Er half ihr, umtänzelte sie, strich an ihrem Federkleid entlang, sie beruhigte sich zusehends und gab sich ihm hin. Für den Rest ihres Lebens.

Die Natur hat gesiegt. Der Instinkt, Fehlgeburt einer krankhaften Schöpfungsphantasie, ist ein groteskes Experiment der Evolution. Wie wir. Wie der Mensch. Das wusste ich in jenem Moment und weiß es jetzt noch mehr, in diesem Moment, in dem ich nassen, schwitzenden Boden, warmes Moos unter meinen Füßen spüre und die Gewissheit habe, dass niemand uns folgt – schon längst hätten sie uns erreicht

In dem Moment, als sie sich ihm entgegenstreckte und er zustieß, wurde ich verrückt. Sehnte mich auch nach dieser Hingabe. Wollte mich auch völlig aufgeben und mich in diese Natur hinabfallen lassen. Aufgehen im anderen. Mich ihm hingeben. Doch war da jemand?

Da war niemand. Da war nichts außer dem Dschungel und ihm, dem Vogel des Paradieses. Schritte und schleichende Schatten im Hintergrund, die ich nicht wahrnahm. Verdrängte. Nicht sehen wollte.

Ich war allein. Allein mit dem Gott. Der Offenbarung der Schönheit.

Ich zog meine Kleidung aus, legte sie auf einen modrigen Baumstamm und sprang in den Dschungel hinein, nackt und bloß, wie die Natur mich erschaffen hat, in dieses Grün, diese Sattheit, diese brutale, schnatternde Lebendigkeit, ich sprang hinein, schmiss mich hinein, als würde mich ein rettendes Spanntuch auffangen, ich jagte hinein, um darin vollends aufzugehen, mich völlig zu vergessen, ja, wahrscheinlich letztendlich, um mich mit ihr, mit ihm, mit dem Ganzen, dem Leben und dem All zu vereinen.

Ich rannte weiter, schlug mir Äste und Zweige und Dornen und Blätter und Insekten und Blutegel vom Leib, wünschte mir, fliegen zu können, und wollte noch weiter hinein, noch tiefer in dieser warmen Wildnis aufgehen, die diesen Vogel hervorgebracht hatte, wollte auch diese völlige Hingabe erleben, so nackt wie ich war. Ich war frei, so frei wie noch nie, nichts war da mehr, keine andere Welt, keine anderen Zwänge, ich und der Rest, die Schöpfung und ich, und dann roch ich Feuer, roch ich Menschen, hörte Menschen, sah Rauch und Männer mit Lehmkrusten und Narben, stumpfen Farben auf der Brust und den Schultern, ängstliche Frauen, kreischende Kinder, ich vergaß alles, hatte alles vergessen, meine Blöße, meinen Leib, nichts zählte mehr, ich wollte nur noch sein, da sein, mit ihm, mit allem sein und sprang in das Dorf wie ein Geist, verseuchte es mit meiner Anwesenheit, ich war ihre Ahnin, ein Wesen aus dem Reich des Moders und des Todes, ein weißes Wesen aus der Welt ohne Sonne, ein Wesen von der Farbe des Vollmondes, ein Wesen, das es zu bändigen gilt, nicht zu töten, denn töten kann man ein Wesen aus dem Reich der Ahnen nicht. So brachte ich Angst und Schrecken, wer will es ihnen verdenken, ich verzeihe den Menschen in diesem Dorf, meine Sucht nach vollkommener Schönheit war vermessen, ich war nackt, so schrecklich nackt, es war zu viel weiße Haut für Augen, die noch nie weiße Haut gesehen hatten.

Meine Haut hat die Farbe des Mondes, hat Ovalu später gesagt. Meine Haut hat die Farbe der Knochen.

Ich, das Wesen aus dem Reich der Ahnen. Mein Blick kann tödlich sein.

Dann kam der erste Teil des Rituals, das Versinken in Schmerzen, das Abtauchen in ewige Finsternis. Ich war bereit zu sterben. Aber die Ahnen wollten noch mehr gebändigt werden. Ein Gott musste entstehen.

Ich wünsche mir, dass es ein Weiter gibt. Ovalu, führ mich! Führ mich fort! Führ mich an den Rand der Welt! Aber lass mich für Momente ruhen. Und wenn ich einschlafe, wache über mich, Ovalu! Wache …

Als ich sterben wollte, als ich nach Tagen glaubte, sie würden mich verrecken, verdursten, von den Kleintieren des Dschungels auffressen lassen, kam Ovalu und nahm mich an der Hand, zerrte mich in mein neues Dasein, gab mir eine neue Hoffnung.

Dann aber kam der zweite Teil des Rituals. Sie ahmten alles nach. Nicht nur den Balzruf des Vogels.

Die furchtbare, allnächtliche, mir irgendwann gleichgültige Vereinigung mit einem Unbekannten.

In der Nacht, als Ovalu mich das erste Mal besucht hatte und wieder gegangen war, als ich zum ersten Mal frei war von Schmerzen und allein in der dünnen Hütte lag, kam der Erste.

Es war in der Nacht. Ich wusste es, denn ich vermochte und vermag seit langem schon Tag und Nacht zu unterscheiden. Die Temperatur auf der Haut, die Nässe, die sich auf den Blättern, über die ich streichen kann, ausbreitet, noch mehr die Geräusche aus dem Dschungel, die Düfte aus dem Dorf – ich begann mit meinen Ohren, meiner Nase, meiner Haut zu »sehen«, ob es Tag oder Nacht war.

Bald begann ich die Nächte zu fürchten, denn in den Nächten kamen sie. Immer nur einer. Immer ein anderer. Sie wechselten sich ab.

Ich lernte sie zu unterscheiden, am Atem, am Geruch aus dem Mund, am Rhythmus ihres Stoßens. Niemals an der Größe ihres Penis. Sie waren einfach da und drangen in mich ein. Jede Nacht wieder, jede Nacht ein anderer. Was und wer auch immer es war, sie spuckten in mich hinein. Das Spucken und Zucken und Auspendeln des Körpers setzte irgendwann ein. Dann war es für diese Nacht überstanden. Nach Tagen und Wochen denkt man nicht einmal mehr daran. Ich versuchte, alles zu einem Bestandteil meiner Alpträume werden zu lassen.

Auch Ovalus Erklärungen konnten mich nicht trösten: »Du bist ein Geist. Du bist eine Ahnin. Sie müssen das Ritual vollführen. Bis dir das Lebendige entschlüpft! Bis ein Gott entsteht!«

Ich musste es ertragen und ich ertrug es, blind und hilflos. Archaische Kräfte, Muskeln und Schweiß, raue Hände, gewaltig und stinkend mitunter, bis zu meiner Nase kriecht dieser Geruch, der Dampf eines steifen Gliedes, das Pochen, das Hineinstampfen in mich, ich spüre den herabtropfenden Schweiß, höre das tiefe, lauter werdende Stöhnen, sie können es nicht verbergen, ich lernte dazu, ich unterschied immer mehr, beim Betreten meiner Hütte schrecke ich hoch, bei der Art des Niederkniens weiß ich schon, welcher es ist, ich gebe ihnen Namen, hässliche Namen, die wie Flüche klingen, es gab manche, wenige, die ruhiger waren, andere waren brutal, ich schreie ihnen die Flüche entgegen, manche murmelten monotone Zaubersprüche vor sich hin, manche schienen taub zu sein, zwei schlugen mich so hart, dass ich fast besinnungslos wurde. Ich wusste nicht, was mir lieber war. Dann hatte ich Angst, dass sie mich auch noch meiner Zunge berauben würden. So dachte ich die Flüche nur noch, so laut, dass sie es hätten hören müssen, wenn sie genau hingehört hätten. Aber sie sind beschäftigt, wälzen sich über mir, einer packt mich und schmeißt mich jedes Mal herum, um mich im Knien zu stoßen, wie es die Hunde tun. Er dringt in mich ein, so tief, dass er an meiner Bauchdecke anstößt und die Schmerzen durch den Mund aus mir heraus explodieren. Dann wurde er noch lauter. Andere waren schüchtern und zärtlich, hatten Angst vor der Göttin. Immer lagen ihre Köpfe neben meinem Kopf, dicht an meinem Ohr, ich höre das Atmen, tiefes, stampfendes Atmen in mein Ohr hinein, ihre Hände in meinen Händen, sie drücken mich auseinander, dann halten sie meine Arme auseinander gebogen, die Nacht lag auf mir mit ihrem bleischweren Gewicht, und der Dschungel tobte sich über mir aus.

Immer war es ein Alptraum, jede Nacht wieder, viele Nächte lang vollzogen sie an mir das Ritual und stampften in mich hinein. Pressten ihren Saft in mich. Durchschlugen mich der Länge nach mit ihrer Männermachete. Rissen mich manches Mal auf.

Ich spürte dann Warmes an meinen Schenkeln entlangfließen. Und es war nicht ihr Samen, denn der war verschluckt und eingesaugt in mir. Blut war es, mein Blut.

Irgendwann wachte ich auf und glaubte, es sei ein Alptraum gewesen. Ab diesem Tag war es nicht mehr so schlimm. Sie hatten mich zerbrochen. Welcher der Männer es gewesen ist, weiß ich nicht, sie waren austauschbar geworden, so gut ich sie auch unterscheiden konnte. Sie waren nur unterschiedliche Aspekte des gleichen bösen Traums. Ein Hund kläffte vor meiner Hütte, Tautropfen fielen durch das geflochtene Dach über mir, ein an sich normaler alltäglicher Morgen: erwachende Schweine, ein dezenter erster Sonnenstrahl, der mich durch ein Loch in der Wand mit seiner Wärme kitzelte, ein Huhn, das sich vor dem Eingang meiner Hütte verirrt hatte und aufgeregt herumscharrte, das Trillern der Morgensänger aus dem Dschungel, erste müde schlurfende Schritte neben der Hütte, die mir keinerlei Aufmerksamkeit schenkten. Es war ein normaler Morgen, als ich aufwachte und spürte, dass die Samen nicht nur in mir abgetaucht waren und in mir verschwommen, sondern in mich hinaufjagten, in mich hineingierten. Das Ziel suchten. Und fanden. Mit mir verschmolzen. Teil von mir wurden. Besitz ergriffen.

Ovalu, führ mich. Führ mich hinaus. Führ mich an den Rand deiner Welt. Vielleicht kann ich springen.

Einige Wochen später fragte mich Ovalu, ob das schmutzige Wasser nicht gekommen sei. Sie war drei Tage in der Menstruationshütte gewesen. Diese Hütte haben die Frauen selber gebaut, vor vielen Generationen, sie liegt mitten im Wald versteckt und wird jedes Jahr von den Frauen neu mit Ästen und Blättern gedeckt. Jeden Monat wird daran weitergebaut, mit festen Steinen und weichem Moos, das am Boden ausgelegt wird. Die Ameisen fressen sich durch das Holz und die Äste, ständig gibt es etwas zu reparieren. Es ist eine feste, stabile Hütte mit einem Dach ohne Löcher. Und es ist der einzige Ort gewesen, wo ich vor den Männern in den ersten Monaten für ein paar Tage sicher war. Ich musste dorthin. Mit wilden Drohungen haben sie mich dorthin geschlagen, wenn mein nächtlicher Besucher am nächsten Morgen Blutreste zwischen seinen Schamhaaren gefunden hat. Dreimal waren Ovalu und ich gemeinsam dort gewesen. Es waren wunderschöne drei Tage, in denen wir vor uns hinbluteten und darüber lachten und Späße und Witze machten und sagten, dass die Männer überhaupt nichts kapierten. Dann aber, nach ungefähr fünf Monaten – wir hockten wieder im Gemüsegarten und hatten sehr viel Arbeit, weil Ovalu drei Tage in der Menstruationshütte verbracht hatte – fragte sie mich: »Ist in deinem Bauch ein Kind?«

Zuerst verstand ich sie nicht. Sie benutzte Worte, die ich noch nicht kannte und die sie noch nie gesagt hatte. Es waren die Bezeichnungen für »schwanger« in Ovalus Sprache, doch es wird umschrieben mit Worten für »Kind«, »aus dem Reich der Ahnen« und »das andere Leben in deinem Bauch«.

Seit Wochen und Monaten war Ovalu in meiner Nähe gewesen, hatte mich ihre Sprache gelehrt, mir ihr Essen zubereitet, mich an ihrem Tagesrhythmus teilnehmen lassen. Und nun war es für sie klar geworden: Ich hatte seit acht oder neun oder zehn Wochen keine Regel mehr gehabt. Das schmutzige Wasser, wie sie es nannte, floss nicht mehr aus mir. Die Natur hatte sich verselbständigt. Ich war den unausweichlichen Zwängen ausgeliefert. Ovalu hatte es erkannt. Ich konnte es nicht mehr verheimlichen.

»Bist du schwanger?«

Wir hockten nebeneinander im Gemüsegarten und rupften Knollen aus. Eine Arbeit, die ich trotz meiner Blindheit ausführen konnte. Ich tastete am Boden entlang nach einem Strunk, stocherte mit einem Ast die Erde weich und zog vorsichtig die Knolle heraus.

»Bist du schwanger?« Ich hörte einen Unterton in ihrer Stimme, der nach Furcht und Sorge klang.

»Ich denke ja.«

»Dann wird es nicht mehr lang dauern bis zum letzten Ritual!«

Es war ein dumpfes, unschönes Wort, das ich noch nie gehört hatte. Ovalu flüsterte es, als ob es sich nicht ziemt, dieses Wort auszusprechen. Ich gab ihm diese Übersetzung, denn es gibt in meiner Sprache dafür kein Wort. Ich kenne die wahre Bedeutung.

»Was ist das letzte Ritual?«

»Du wirst es irgendwann wissen. Denn du wirst es erleben. Du musst es erleben!«

»Warum?«

»Weil wir ohne das Endritual nicht weiterleben können. Zu viel Unheil kam über das Dorf. Zu viel Regen. Zu viel Traurigkeit! Zu viel Gefahr aus deiner Welt!«

»Und dafür bin ich verantwortlich?«

»Natürlich!«

»Das glaubst du, Ovalu?«

»Was ich glaube, ist nicht wichtig. Was die Männer glauben, ist richtig.«

»Und was glauben die Männer?«

Sie schwieg.

Ich wollte nachhaken, aber sie hielt plötzlich meinen Arm fest und drückte, drückte fester. Ich fragte nicht weiter.

Wir schaufelten unsere Tagesration Knollen zusammen, stopften sie in unsere Kopfnetze und machten uns auf den Heimweg. Ich hielt mich immer an dem Seil fest, das an Ovalus Grasrock angebunden war. Auf halbem Weg sagte sie erneut: »Du bist bereit für das Endritual.«
Ich schrie sie an, dass ich nicht wüsste, was das sei.
»Das Leben in deinem Bauch weiß es. Es wird zurückkehren.«
In diesem Moment erhärtete sich ein Verdacht, der noch immer ein undenkbarer ist. Mein Kind! Was hatte das entstehende Kind, mein Kind damit zu tun? Was weiß es? Wohin soll es zurückkehren?
Furchtbare Angst um das Kind befiel mich. Zugleich verspürte ich das erste Mal seit dem verhängnisvollen Tag meiner Ankunft Todesangst. Ich wusste, dass das Schicksal des Kindes unmittelbar mit meinem verbunden war und umgekehrt. Und ich wollte nicht, dass das Kind etwas von dem erdulden müsste, was ich über mich ergehen lassen musste. Echte Besinnung, nüchternes Nachdenken, Sorgen und Verzweiflung – zur Mörderin werden war ein Ausweg. Mich und das Kind, um uns alles zu ersparen, was da kommen würde. Zum ersten Mal erlebte ich die Ruhe der Gewissheit, dass der Tod ein Ausweg sein kann. »Er hat sich den Kopf an der Mauer seines Kerkers selber zertrümmert« – ich erinnerte mich an seine Worte im Tierpark, als wir an der Tür des Vogelhauses gestanden hatten. Ich wollte nicht leiden, nicht schon wieder Schmerzen erleiden. Ich hatte plötzlich Angst davor, es womöglich nicht zu Ende bringen zu können mit den wenigen Hilfsmitteln, die mir zur Verfügung standen. Ich hatte keine Rasierklingen, keinen Strick, keinen Ast, keinen Abgrund, keine Schlafmittel, keine Abgase.
In natürlicher Umgebung macht es sich die Sucht nach Leben schwer, sich selbst den Garaus zu machen.
»Kannst du mir helfen, Ovalu?«, fragte ich.
»Wobei?«
»Dabei, die Geburt zu verhindern.«
Es war das einzige Mal, dass Ovalu mich schlug. Ohne eine Vorankündigung, aus dem Nichts heraus schlug sie mit ihrer Hand in mein Gesicht. So fest, dass mir die Oberlippe platzte. »Sag nichts!«, fauchte sie. »Wir dürfen nichts tun! Der Gott will geboren werden!«
»Aber es ist mein Kind!«, schrie ich zurück. »Mein Kind!«
»Es ist nicht dein Kind. Es ist ein Ahne aus dem anderen Reich! Die Kinder gehören den Männern! Wir tragen sie für sie. Wir nähren sie für sie! Aber dein Kind kommt aus der Welt der Ahnen!«
»Was wird geschehen?«
»Die Männer wissen es. Das, was wichtig ist.«

Ich weine. Jetzt, während Ovalu, meine Freundin und Feindin, mich aus dem Wald hinausführt, ahne ich es und weiß es immer noch nicht. Ich danke diesem Dschungel dafür, dass ich es nicht weiß. Diese Welt, die Natur und die Ausgeburten der Phantasie sind unergründlich! Ich begreife, dass ich ihr nichts erklären konnte. Der Samen des Mannes und das Ei der Frau sind für sie unbekannte Geister. Energien, die miteinander verschmelzen. Kräfte, die nicht zu bändigen sind. Ovalus Welt der Geister ist für mich eine unbekannte Wirklichkeit geblieben.

Noch am selben Abend, nach meinem Geständnis war Ovalu zu den Männern gegangen und erzählte ihnen, dass in meinem Bauch ein Gott heranwachse. Es geschah ein Wunder. So wie in mir ein neues Leben wuchs, wurde mir ein neues Leben geschenkt. Ich musste nicht mehr zurück in meine Hütte. Gewöhnlich nahm mich Ovalu nach dem Abendessen an der Hand und führte mich über den Dorfplatz hinüber in diese Hütte der nächtlichen Heimsuchungen. An diesem Abend sagte sie nur: »Heute kannst du hier bleiben!«

Ich fragte, was das zu bedeuten habe. Sie sagte: »Du darfst ab sofort hier bleiben. Du musst nicht mehr in deine Hütte.«

Das Glück, das mich in diesem Moment befiel, war wie ein kalter, erfrischender Schauer an einem heißen, schwülen Tag. Ich konnte es nicht glauben. Die Gewissheit, dass ich fortan verschont bleiben würde, trieb mir Tränen in meine leeren Augen. Es brannte, aber der innere Schmerz war gegangen. Der Gedanke, mir das Leben zu nehmen, war genauso schnell verschwunden, wie er gekommen war. Dieses doppelte neue Leben galt es zu beschützen, zu hegen und zu pflegen, zu lieben und zu ehren.

Ich konnte in dieser Nacht vor Aufregung und Freude kaum einschlafen. Meine erste Nacht im Frauenhaus. Ich wälzte mich lang hin und her. Einige Frauen stießen knurrende Drohungen aus. Der Schlaf, in den ich schließlich fiel, war unruhig. Ich wachte ein Dutzend Mal auf und glaubte Schritte zu hören, das Niederknien, das Bereitmachen, das Breitmachen, das Öffnen. Dann kamen Hände mit roher Kraft, der keuchende Atem, meine Schreie in die Leere, in der mich niemand hörte, doch nichts war in dieser Nacht, ich lauschte in die Dunkelheit hinaus, es war still, nur das gleichmäßige Schnarchen und Atmen der anderen Frauen war zu hören. Und zwischendurch leises Wimmern eines Kindes aus der Ecke, wo alle Kinder schliefen, ineinander gerutscht, sich gegenseitig berührend. Die Alpträume blieben in dieser Nacht, wenn ich kurz einnickte, sie blieben noch lange, aber sie wurden nicht mehr gestört von wahren Augenblicken, von echtem Atmen und Stöhnen. Kein Dampf war da mehr, kein steifes Glied. Die Alpträume waren nur noch reine Phantastereien.

Jetzt will ich nie wieder schlafen, denn nun sind sie wieder zurückgekommen.

Ich wünschte mir und betete, dass meine Schwangerschaft den Rest meines Lebens dauern würde.

Doch nun ist sie zu Ende gegangen und in der Nacht und morgen, wenn wir unser Ziel noch nicht erreicht haben, werden sie wieder aus den dunklen Windungen emporsteigen, die Alpträume. Bis wir unser Ziel erreicht haben, Ovalu, möchte ich nicht mehr schlafen. Führ mich weiter, auch wenn meine Kräfte mit jedem Schritt schwächer werden, weiter, immer weiter.

Als ich nach der ersten Nacht ohne Gewalt neben Ovalu aufwachte, glaubte ich, neugeboren zu sein. Rein und unzertrümmert, sauber, beschützt.

Von jenem Tag an, als der Klan wusste, dass ich schwanger war, veränderte sich mein Leben völlig. Es wurde einfacher, unkomplizierter, schöner. Nun begann ich dazuzugehören. Zumindest zu den Frauen. Durch die Kenntnis von diesem neuen Umstand verloren sie mehr und mehr ihre Angst vor mir.

Von den Männern bekam ich nichts mehr mit. Nur noch ihr Lachen aus ihrer Hütte am Abend. Oder wenn sie singend aus dem Wald kamen und ein erlegtes Tier mitbrachten. Auch die Männer gehörten von nun an nur noch zu dieser Lautrhapsodie, die der Dschungel fortwährend über mich ausschüttete.

Ihre Gewalt hatte sich verwandelt.

Vielleicht ist es das fundamentalste und wunderbarste Wissen, das uns Menschen verbindet, mich und Ovalu und die Frauen und alle miteinander: das Wissen von der Herkunft eines jeden Menschen. Woher ein jeder Mensch ausnahmslos kommt: aus dem Bauch seiner Mutter, aus dem Bauch einer Frau.

Dieses Wissen ist Frauen zu Eigen. Es trägt und erhält sie. Es vereinigt sie mit der Natur. Männer vergessen es mitunter.

Von nun an durfte ich in der Hütte der Frauen bleiben und konnte ihren Gesprächen am Abend folgen, wenn wir alle am Feuer beisammen saßen, Rauch aufstieg und die Moskitos vertrieb und Geschichten und Mythen aus den Anfängen der Menschheit erzählt wurden. Sie erzählten vom großen Baum, der in der Mitte des Dschungels steht und dessen Wurzeln die anderen Bäume sind. Sie erzählten von fliegenden Geistern, die röhrend und schneller als die Wolken über die Bäume fliegen. Vom Krokodil, auf dessen Rücken die Berge ruhen. Manchmal bewegt sich das Krokodil. Dann beten die Menschen im Dorf, dass es wieder schlafen geht und die Berge sich beruhigen. Einmal bewegte sich wirklich die Erde, und Neuguineas Unruhe entfaltete sich in einem milden Beben. Die Vögel waren mit einem Schlag still, der Dschungel mit all seinem Getier schwieg, dann rollte das sanfte Grollen herbei und plötzlich vibrierte der Boden. Die Frauen blieben ruhig, hielten sich an der Hand, und Ovalu flüsterte mir in das Ohr: »Das Krokodil bewegt sich!« Es war mein erstes Erdbeben und ich wunderte mich über die Ruhe und Besonnenheit der Frauen. Keine Panik brach aus. In einer Welt, in der die Tektonik der Platten noch längst nicht zur Ruhe gekommen ist, wissen auch die Menschen um die Natürlichkeit und hören und spüren instinktiv, wie groß die Gefahr ist. Als das Beben vorbei war, wurde gelacht und über vergangene Zeiten gesprochen, von damals, als sie Kinder gewesen waren und das Krokodil sich so aufgebäumt hatte, dass die Bäume von seinem Rücken rutschten, die Schuppen sich öffneten und viele vom Boden des Dschungels verschlungen wurden.

Manchmal wurden an den Abenden Witze über die Männer gemacht, die wir an der anderen Seite der Lichtung in ihrer Hütte grölen hörten. Ich verstand die Witze nicht. Es ging immer um die Schwänze der Männer, um ihre Muskeln oder um ihre tiefen Stimmen. Manche Frauen konnten diese Stimmen so täuschend ähnlich imitieren, dass ich erschrak. Ich glaubte, ein Mann sei eingetreten und würde mich holen. Die Frauen lachten dann noch mehr, wenn sie meine Furcht sahen.

Gelegentlich kam eine Frau von einem Besuch bei einem anderen Klan in dem anderen Tal zurück und erzählte den neuesten Klatsch. Irgendwann begriff ich, dass es für Ovalu und die anderen Frauen andere Menschen nur hier und in zwei oder drei anderen entlegenen Tälern gibt. Nicht mehr. Die Welt besteht für sie aus diesen Lichtungen mit einer Hand voll Menschen, vielleicht zwanzig, vielleicht vierzig oder sechzig, und einem endlosen, sie beschützenden, sie bedrohenden Wald.

Oft wurde bis tief in die Nacht gesungen. Die Sprache der Lieder verstand ich nicht. Ich fragte Ovalu, was das für eine Sprache sei und was es bedeutet. Sie lachte und sagte, dass sie viele Sprachen benutzen würden. Eine Sprache für das Singen, eine Sprache für die Geister, die nur die Geister verstehen, eine Sprache für die Rituale. Sogar die Männer sprechen untereinander eine eigene Sprache, die die Frauen nicht verstehen.

»Wenn wir die Lieder singen, brauchst du keine Angst zu haben. Wir versöhnen uns mit den Geistern. Den Geistern gefällt es, wenn wir ihnen Lieder in ihrer Sprache vorsingen.«

»Dann ist das die Sprache der Geister?«

»Ja. Wenn ich in dieser Sprache, mit der ich zu dir spreche, die Geister anrufe, dann kommen sie und schlagen mich. Wenn ich aber in ihrer Sprache singe, lachen sie und tanzen in der Nacht um die Hütten.«

Auch die Kinder verloren ihre Furcht vor mir. Ein paar besonders mutige trauten sich sogar, mich zu berühren. Ich hörte, wie sie sich über die Farbe meiner Haut lustig machten. Wenn sie zu aufmüpfig oder zu laut wurden, sagte eine der Frauen: »Genug jetzt! Oder wollt ihr von ihr in das Reich der Ahnen mitgenommen werden?« Die Kinder waren dann augenblicklich still.

Die Frauen sprachen oft über mich. Oft hing es mit dem Wetter zusammen: zu viel Regen, zu wenig Regen. Zu viel Hitze, zu viel Nebel, zu viele Moskitos. Oder es ging um Krankheiten, um Geister, die in manche Bewohner des Klans hineingefahren waren. Ich war für alles verantwortlich. Ein paar Mal fragte ich nach, woher sie wüssten, dass ich daran schuld sei. Dann kicherten sie. Sie amüsierten sich über meine Aussprache, und einige Frauen äfften mich nach, während die anderen schallend lachten. Eine Antwort erhielt ich nie. Ein paar Mal sagten sie nur: »Warum fragst du? Du weißt es doch!«

So schwieg ich meist und hörte zu, welches Gerede gerade herumging. Manchmal diskutierten sie auch darüber, wie ich aus dem Reich der Ahnen hergekommen sei. Einige dachten, mich habe der Vogel des Paradieses auf seinen Flügeln hergetragen. Andere widersprachen und sagten, sie seien doch dabei gewesen und hätten gesehen, dass ich zu Fuß gekommen sei. Direkt aus dem Wald. Direkt aus der Richtung, wo der große Baum stehen soll. Eine andere sagte, ich sei ein Paradiesvogel, der sich in einen Menschen verwandelt hätte. Dem hielt Ovalu entgegen, man wüsste es doch genau, wer ich sei. Ich hätte mich nur verwandelt, aber nicht aus einem Vogel. Dann begannen sie zu flüstern. Einige Male diskutierten sie darüber, ob ich das Dorf vernichten würde. Ob ich den Stamm in das Reich der Ahnen mitnehmen wollte. Sie sprachen darüber ohne Angst. Als ob es zu ihrem Leben dazu gehört, am Rande des Untergangs zu stehen.

Gerne hätte ich ihnen von der Erde erzählt. Von den Ländern, die hinter den Hügeln liegen. Von Städten mit hunderttausend Einwohnern. Von Häusern aus Glas und Stahl. Von Autos, Flugzeugen, Schiffen. Von Nationen und Religionen. Von der Musik. Aber alle Versuche, etwas zu erklären, wären für sie nur weitere Beweise für meine Herkunft aus dem Reich der Ahnen gewesen. Ich konnte ihnen nichts erzählen.

Ich wusste von Dingen, die sie nicht glauben konnten. Nicht verstehen konnten. Für sie war es die Welt der Ahnen. Für mich war es – ja was? Meine Welt? Meine Traumwelt? Meine verflossene Welt?

So unmöglich es war, ihnen etwas aus meiner Welt zu erklären, genauso aussichtslos war es, Dinge aus ihrer Welt in meine Gedankenwelt zu übertragen. Auch nach einem Jahr nicht.

Ich begann sehr bald das feine Gespür der Frauen für die Geräusche des Dschungels zu bewundern, wenn wir am Abend von den Gemüsegärten nach Hause liefen und sie aus jedem Geruch, jedem Geräusch, jedem Windhauch etwas herauslesen konnten. Wann wir aufbrechen mussten, um vor dem nächsten Regenguss nach Hause zu kommen. Manchmal versteckten wir uns unter einem vorspringenden Felsen, wenn wir bei den Gärten waren, und innerhalb von Sekunden begann es so zu regnen, dass ich glaubte, ein Wasserfall würde uns übergießen. Die Temperatur fiel in kurzer Zeit so tief, dass es kalt wurde. Dann saßen wir eng zusammen in dem Versteck und die Frauen spielten ein Spiel. Sie schätzten, wann der Regen zu Ende sei, und maßen es mit der Länge einer Geschichte ab, die eine Frau, die ausgelost wurde, zu erzählen begann. Die Wortführerin sagte dann, die Geschichte sei zu Ende, kurz bevor der Regen aufhören würde. Die anderen Frauen wetteten dagegen. Fast immer lag die Geschichtenerzählerin richtig. Dann freuten sich alle.

Aus jeder Bewegung des Waldes, jedem Ton, jedem Zeichen, das ich nicht verstand, konnten die Frauen Gefahren erkennen. Sie spürten, ob in der Nähe eine Schlange war oder eine andere Gefahr drohte. Wenn wir in der Früh zu den Gärten gingen, sprachen sie darüber, wie die Knollen wachsen würden. Am Geschnatter mancher Vögel hörten sie, wann bestimmte Gräser reif sind. Manchmal rochen sie, dass irgendwo ein Feuer brannte. Ich wusste nicht, ob sie einen Klan aus einem entfernten Tal meinten oder Jäger, die durch den Dschungel streiften. Es gab bestimmte Tage, an denen sie mit den langen Federstielen unter Steinen nach Würmern gruben, besondere Delikatessen, die sie sofort verzehrten. Sie wussten, dass zu bestimmten Tageszeiten Wasserschnecken am Ufer von Bächen herumschwammen. Sie mussten sie nur abschöpfen. Diese wurden am Abend unter großem Freudensingen gegrillt. Selbst aus den Wellen der Bäche und dem Geschmack des Wassers konnten sie Botschaften herauslesen. Ob Fische weiter oben laichten oder verschwunden waren. Ob im anderen Tal in der Nacht Regen gefallen war. Ob die Zeit bis zum nächsten Mond eine gute oder eine schlechte sein würde. Am meisten sprachen sie darüber, ob die Geister gut gesonnen waren.

Trotz meiner mit jedem Tag größeren Vertrautheit ignorierten die anderen Frauen aber letztlich, dass ich eine lebendige Person war. Ich war ein sichtbarer, aber anscheinend nicht anwesender Gegenstand. Manchmal sprachen sie so unverfroren über mich, als ob ich nicht zugegen sei. Dabei wussten sie, dass ich vieles verstehen konnte. Ich war dankbar, überhaupt in ihrer Nähe sein zu dürfen.

Nur Ovalu sprach immer mit mir. Ihre Zutraulichkeit wurde mit meiner Schwangerschaft noch größer. Irgendwann spürte ich, dass uns ein

Geheimnis miteinander verband, das ich nur mit ihr teilte. Es war nicht nur Liebe und Sympathie, was sie dazu trieb, sich um mich zu kümmern.

Eines Abends waren die meisten Frauen in das angrenzende Tal zu einer Trauerfeier gegangen. Die Männer hatten die Frauen als Schutztruppe begleitet. Nur zwei oder drei waren auf unserer Lichtung zurückgeblieben. Über unserer Hütte lag eine eigenartige, beunruhigende Stille. Fast erschien es mir, als ob dieser Platz auch trauern würde. Ovalu hatte mir erklärt, dass nur Frauen trauern würden, wenn eine Frau gestorben sei, und dass die Männer trauern würden, wenn ein Mann gestorben sei. Die Männer würden jetzt in dem anderen Dorf darauf warten, bis die Frauen fertig seien. »Ich bin hier geblieben wegen dir. In das andere Tal würden sie dich nicht lassen.«

Sie erzählte mir auch, dass die Tote umgebracht worden sei. Von einem Klan, mit dem unser Dorf sehr wenig Kontakt habe. Binnen zwei Monde werde nun jemand aus jenem Dorf umgebracht. Manchmal käme es dann zum Kampf. Dann würden die Männer gegeneinander antreten. Wenn zwei Männer eines Klans getötet würden, sei der Kampf vorbei.

Ich spürte, dass Ovalu an diesem Abend bereit war, mir das zu erklären, was ich nicht verstand. An jenem Abend fragte ich sie: »Ovalu! Die anderen Frauen meiden mich. Warum du nicht?«

Sie zögerte. Sie hatte Angst, etwas Verbotenes auszusprechen. Ich hörte, wie sie unruhig mit ihren Fingernägeln auf dem Holz kratzte.

»Bitte! Sag es mir!«
»Du weißt es. Warum fragst du mich?«
»Ich weiß es nicht!«
»Du weißt alles. Warum fragst du?«
»Nein. Ich weiß es nicht. Warum bist du gut zu mir?«
»Bitte, nimm mich nicht mit in das Reich der Ahnen! Noch nicht!«
»Nein. Ich verspreche es dir! Ich nehme dich noch nicht mit. Aber du musst es mir sagen!«

Sie zögerte noch. Ich spürte, wie sie sich von mir abwandte, um mich nicht direkt anschauen zu müssen. Es gab immer wieder Momente, in denen ich das Gefühl hatte, Ovalu würde glauben, ich könne sie trotz meiner leeren Augen noch immer sehen. Ich hatte sie einige Male dabei ertappt, wie sie versucht hatte, mich auf die Probe zu stellen. Sie war um mich herum geschlichen und stand plötzlich hinter mir. Ich konnte ihr damals und ich kann ihr jetzt noch immer nicht mehr Beweise liefern als meine Hilflosigkeit in dieser diffusen Dunkelheit aus grauen und grünen Schatten, die mich umgeben.

»Bitte, Ovalu! Sag es mir! Was weißt du über mich?«

Sie schwieg weiter, begann irgendwann sehr leise zu singen. Dann sagte sie mit ihrer brüchigen Stimme: »Meine Mutter hat dich gesandt.«
»Deine Mutter?«
»Ja, meine Mutter.«
»Wann hat mich deine Mutter gesandt?«
»Das weißt du doch.«
»Ovalu, bitte erkläre mir: Wo ist deine Mutter? Wie hat sie mich gesandt?«
»Drei Tage vor deiner Ankunft starb meine Mutter.«
»Woran starb deine Mutter?«
»Das weißt du auch! Du hast sie geholt.«
Ich verstand überhaupt nichts.
»Bist du meine Freundin?«
Ovalu schwieg. Dann spürte ich, wie sie näher an mich heranrückte, ihre Hände auf meine Oberschenkel legte. Sie kam dicht an mein Ohr und flüsterte: »Ja! Ich bin deine Freundin. Darum bitte ich dich: Nimm mich nicht mit in das Reich der Ahnen! Meine Kinder sind noch nicht groß genug. Sie brauchen mich noch!«

Mir wurde in diesem Moment klar, dass ich Ovalus Alter nicht kannte. Ich hatte bis zu diesem Abend geglaubt, sie sei eine ältere Frau mit hängenden Brüsten und rauen, zerfurchten Händen. Ich hatte mich verschätzt. Ihre Kinder – ich hatte bisher nicht einmal gewusst, dass sie überhaupt Kinder hatte. Alle Kinder sprangen auf der Lichtung und im Frauenhaus ungehindert herum, sie wurden von allen Frauen gleichermaßen zurechtgewiesen, erhielten von keiner Frau besondere Zuwendungen. Meist schliefen die Kinder nebeneinander in einer Ecke des Frauenhauses, ineinander geschichtet und mit sich beschäftigt. Und inmitten dieses Grüppchens hatte Ovalu kleine Kinder! Ich hatte nie darüber nachgedacht. Seit unserer ersten Begegnung, als sie mich mit großer Fürsorge gepflegt hatte, glaubte ich, sie sei Groß- wenn nicht schon Urgroßmutter und habe längst erwachsene Kinder.

Ich begriff in diesem Moment, dass ich eine unbekannte Macht über sie besaß. Zum ersten Mal wurde mir klar, dass ich einen Einfluss besaß, der mit meiner Herkunft zusammenhing, dem Reich der Ahnen. Und dass ich diesen Einfluss ausnützen konnte. Eine Idee war geboren, die mir seit meiner Ankunft im Dorf nicht einen einzigen Augenblick in den Sinn gekommen war. Nicht ein einziges Mal hatte ich zu denken gewagt, was nun wie ein goldener Regen sich über mir ausschüttete: die Idee, wie ich zurückkehren könnte! Gerettet werden könnte! Ich musste nicht den Rest meines Lebens in diesem Dorf verbringen.

Ich nahm Ovalu in meine Arme und drückte sie. Sehr langsam und bedächtig sprach ich die Worte, damit ich keinen Fehler machte. Ich wollte, dass sich unsere so verschiedenen Welten beim Aussprechen des Satzes vollständig treffen. Nicht der geringste Zweifel durfte bei ihr darüber bestehen bleiben, was ich von ihr verlangte.

»Nein, ich werde dich nicht in das Reich der Ahnen mitnehmen. Aber damit dir das nicht geschieht, musst du mir helfen, selber dorthin zurückzukehren.«

Sie erschrak und ließ die Knollen aus der Hand fallen, die sie zuvor geputzt hatte. Sie umarmte mich. Ich spürte, wie sie in meinen Armen zu frieren begann. Sie atmete rasend.

»Wohin soll ich dich bringen? In das Reich der Ahnen?«

»Ja.«

»Das Reich der Ahnen ist aber ...«

»Weit weg. Aber du weißt es, wo es ist.«

»Beim großen Baum?«

»Dort, wo die Geister einen Weg in den Wald getreten haben.«

Sie zitterte vor Angst. »Ja. Ich weiß«, flüsterte sie. »Zehn Tage von hier ist der Weg der Geister und der Ahnen. Er führt ins Reich der Ahnen. Niemand kehrt von dort zurück. Niemand.«

»Du musst mich nicht in das Reich begleiten. Du musst mir nur helfen. Die Geister werden mich begleiten.«

Ihr Zittern wurde heftiger. Sie begann zu weinen. »Nein, das kann ich nicht!«

Ich hatte alle Macht über sie. Nun musste ich nur noch die Sprache aus dem Reich der Ahnen erklingen lassen und Ovalu würde vor Furcht zergehen. Und ich weiß nicht, warum mir nur eines in den Sinn kam – alles hätte ich sagen können, jeden Satz, jede Sprache, doch ich fing an, rhythmisch und deutlich das Vater Unser aufzusagen. Es war spontan und instinktiv. Ein Geschenk des Himmels, kraftvoll und ursprünglich. Zuerst sagte ich: »Dann hole ich auch deine Kinder!« Und dann begann ich: »Vater unser, der du bist im Himmel, geheiligt werde dein Name ...«

Ovalu schrie mich an: »Hör auf! Hör auf! Hör damit auf, bitte!«

Ich wurde schneller und lauter. Sie versuchte mir den Mund zuzuhalten, doch ich schlug ihre Hände zur Seite. Sie wollte davonrennen, aber ich hielt sie am Arm fest. Immer schneller sprach ich die Worte. Dann begann ich es zu singen. Ich hörte erst auf, als ich sie leise sagen hörte: »Hör auf! Hör auf! Ja. Ja! Ich werde dir helfen!«

»Wirst du mir dabei helfen, in mein Reich zurückzukehren?«

»Wie kann ich dir helfen? Wird dich nicht der Vogel des Paradieses holen?«

»Nein! Ich brauche deine Hilfe. Deine Hilfe! Sonst … sonst werde ich deine …«

»Nein!«, stieß sie hervor. »Ich werde dir helfen. Wenn das Ritual vollzogen ist.«

»Wann wird das sein?«

Ich spürte ihre Hände auf meinem Bauch. Sie streichelte ihn, als läge darin ihr eigenes Kind. Mein Bauch war schon gewachsen, ab und zu stieß mich ein Beinchen von innen.

»Bald!«

»Ovalu, muss ich …« Ich wollte sie fragen, ob ich sterben müsste, aber wie sollte sie, die glaubte, ich käme aus dem Reich der Ahnen, verstehen, dass ich noch eine Sterbliche war. »Ovalu, was wird geschehen?«

Es war das erste Mal, dass sie mich wie ein Kind umarmte und streichelte. Sie nahm mich, drückte meinen Kopf an ihre Schulter, meinen Körper an ihren Körper, meine Brust an ihre Brust. Mein Kopf lag dicht an ihrem Hals. Ich roch das Schweinefett, mit dem sie sich bestrichen hatte, ihren herben Schweiß und ihre vertraute mütterliche Nähe. Dann sagte sie sehr vorsichtig: »Es wird schnell gehen. Wenn der Gott da ist, bist du frei.«

Nach diesem Gespräch mit Ovalu, das unsere Fremdheit und Freundschaft noch ein Stück verstärkte, wollte ich allein sein. Ich suchte mir einen Platz nur für mich und legte mich nieder. Es war eine schöne Nacht, eine von einem schönen Traum erfüllte Nacht. Vom anderen Ende des Frauenhauses hörte ich Ovalus Flüstern, bis ich einschlief. Sie sprach mit den Geistern und betete um Beistand. Der Traum in dieser Nacht war ohne die Gewalt, die in den Monaten zuvor über mich hereingebrochen war. Ich vergaß die Gerüche der Männer, sie waren nicht mehr da. In die schreckliche Vorahnung auf das Endritual, die ich verdrängte, hatte sich durch das Gespräch mit Ovalu eine Hoffnung in mein Leben geschlichen, die stärker war als alle Ängste davor. Die Hoffnung, dieses Dorf vielleicht doch noch verlassen zu können.

Ich spürte ihn, dich, der du wartest und nichts weißt. Er ist plötzlich da gewesen, er umhüllte mich. Er lag auf einmal neben mir. Er, nach dem ich jetzt suche.

Führ mich weiter, Ovalu, immer weiter. Die Tage vergehen und meine Kräfte schwinden. Lang geht es nicht mehr. Wir haben kaum mehr Zeit. Führ mich weiter, bitte, führ mich zum Weg der Geister, der zu den Ahnen führt.

Trotzdem und deswegen: In der Zeit meiner Schwangerschaft erlebte ich schöne Augenblicke im Dorf. Momente voller Glück, die mir neue Seiten in dem Leben, das ich führte, offenbarten. Das Leben ist ein unendlicher

Schatz von Eindrücken, der in einem ständigen Wechsel von Vergessen und Erinnern mit jedem Tag größer und unbezahlbarer wird. Ich entdeckte, nachdem die Alpträume nachließen, neue Geschmäcker, neue Gerüche, ich entwickelte ein neues Gespür in meinen Fingern. Ich ertastete neue Formen, neue Oberflächen: Das Rollen eines Blutegels zwischen den Fingern – immer hatte ich geglaubt, er sei eklig und nass und klebrig, aber der Egel war warm und wie ein durchgekauter, trockener Kaugummi. Das Entlangfahren an den Blättern eines Grashalmes – endlos lange Blätter, weich, nachgiebig und schwerelos. Das Ertasten und Erriechen unterschiedlichster Blütenformen und Düfte – riesige Kelchblüten, in denen meine Hand zu versinken schien, keinen Grund ausfindig machen konnte, in einen Tümpel von dickem Blütensaft hinabglitt, der mir mit seinem Geruch für Sekunden das Bewusstsein raubte. Ovalu befahl mir, meine Hand abzulecken, und ich schmeckte eine Mischung aus Holunder und Samt, süßer als alle Honigsorten der Welt. Ich ertastete feinstachlige Blüten eines Schmarotzergewächses, das sich an Baumstämmen emporwand und sich wie ein Korkenzieher in die Rinden bohrte, gefährlich spitz und gefährlich scharf. Wundersame Blüten, die aus Tausenden von Blättern bestanden. Ovalu führte meine Hand, und einzeln ertastete ich die Blättchen, und es hörte nicht auf, es hörte einfach nicht auf, es waren unendlich viele kleine, feine weiche Blütenblätter, die einen Kern von Stempeln und Staubgefäßen umkränzten – noch nie hatte ich so etwas gespürt, hatte ich an so etwas gerochen. Fast glaubte ich, der Duft dieser Blüten sei flüssig und würde meine Nase verkleben.

Oder das Schwimmen im Bach. »Nur kleine Kinder und Schweine tun so etwas«, hatte Ovalu gemeint. Ich aber wollte schwimmen gehen und bat sie, mich in den Bach hineinzuführen, der neben den Gemüsegärten plätscherte. Ich tastete mich vorsichtig am Ufer in das Wasser, das ungewöhnlich kalt war. Meine Füße versanken in weichem Sand. Dann ließ ich mich fallen und planschte wild in diesem erfrischenden moosigen Wasser herum, meine Hände griffen in lehmigen Boden, ich kostete das Wasser, es schmeckte nach Kristall. Ich war glücklich in diesem Wasser und rief nach Ovalu. Sie folgte nur zögerlich, ich rief, sie solle keine Angst haben, dann stieg sie zu mir in den Bach und gab sich auch dieser herrlichen Frische hin, wir bespritzten uns, kicherten und freuten uns. Die Frauen, die uns beobachteten, lachten noch mehr. Nur ein paar Meter neben mir hörte ich eines der Schweine grunzen, die wir immer als Wachhunde zu den Gärten mitnahmen, doch es störte mich nicht.

Oder das Kitzeln mit Paradiesvogelfedern. Wir benutzten die langen spitzen Federkiele mit dem Haarbüschel am Ende, die Ovalu gewöhnlich zum Nähen nahm. Wer zuerst aufwachte, kitzelte die andere hinter den Ohren, an den Füßen, in den Kniekehlen. Dieses Aufweckritual endete meist in einem heftigen, lauten Gerangel, bei dem auch die letzten Frauen aufwachten.

Oder Ovalu suchte, meist nach der Morgentoilette, nach Flöhen in meinem Haar. Sie saß hinter mir und streckte ihre Beine neben mir entlang. Ich massierte sanft ihre Füße und Zehen. Beim ersten Mal wollte sie ihre Füße wegziehen, ließ es dann aber zu und sagte nach einer Weile: »Das ist schön!«

Ja, meine Freundin, es konnte schön sein in deinem Dorf. Es war schön, Sekunden und Tage waren schön. Wenn ich vergaß.

Führ mich! Ich will weiter. Damit wir weit weg sind von der Lichtung im Wald mit den drei oder vier Hütten, der Grube und allem, was sich zugetragen hat.

Wenige Wochen vor der Geburt des Kindes, begannen die Vorbereitungen für das Fest. Die Männer fingen an zu schnitzen. Ovalu erklärte mir die fremden Geräusche, die ich nicht einordnen konnte. Ich hörte dieses Klopfen und Schaben auf Holz und wusste nicht, was es zu bedeuten hat. Ovalu sagte, dass die Männer den Baumstämmen das Antlitz der Vögel einritzen. Sie selbst kratzte jeden Abend mit einem schmalen Stein Furchen und Rillen in einen Holzstamm. Ich fuhr mit meinen Fingern darüber, konnte mir aber kein rechtes Bild machen. Ich fragte sie, was es darstellen sollte. Ohne dass es die anderen Frauen hören konnten, flüsterte sie: »Das bist du!«

Ich konnte mein Erstaunen nicht verbergen und flüsterte zurück: »Aber ich bin schöner!«

Da mussten wir beide lachen und zum ersten Mal spürte ich, dass wir uns verstehen konnten. Hätten die Geister des Waldes uns mehr Zeit gegönnt, dann hätte ich vielleicht irgendwann Ovalus Welt begriffen. So aber blieb uns beiden keine Zeit.

Du musst dich beeilen, Ovalu, du musst mich führen, gib mir Wasser, lass mich jetzt ruhen, für ein paar Stunden, ich komme nicht mehr weit, ich muss schlafen, die Füße schmerzen, ich habe mir Dornen eingetreten, bitte zieh sie raus, deine Hände tun gut, Ovalu.

Bald hörte ich in diesen Tagen vor der Geburt auch fremde Stimmen, die in einem mir kaum verständlichen Dialekt schon von Weitem aus dem Dschungel Begrüßungen riefen, mit lautem Jubilieren auf der Lichtung Einzug hielten und von allen lautstark Willkommen geheißen wurden. Gäste aus den entfernten Tälern kamen, um am Endritual teilzunehmen.

Dann, am Abend eines für mich gewöhnlichen Tages, ohne Grund und ohne Zutun, musste ich in meine Hütte zurück. In die Hütte der längst vergessenen Schrecken.

»Der große Mond ist gestern gekommen«, sagte Ovalu beim Essen zu mir. »Zwei Hände sind vorbei. Heute musst du zurück in deine Hütte!«
Das Essen in meiner Hand wurde giftig. Ich biss auf ein Stück Knochen. Es schmeckte nach Samen. Mit einem Schlag waren wieder die Männer in mein Leben getreten.
Ich schmiss Ovalu das Essen vor die Füße und schrie. Ich weigerte mich. Ich brüllte sie an, dass ich nicht mehr dort hinein wollte. Ich wollte davonrennen. Die Gewalt, die plötzlich über mich hereinbrach, eine männerähnliche, riss mich aber fort. Ovalu und einige andere Frauen packten meine Hände und Arme und zogen mich aus dem Frauenhaus. Sie rannten mit mir über den Platz zu meiner Hütte, zerrten mich an den Füßen hinein. Ich schlug um mich, wollte mich befreien, aber Ovalu drückte mir ihre Hand auf die Lippen.
»Die Zeit für das Fest ist gekommen. Wir werden Schweine schlachten und das Fleisch verteilen. Wir werden es den Ahnen opfern. Damit nicht noch einer kommt und über uns herrscht. Der Gott muss geopfert werden.«
»Sie werden das Ritual vollenden?«, keuchte ich.
»Ja!«
Ovalu band mich mit einer aus vergangenen Monaten vertrauten Bambusschnur fest. Die Bambusschnur, die ich immer festgehalten hatte, wenn wir von den Gärten zurück ins Dorf liefen. Die Nabelschnur, die mich mit Ovalu verband. Ich ahnte die Gefahr. Nein, es war nicht Gefahr, es war das Endgültige. Das Unwiderrufliche stand mir bevor. Und ich wusste nicht, was es sein, wie es eintreten würde.
Ich schrie Ovalu an, während sie mich festband, ich wollte mich aufbäumen, ich wollte wissen, was das Ende des Rituals sei, erhielt aber keine Antwort. Sie flüsterte nur: »Du weißt es doch! Wir werden dich befreien. Und uns. Von dem Fluch!«
Es hörte sich wie ein Gebet an.
Dann ließ sie mich in der verhassten, dreckigen Hütte zurück. Es stank nach Schweinekot. Von draußen drangen die Geräusche nicht enden wollender Geschäftigkeiten die ganze Nacht über hinein. Geklopfe, Gesänge, Gebete. Direkt neben meiner Hütte wurden Schweine zusammengepfercht.
Nur die Hunde waren sonderbar still in dieser Nacht.
Am nächsten Morgen begannen die Festlichkeiten. Aus dem Nichts. Unerwartet. Ich wachte nach unruhigem Schlaf in meiner Hütte auf, wurde geweckt von Musik und Tänzen, die plötzlich einsetzten und während des ganzen Tages und der ganzen Nacht andauerten und am nächsten Tag

fortgesetzt wurden. Immer weiter gingen. Jeden Tag und jede Nacht intensiver wurden.

Von Anfang an waren es wilde, ekstatische Klänge. Die Rhythmen waren aggressiv, einnehmend, aufdringlich, die Instrumente mir unbekannt. Noch nie hatte ich sie in diesem vergangenen Jahr gehört. Es waren die heiligen Instrumente, von denen Ovalu einmal erzählt hatte. Es hörte sich an, als ob Dutzende Keulen und Stecken, vielleicht Knochen gegen einen Baumstamm geschlagen wurden. Hohl und dumpf klangen die Schläge, aggressiv die Takte. Dazu tönten dann Flöten, tiefe, weiche Flötenklänge, die in einem fort und ununterbrochen während der Nacht und während des Tages und an den nächsten Tagen Melodien über das Dorf legten.

Die Hunde verfielen in ein monotones Jaulen. Die Vögel verstummten. Dafür begannen die Grillen aus dem Wald mit diesen neuen Geräuschen um die Wette zu zirpen. Die Frauen und Kinder johlten in unregelmäßigen Abständen dazwischen. Am Tag und in der Nacht.

Der Dschungel stimmte sich auf diese Rhythmen und Klänge ein. Als hätte er Ohren und eine Stimme, als könne er alles hören und darauf antworten, so tönte es von allen Seiten auf die Lichtung ein, wo die Männer hockten und spielten und die Frauen tanzten und sangen.

Ich rollte mich in meiner Hütte zusammen, versuchte nichts zu hören. Ich drückte meine Hände auf meine Ohren und spürte meinen Herzschlag und das zarte Pochen des anderen Herzens in meinem Bauch. Ich stellte mir den Vogel des Paradieses vor, die Farben seines Gefieders, die Federn aus Gold, die er ausgespreizt hatte, ich sah seinen Balztanz, aber er tanzte im Rhythmus der Schläge, die nicht mehr endeten.

Ab und zu riefen die Männer etwas, das weder Gesang war noch irgendetwas mit den Melodien zu tun hatte. Einer schrie etwas vor und die anderen wiederholten es. Es war ein Kreischen, das den Klangteppich der Flöten für Bruchteile übertönte. Wie der Warnruf eines Kastraten klang es schrill und laut.

Dann verstand ich. Ich hörte es: Es war sein Ruf. Der Ruf des Vogels aus dem Paradies. Der abgehackte Ruf des Männchen während seines Balztanzes auf dem Baum. Die Männer versuchten ihn zu imitieren.

Nur in meinem Kopf erklang ein Echo. Ich erinnerte mich an jenen Augenblick vor einem Jahr, als ich es zum ersten und einzigen Mal gehört hatte. Aber jetzt, während des Festes kam nichts aus dem Wald zurück. Nur in mir, in dieser Höhle, in die ich zurückkriechen wollte, dröhnte das Echo immerfort weiter.

Mit jedem Tag wurde das Fest noch lauter, noch hektischer. Das Trommeln und Singen der Männer wilder. Die Frauen und Kinder wurden jeden Tag unruhiger und euphorischer in ihrem Johlen. Ich konnte es an Ovalus Stimme hören, wenn sie in meine Hütte kam, mir etwas zu Essen und zu Trinken brachte und fragte, wie weit ich sei. Sie klang auf einmal ungeduldig, nervös, aufdringlich.

Am Morgen des vierten Tages begann ich vor Angst zu schwitzen. Es schmeckte nach Blut.

Dann, am fünften Tag wurden die Schweine geschlachtet. Es dauerte Stunden. Sie rissen ihnen die Haut vom Leib, ich hörte das Pochen der offenen Herzen. Ovalu schmiss warmen Darm in meine Hütte. Die Männer sangen.

Am sechsten Tag des Festes setzten meine Wehen ein. Ich schrie nach Ovalu.

Auf einmal brachen die Gesänge ab, es wurde still. Ich schrie noch einmal.

Das Dorf verharrte, als habe es sich in Luft aufgelöst. Der Urwald hörte mir zu.

Eine weitere Wehe explodierte in mir. Unbekannte Schmerzen aus dem Inneren meines Leibes kündigten sich an, ein Vorgeschmack auf das, was kommen sollte.

Ich schrie um Hilfe. Ich hatte Todesangst.

Das Dorf war verschwunden.

Dann hörte ich, wie Ovalu in meine Hütte kam und »Gut! Gut!« flüsterte. »Der Gott will kommen!« Die anderen Frauen kamen, sie nahmen mich und trugen mich auf den Platz in der Mitte des Dorfes, die Wehen wurden heftiger und brutaler. Mit einem Schlag setzte das Fest wieder ein, wurde noch lauter, noch wilder die Gesänge der Männer, noch schneller die Rhythmen der Trommeln. Sie wussten es, sie feierten es.

Alle sangen und stampften und tanzten.

Der Gott wollte kommen.

Der endgültige Kampf meines Körpers fing an und die letzten stillen Worte, die ich von Ovalu hörte, waren: »Danke, Philomela, danke für das Kind!«

Danach brach der Lärm los, unendliche Schreie, direkt bei mir, die Männer, die Frauen, Hunde und der Dschungel. Rhythmen und Takte, die immer näher kommen.

Ich schrie im letzten Moment vor der Besinnungslosigkeit: »Hilf mir, meine Freundin. Hilf mir!«

Sie hielt meinen Kopf. »Ja. Ich werde dir helfen. Aber nun hilf du dem Gott!«

Dann nahm sie meine Hand, drückte sie, presste mit ihrer anderen Hand auf meinen Bauch und ich ließ mich unter den immer heftiger einsetzenden Wehen gehen und schrie: »Vater unser ...«

Keine Frau weiß davor, was danach kommt. Jede Frau, die es erlebt hat, spürt es erneut, wenn sie sich erinnert, und kann sich doch nicht erinnern. Der Schmerz ist ein noch nie erlebter, gleichzeitig ein vergangener, scheinbar nicht erlebbarer. Etwas bricht in dir auseinander, der Rest deines Körpers. Du öffnest und verwandelst dich. Aus einer Frau wird eine Mutter.

Kurzzeitig glaubte ich ein Schnalzen zu hören, ein Klatschen. Meine Eingeweide und Innereien, die verrutschten, meine Genitalien, die zerrissen, und die Hände der Frauen, die den neuen Kopf, den neuen Körper, die neuen Arme suchten.

Ich presste. Ich atmete.

Neben mir brannte ein Feuer und Rauch stieg mir in die Nase, warmes Wasser floss über meinen Unterleib. Ganz nah, dicht in meinem Kopf hörte ich die stampfenden Schritte der Männer, die auf dem Platz tanzten, hüpften und sprangen.

Meine Wehen glitten hinein in ihren Takt. Ich presste weiter. Presste im Takt ihres Stampfens, im Takt meines Atmens, es war einerlei. Ovalu drückte meine Hand und meine Stirn.

Ich schrie. Ich schrie, wie ich noch nie in meinem Leben geschrien hatte. Ich knackte auseinander, Knochen schienen zu brechen, mein Unterleib verselbständigte sich. Die Frauen grölten. Das war nicht ihre erste Geburt.

Alles riss. Alles war still. Explosion. Der jüngste Tag. Rache. Alle Sinne am Zenit ohne Gnade. Das Aufbäumen.

Dann plötzlich war da ein Krampf und es ließ nach. Ich schwankte. Der Schmerz starb. Ich stand vor dem Abgrund. Der Schmerz war weggeblasen. Ein riesiger Schlund, ich fing an zu fliegen. Der Schmerz war verschwunden. Ich flog davon. Zunächst war da nur Erleichterung und Befreiung und ein Ziehen tief in mir, tief aus mir heraus. Doch auch das ließ bald nach.

Ein mildes, weiches Ziehen war es, als eine der Frauen die Nabelschnur durchtrennte.

Und dann erlöste mich etwas, das aus einer anderen Welt kam. Ich konnte für einen Moment etwas sehen, es war wie ein Lichtblitz, ich stand sehr weit oben, auf einem Hochstand. Ich konnte die Welt überblicken. Ich sah Blüten und viele Farben, das Dach des Regenwaldes, ich sah Berge in der Ferne, zu denen ich schweben wollte, weg war das Graue, das Schwarze, es war reines Glück. Ich hörte den Schrei des Neugeborenen. Der Schrei meines Neugeborenen. Der Schrei des neuen Lebens. Meines Kindes.

Es schrie in die Welt. Es schrie die Welt an. Und ich hörte es. Ich hörte es. Ich höre es noch immer. Ich höre noch immer den ersten Schrei meines Kindes.

Dann begriff ich das Undenkbare: Sie werden das Endritual nicht an mir, sondern an ihm vollziehen. Das Endritual. Nicht an mir. An ihm!

Denn ich hörte den Schrei der Männer. Der Schrei dieser Männer, immer lauter, noch lauter, es ging nicht mehr lauter.

Ein Schrei des Dankes!

Der Gott war gekommen. Er gehörte nun ihnen.

Die Macht war auf ihrer Seite.

Die Geburt war vorbei, die Frauen kreischten und lachten. Ich wurde emporgehoben, obgleich ich noch aus dem Unterleib blutete. Ich Klumpen Fleisch. Sie trugen mich über die Lichtung, trugen mich durch die Männer, das irre Geschrei, ich hörte die Tänze, die Rhythmen, die Flöten, das Stampfen der Füße, das Näherkommen der Männer, sie brüllten in ihrer Sprache, sie sangen, nichts verstand ich mehr, die Frauen verschwanden, Ovalu rief mir noch etwas zu, in der Nähe hörte ich mein Kind schreien, als wolle es flehen: »Warum hast du mich geboren?«, doch das war das Letzte, denn dann spürte ich schon die Kälte in meinen Ohren.

Auf beiden Seiten meines Kopfes spürte ich es, in beiden Ohren. Die Kälte wurde größer, das Zischen in meinen Ohren wuchs an, wurde hitziger, wurde heißer, nur noch Lärm und das Brüllen der Männer in mir, schließlich gab etwas nach, ein Widerstand löste sich auf, die Schreie meines Kindes rührten hinein, das letzte Flehen löste sich auf in einem ohrenbetäubenden Schnalzen. Ein Knall.

Dann wurde es still, sehr still, ein letzter flüchtiger Schmerz, ein weiches Schweigen. Dann nichts. Nur noch Stille in meinen Ohren, sehr tief, sehr nah an meinem Denken. Sehr tief in mir.

Die Männer stimmten vielleicht ein grausames Lied an, aber ich hörte es nicht mehr, ich spürte nur noch das Schwingen in der Luft, das dumpfe Grollen um mich herum. Den Takt des Ein- und Ausatmens. Sie waren dicht bei mir.

Ich hörte nichts mehr.

Mein Trommelfell war geplatzt.

Ein zweites Mal floss ich aus, meine letzte Verbindung zur Restwelt löste sich auf. Ich schlüpfte völlig in mich hinein. Ich kehrte zurück von meinem Flug. Ich sah meinen Körper da liegen. Ich flog hinein. Immer tiefer in diesen Körper. Um mich herum wurde es noch schwärzer. Ich fand einen Platz in meinem Körper, weit innen, ganz tief, wo ich noch nie gewesen war. Den Ort der absoluten Stille. Eine winzige Höhle. Dort, wo ich selbst mein Herz nicht mehr schlagen höre. Dort kam ich an und setzte mich nieder, wartete auf Ovalus Hilfe.

Führ mich. Führ mich weiter! Führ mich hinaus.

Die Farblosigkeit der Töne ist genauso isolierend wie die Dunkelheit der Bilder. Mein Gefängnis wurde ein noch vollkommeneres. An dem Ort, den sie für meine Heimat hielten, war ich nun angekommen: im dunklen stillen Reich der Ahnen.

Irgendwann geschah das Unerwartete: Eine Hand lag plötzlich auf mir, auf meiner Schulter, auf meiner Stirn. Eine warme Hand, Ovalus Hand. Und in diesem Moment wusste ich: Sie können mir nicht die Haut vom Leib reißen und mich noch tiefer im Kerker meines eigenen Körpers einschließen. Noch habe ich meine Haut, mein Gefühl. Ich muss weiterleben! Ovalu holte mich ein zweites Mal zurück. Ich tastete nach ihrer Hand und drückte sie. Sie drückte meine und zog mich mit ihr mit, führte mich in den Wald. An den Rand des Waldes – wie sie es mir versprochen hat. Dorthin, wo sie selbst noch nie gewesen war. Zurück in die Welt, aus der ich gekommen bin.

Das Ritual war vollendet. Das Dorf konnte weiterleben. Immer müssen Götter geopfert werden. Immer wieder. Dadurch ist man dem Höchsten näher.

Ich will nicht wissen, was sie mit dem Kind getan haben. Mein Kind ist ein Gott, der ihnen Kraft geben wird. Ovalus Mutter hat es prophezeit. Erst jetzt wird ihre Seele ruhen. Der Vogel hat mich gesandt.

Ovalu nahm mich an der Hand und zog mich weg, ich stolperte ihr nach, trotz des rasenden Fauchens aus meinem Unterleib, ich spürte heißen Atem direkt auf meiner Haut, ich lief durch das Spalier von Männern, sie gestatteten, dass ich mich nun davonmachte. Ob ich in das Reich der Ahnen zurückkehre oder ob der Dschungel mich verschlucken wird – es ist ihnen einerlei.

Ist es möglich, jemals alles zu verstehen?

Ich spüre das Gras, das Moos, den Boden des Waldes unter meinen Füßen, wahrscheinlich werde ich bald wieder Regen auf meiner Haut spüren, sicherlich den nächtlichen Wind, der durch das Dach des Waldes bis zum Boden vordringt. Vielleicht wird sogar ein Vogel des Paradieses über uns hinwegfliegen, wahrscheinlich werden einige Vögel Lockrufe in den Nachthimmel senden, sicherlich werden die Zikaden anfangen zu grillen, nur das alles werde ich nicht sehen und nicht hören.

Ich spüre Ovalus Hand, das ist Wärme, und ich spüre Nässe, das ist der Regen und die Kälte der Nacht, und ich spüre schwüle Hitze, das ist der Wald. Alles auf meiner Haut.

Irgendwann wird Ovalu mich loslassen, wenn wir am Rand des Waldes

angekommen sind, dort, wo ich einst vor einem Jahr gestartet bin, um den Vogel des Paradieses zu finden. Sie wird mich loslassen und in meine Welt entlassen. Und dann wird sie wieder zurückschleichen, lautlos, in ihren Wald. Zu ihren Gemüsegärten. In ihre Welt.
  Führ mich weiter.
  Wo bist du, Ovalu? Wo bist du? Wo ist deine Hand? Was ist das? Wo liege ich? Hast du mich verlassen?
  Sie hat mich verlassen.
  Sie ist zurückgekehrt.
  Komm nun, komm, mein Geliebter.

Drittes Kapitel

Halbwertszeit des Vergessens

»... und dann haben wir da noch eine Nachricht aus Jakarta, der Hauptstadt von Indonesien. Und diese Nachricht ist eine Nachricht über eine Nachricht aus – und jetzt haltet euch fest, Freunde: aus Papua-Neuguinea, besser gesagt aus Port Moresby. Zwei Freikarten für das Konzert von ›Substanz‹ heute Abend in der Sporthalle für den, der weiß, wo Papua-Neuguinea liegt. Ruft an unter 51 05 20! In dieser ominösen Nachricht, möchte mal wissen, wer die mir wieder auf den Tisch gelegt hat, hier steht also: Im Dschungel der Insel Neuguinea soll eine weiße Frau entdeckt worden sein. Na, was hat die denn dort zu suchen? Kleine schwarze Männchen? Die örtliche Presse – schreiben die dort auf Bananenblätter? – teilte mit, dass auf einer gerade erst im Bau befindlichen Landstraße im westlichen Teil des Staates Papua-Neuguinea eine weiße Frau in lebensbedrohlichem Zustand gefunden worden sein soll. – Wahrscheinlich hat sie von den Bananenblättern gegessen. – Na ja, jetzt hört der Witz auf: Offenkundig ist die Frau misshandelt worden. Sie wurde laut dem Pressebericht in ein örtliches Missionslazarett gebracht. Missionslazarett – dann kann es ja nur noch schlimmer werden! Wäre besser im Dschungel geblieben, die Gute. Dann steht hier noch, Freunde: Das Grenzgebiet zwischen dem zu Indonesien gehörenden Iryan Jaya und dem erst seit 1975 unabhängigen Staat Papua-Neuguinea gilt als eines der letzten unerforschten Gebiete der Erde. Es werden dort noch immer unentdeckte Stämme vermutet. Oho, wie unheimlich!

Also, ich erzähle euch hier und jetzt, Hand aufs Herz, ehrlich, ich offenbare mich jetzt, Freunde, ich gestehe jetzt vor der Welt: Bei mir zu Hause, da gibt es auch noch etliche unentdeckte Gebiete. Unerforschte Gebiete. Noch nie entdeckte Gebiete! Vom Staubtuch und von mir noch nie heimgesuchte Ecken! Dort leben sicherlich auch völlig unbekannte unentdeckte Lebensformen! Wie diese weiße Frau nach Papua-sonst-noch-was gekommen ist und so weiter und so weiter und weiter steht hier jetzt nichts mehr. Also ich kann zu diesem Thema nur noch sagen:

Finger weg von Papua! Und jetzt zur Abwechslung etwas papuaparadiesisches: Madonna mit ihrem neuem ...«

Zuerst verbrannte ich mir die Lippen, dann goss ich mir den Earl Grey über die Hose.

Ein ganz normaler Morgen: ein verkatertes Ich, ein gerade aufgebrühter Tee, Zeitungsseiten, die beim Umblättern nicht das wollen, was ich will, ein langweiliges, eintöniges, wegen nächtlicher Exzesse nicht erholsames Leben. Es war genau zehn Uhr zwölf. Die beiden Zeiger standen so, als wollte die Küchenuhr mich anlächeln.

Philomela!

Wenn es einen Augenblick in meinem Leben gegeben hat, in dem mir das Schicksal oder Gott oder was oder wer auch immer mit einem winzigen Hinweis gezeigt hat, dass nichts bedeutend ist oder nur noch eine einzige Sache Bedeutung hat, die zuvor keine Bedeutung besaß beziehungsweise nicht mehr besaß, dass das Leben sich innerhalb von einer einzigen Sekunde verändern kann, dann war es dieser Augenblick.

Es war wie Fastenbrechen.

Vor zwei Jahren, als ich Philomela kennen gelernt hatte, hatte es länger gedauert. Ein Gespräch im Vogelhaus über Gefangenschaft, Balzverhalten und Ängste, ein Abendessen, ein Spaziergang und eine schnell auf uns hereinbrechende Nacht, die zunächst nichts zu bedeuten hatte, schnell an Bedeutung gewann und uns in ihren Strudel mitriss, bald eine zweite, dritte Nacht und schließlich Tage und Wochen. Klammheimlich bin ich in ein anderes Leben hinübergeglitten. Klammheimlich haben Gedanken und Bedürfnisse von mir Besitz ergriffen, die ich zuvor nicht gekannt hatte. München, die Fahrten zu ihr mit Radiosendungen, die interessant waren und trotzdem vergessen wurden, Staus auf der Autobahn, die nichts ausmachten, Erkunden neuer Strecken und die Suche nach Abkürzungen, ihre Wohnung, unsere Spaziergänge, unsere Nähe und Nächte – es hat eine gewisse Zeit gedauert, bis wir, wie es so schön heißt, zueinander gefunden hatten. Aufeinander Rücksicht nahmen. Uns einander anpassten. Es ist nicht von heute auf jetzt passiert. Liebe auf den ersten Blick, unsterbliches Verliebtsein – nein, das war es nicht gewesen. Liebe ja, aber auf den ersten Blick? Vielleicht auf den zweiten. Den ersten warfen wir uns vor dem Seehundgehege zu. Den zweiten dann im Haus der Vögel.

Als ich in Neuguinea nach ihr gesucht und dann die Vögel des Paradieses gesehen hatte, ist mir in diesem schrecklichen Dschungel in wenigen Augenblicken die enge, unauslöschbare Verknüpfung von Schönheit und Natur klar geworden – trotz aller Grausamkeiten, die die Natur hervorbringen kann.

Als ich auf dem Rückmarsch durch diesen schrecklichen Dschungel in den Nächten in meinem windigen Zelt gelegen hatte und von den geheimnisvollen Geräuschen einer noch nicht entdeckten, nicht durchorganisierten, durchtechnisierten Welt umgeben war, wurde mir meine Hinfälligkeit bewusst: Vergänglichkeit – welch schönes Wort, wenn es bloßes Abstraktum bleibt. Wenn aber das Gehirn dieses Wissen verinnerlicht, was passiert? Verliert das Leben dann an Dimension? Gewinnt es?

Jeder einzelne Augenblick eines Lebens ist unbezahlbar.

Als ich zurückgekehrt war und geglaubt hatte, nur noch den Bericht über meine Zusammenkunft mit Philomela und unsere Trennung schreiben zu müssen und dann nichts mehr, veränderte sich kaum etwas. Ich bildete mir ein, dass ich nicht mehr so viel nachdenken brauchte, ich erlaubte mir, die Tage mehr zu genießen und hatte vor allem in den Nächten Zeit für verrückte und ungeplante Begegnungen.

Dann kam dieser Morgen. Der Tee war gerade frisch aufgebrüht und sehr heiß, aber ich spürte ihn nicht. Vor mir lag eine Semmel mit Nutella auf einer dicken Schicht Butter, aber ich sah nichts. Auf dem Tisch die aufgeschlagene Zeitung mit ihren für mich bedeutungslosen Nachrichten. Inmitten all dieser Dinge waren Worte messerscharf in mein Ohr gedrungen: »Lebensbedrohlicher Zustand!«, »misshandelt«, »Missionslazarett«.

Philomela war noch am Leben.

Es war ein einzigartiger Augenblick, als diese unbekannte Stimme aus dem Radio zu mir gesprochen hatte. Ausschließlich zu mir, zu niemand anderem auf der Welt – nur zu mir hatte diese Stimme gesprochen und wusste das nicht, was ich in diesem Moment besonders amüsant fand. In diesem Augenblick verwandelte sich mein ganzes Tun, mein Denken, mein Dasein, alles. Innerhalb einer Sekunde. Das Äußere nach innen, das Obere nach Unten, der Tee auf die Hose. Es gab nur noch Philomela.

Für einen Moment hatte ich an eine akustische Fata Morgana geglaubt, an ein Hirngespinst oder einen Traum, der sich aus der Nacht hinübergerettet hatte. Wäre es in der Zeitung gestanden, so hätte ich aufblicken können, wegschauen, hinschauen, noch mal lesen, noch mal wundern und dann die Gewissheit erlangen können, dass ich mich nicht verlesen habe. Dass dieser Text exakt hier vor mir Schwarz auf Weiß auf Papier gedruckt steht. Unvergänglich! Dass an dieser Sache schlicht und ergreifend etwas dran ist.

Ich hatte den Text, die Information, dieses Unbegreifliche aber nicht mit meinen Augen, sondern mit meinen Ohren wahrgenommen. Er war weg. Er war verflogen. Hatte sich in meiner Küche verflüchtigt. Hing vielleicht noch in immer weiter auspendelnden Schallwellen über dem Kühlschrank, war aber auf jeden Fall weg. Einfach weg. Ich konnte nicht weghören, noch mal hinhören, noch mal weghören, noch mal anhören und es dann begreifen.

Wie war das noch mal? Wo? Wer? Was? Wann? Weiße Frau, der Westen des Staates Papua-Neuguinea? Aber da war der Zeitraum. Der Zeitraum zwischen damals und jetzt! Über ein Jahr war vergangen, seit ich aus Papua-Neuguinea zurückgekehrt war und den Kampf mit dem Vergessen begonnen hatte. Jetzt, bei diesem denkbar normalen Frühstück, zehn Uhr vormittags, die Zeitung vor mir aufgeschlagen, »Aus aller Welt«, aber da stand nichts, da waren nur Meldungen von irgendwelchen hin und her gereichten Royals und genauso wichtigen Schauspielern und unwichtigen, aber skurrilen Begebenheiten an irgendwelchen Rändern der Welt, aber für mich so unwichtig und nichtig wie nur irgendetwas sonst – es machte in diesem Moment zack und mir wurde mit einem einzigen Schlag, mit einer einzigen, sehr flapsig dahingerotzten Meldung, die mir aus einem Sendestudio über irgendwelche Schallwellen um die Ohren geschlagen wurde, klar, dass dieser Kampf des Vergessens noch längst nicht abgeschlossen war.

Was heißt abgeschlossen? Dieser Kampf war von Anfang an zum Verlieren verdammt gewesen. Er war aussichtslos. Philomela und alles, was mit ihr zu tun hatte, war noch immer ein Teil, ein wichtiger Teil, ein Bestandteil meines Lebens. Mein Gehör und meine Augen waren für den Rest meines Lebens für das Wort »Papua-Neuguinea« sensibilisiert.

Bei allen Begegnungen mit Frauen, die ich in diesem Jahr gehabt hatte – es waren viele gewesen, dumpfe Kompensationsversuche in unterschiedlichsten Schattierungen und in unterschiedliche Richtungen –, war nie das gewünschte Resultat eingetreten: Entweder gingen diese Begegnungen als Begegnung völlig in die Hose – eine schöne Rothaarige, an deren Namen ich mich erinnere, ihn aber nicht erwähnen möchte, fragte mich bei unserem zweiten Treffen, ob sie die einzige Frau in meinem Leben sein dürfe. Es war das erste Mal, dass ich einer Frau ohne Rücksicht die Antwort gab, die sie nicht hören wollte: »Nein. Du bist und wirst nicht die einzige Frau in meinem Leben sein.« Wir sahen uns nur noch ein drittes Mal.

Oder diese Begegnungen bewirkten trotz dieser zunächst herzerfrischenden Nähe, wie sie immer in den ersten Stunden und Tagen auftritt und sich dann leider allzu häufig genauso schnell verflüchtigt, das Gegenteil von dem, was sie bewirken sollten. Diese wenigen anfangs vielversprechenden Zufallsbekanntschaften – wie der Teufel es will, lernte ich wieder eine Frau im Zoo kennen, im Reptilienhaus, und erlebte mit dieser namentlich auch weiter nicht wichtigen Person zwei ausgesprochen leidenschaftliche Wochen, bis sie mit der pragmatischen Idee herausrückte, eine gemeinsame Wohnung könne doch nur zu beiderseitigem Nutzen sein – diese Zufallsbekanntschaften zogen allesamt und insgeheim Vergleiche nach sich und zogen genauso schnell, ja noch viel schneller, dann grundsätzlich und erwartungsgemäß den Kürzeren.

Heraus kam natürlich eine noch stärkere Verklärung, ein noch tieferes, aber eben unbewusstes Sehnen nach Philomela. Ich konnte sie bei all diesen Begegnungen, während dieser Begegnungen, trotz dieser Begegnungen – bei vor danach dazwischen – nicht vergessen.

Unmittelbar nach meiner Rückkehr war ich derjenige gewesen, der die Auflösung ihrer Wohnung veranlasst hatte, veranlassen musste – ihre Eltern, die im Norden wohnen, baten mich darum. Eine endlose Behördenrennerei brachte als Ergebnis die Eintragung »vermisst« beim Einwohnermeldeamt, nachdem Berggrün eine eidesstattliche Erklärung bezüglich der Vorgänge im Dschungel abgegeben hatte. Von Seiten der Behörden wurde scheinbar kurzzeitig eine Untersuchung ins Auge gefasst, diese aber wegen der zu erwartenden Kosten, der Aussichtslosigkeit des Unterfangens und besonders wegen der nicht zu unterschätzenden Schwierigkeiten mit den staatlichen Amtsträgern vor Ort aufgegeben. Alle Bemühungen, Philomela noch einmal zu suchen, verliefen im Sand.

Philomelas wunderbare Bildbände, ihre Fotografien, ihre Alben und ihre Aufzeichnungen, die sie in Ordnern gesammelt hatte, überließ ich Berggrün. Bei ihm waren diese Dinge am Besten aufgehoben. Er wusste etwas damit anzufangen und versprach mir, für sie den ihnen angemessenen Platz zu suchen. Anhand des Materials, für das er mir aufrichtig dankte, könne er nun noch leichter einen Erinnerungsband zusammenstellen, wie er es mit Kollegen geplant hatte. Ob es dafür nicht zu früh sei, fragte ich ihn bei unserem Telefonat.

»Nein. Ich bin ehrlich zu Ihnen. Ich meine nicht, dass es zu früh ist. Ich will vor allem nicht, dass es zu spät ist und Philomela aus der Erinnerung ihrer Kollegen sang- und klanglos verschwindet.«

Für die Übergabe der Ordner und Fotoalben trafen wir uns. Berggrün ist eine beeindruckende Persönlichkeit, dessen Leidenschaft für alles Unbekannte dieser Welt, nicht nur für Vögel, unübersehbar ist. Er versuchte mich wieder mit dem Phänomen der Sprachenvielfalt auf Neuguinea zu faszinieren und mich dadurch vielleicht von dem Thema abzulenken, über das er mit mir nicht weiter sprechen wollte: Philomela. Ich klärte ihn aber darüber auf, dass Sprachen im Allgemeinen und die fremden, unbekannten Sprachen der Einheimischen auf Neuguinea im Speziellen mich nicht weiter interessieren würden.

»Vielleicht kann man faszinierende etymologische Verwandtschaften feststellen. Wer weiß, vielleicht sind diese Sprachen oder zumindest manche von ihnen mit indonesischen oder chinesischen oder gar indogermanischen Sprachen verwandt. Aber es interessiert mich nicht mehr. Verstehen Sie?«

Über Philomela wollten wir beide nicht sprechen. Keine Einzelheiten, keine Dinge, die der andere vielleicht nicht kannte. Wunden lagen noch immer offen. Ich fragte ihn nur, ob er noch einmal etwas gehört habe oder ob vielleicht eine neue Expedition geplant sei.

Er verneinte es. »Nicht dass ich wüsste. Es ist in den einschlägigen Kreisen durchaus bekannt, wie unsere Expedition ausgegangen ist. Ein solches Risiko ist kein Vogel der Welt wert.«

Ihre Möbel landeten auf einem Flohmarkt. Ich bin nicht sentimental. Was sollte ich damit anfangen? Das Thema war gegessen, dachte ich. Ich behielt nur ihren Baldachin mit den verschlungenen Flamingos, die Fotokamera und den unentwickelten Film, den sie – vielleicht – im Dschungel mit Bildern des Vogels des Paradieses belichtet hatte. Auf dem Display war zu lesen gewesen, dass 28 Bilder verschossen waren.

Diese Fotokamera und noch viel mehr der Film waren für mich kostbare, unantastbare Kleinode. Der Film war ein geheimnisvolles, gefährliches Gefäß, eine verwunschene Lampe, in der sich ein Geist, auf jeden Fall etwas Unheilvolles versteckt hielt. Ich durfte daran nicht reiben, nicht hineinschauen. Ihn nicht entwickeln.

Meine Begegnung mit dem Vogel des Paradieses verschwieg ich Berggrün bei unserer Begegnung. Und die Fotokamera mit dem belichteten Film erwähnte ich ebenfalls nicht. Diese Entdeckung wollte ich für Philomela und mich als gemeinsames Geheimnis und allein mir zustehendes Erbe erhalten.

Natürlich ist es eine unbestreitbare Tatsache, dass – sollte sich darauf ein Bild des Vogels des Paradieses befinden – ich mich damit sanieren könnte, nicht für den Rest meines Lebens, aber zumindest für die nächste Zeit. Aber ihn noch einmal sehen? Ich will nie wieder in die Versuchung geraten, nachdenken zu müssen, ob ich in den Dschungel zurückkehre. Vielleicht verliere und erliege ich ihr beim zweiten Mal.

Was gibt es sonst noch von dieser Zeit und diesem endlosen Jahr zu berichten? Die dramatische Ankündigung, in diesem trübsinnigen Leben außer dem Bericht über Papua-Neuguinea nie mehr etwas zu schreiben, war eine Koketterie des hoffnungsvollen, aber erfolglosen Schriftstellers gewesen, der geglaubt hatte, seinen Aufzeichnungen mit einem Superlativ der besonderen Art einen unmissverständlichen, schwergewichtigen Nachdruck verleihen zu können. Ich schrieb natürlich weiterhin. Allerdings nicht mehr willkürlich, nicht mehr missionarisch oder weltverbesserisch, nicht mehr von den Flügelschlägen des Schicksals und erst recht nicht mehr von den Flügen der Seele.

Ich versuchte mich zunächst an kleinen verzweifelten Gedichten – lyrische Klagelieder, elegisch verdichtete Gefühlsduselei: Gedichte, die schlicht und ergreifend versuchten, in wenigen Worten und mit möglichst kurz aufflammender Emotionalität den Schmerz, das Unverständnis, die Erinnerung an Philomela einzufangen. Was natürlich ein klägliches Unterfangen war. Es war nicht ernst zu nehmen. Man konnte diese Versuche mit gutem Gewissen nicht in die Kategorie »Schreiben« einreihen. Ich tat damit niemandem weh. Es half, es lenkte ab. Das genügte als Rechtfertigung. Auch wenn nur Überflüssiges dabei herausgekommen ist.

Dann kam ein Zeitpunkt, den man vielleicht mit dem Begriff »Halbwertszeit des Vergessens« bezeichnen kann. Auf einmal ändert sich alles. Blicke und Perspektiven verändern sich. Neues rutscht unfiltriert ins Leben, nicht durchgeschleust durch den Katalysator »Philomela«. Meine Einstellung zu den banalsten Dingen – Aufstehen, Frühstück, die Gestaltung des Frühstücks, in die Stadt gehen, bummeln – alles veränderte sich. Dann wiederum gleich gegenüber, auf der anderen Seite des Tages mein Bedürfnis, Gäste freundlich oder gleichgültig oder sogar herzlos zu bedienen, mein Bedürfnis in der Wohnung zu putzen oder nicht zu putzen und das Bedürfnis jetzt hier zu sein oder etwas fernab und wenn nur in Gedanken unternehmen zu wollen: Ich dachte nicht mehr nur an Philomela. Der Drang nach Neuem war plötzlich da. Kein Nachsinnieren mehr. Nicht mehr andauernd Philomela. Vergessen. Halbwertszeit des Vergessens. Ich durfte wieder denken. Ich durfte wieder phantasieren. Nicht in Fiktionen verweilen, sondern in Phantasien, die sehr konkret mein Leben betrafen und sich vielleicht in Realitäten verwandeln würden.

Und in diesen allgegenwärtigen Alltagstrott, in dieses krampfhafte Bemühen zu vergessen, in diese neuen Alltäglichkeiten schlich sich aus dem Nichts eine Phase, die ich durchaus mit dem Begriff »Schreibwut« betiteln kann. Innerhalb weniger Wochen nach den banalen Gedichten katapultierten sich echte Versuche aus meinem Kopf, die versuchten, den Alpträumen Herr zu werden. Sie waren zwar inzwischen schwächer und seltener geworden, beeinflussten aber immer noch gelegentlich meine Tageslaunen. Innerhalb dieser wenigen Wochen spie ich regelrecht mehrere Erzählungen heraus.

Irgendwann, an einem anderen Ort, zu einer anderen Zeit, werde ich diese Erzählungen zugänglich machen. Noch ist die Zeit nicht reif dafür. Ekstatische Erfüllungen haben erst dann ihren Platz, wenn der Rest vollbracht ist. Noch muss ich alles, was mit Philomela zu tun hat, zu Ende bringen.

Ansonsten versuchte ich in jener Zeit des Vergessens im Kellnern völlig aufzugehen. Was heißt »versuchte«? Das Kellnern ist in einer solchen Situation eine hilfreiche, weil ablenkende Tätigkeit. Man ist unter Menschen, man muss gezwungenermaßen Freundlichkeit und Freude an den Tag legen, was sich automatisch auf die eigene Stimmung überträgt, man ist umgeben von netten Kollegen, die wissen, was mit einem ist und sehr bald aufhören beziehungsweise gar nicht anfangen, bohrende, überflüssige Fragen zu stellen. Das Agieren und Reagieren im Augenblick. Das Bemühen, andere zufrieden zu stellen. Auch das half.

Dazu die Rückkehr zum gesellschaftlichen Zeitvertreib mit Freunden, die über Jahre hinweg, ohne dass ich oder sie es gemerkt hätten, an Bedeutung verloren hatten und allmählich wieder an Bedeutung gewannen. Kartenspielen, Kinobesuche, Beisammensitzen – Belanglosigkeiten, die aber einen tiefen inneren Wert haben können, wenn man die Menschen schätzt, mit denen man diese Belanglosigkeiten unternimmt. Man muss nur diesen inneren Wert sehen. Wahrnehmen. Man findet sich wieder mit den neuen, alten Dingen zurecht. Wenn nicht, dann würde man völlig verrückt werden.

Dazu die unaufgeregte, langweilige Atmosphäre der Stadt – unspektakulär, bieder, mitunter kleingeistig. Doch inmitten dieser Kleinbürgerlichkeit herrscht Geborgenheit, das Heimatliche, die Verbundenheit, die wie eine Konditionierung bei Lorenzschen Graugänsen nie verloren geht. Meine Stadt mit ihren Gassen und Plätzen und Menschen und Geschäften – es kam mir in diesem Jahr nicht ein einziges Mal in den Sinn, sie zu verlassen. Ich genoss, nicht daran erinnert zu werden, dass es noch eine Restwelt gibt.

Darüber hinaus fand ich zurück zum Lesen. Schreiben und Lesen sind zwei Tätigkeiten, die von vielen als miteinander verbunden und sich gegenseitig bedingend empfunden werden, notgedrungen aber nichts miteinander zu tun haben müssen. Lesen und Schreiben können sich mitunter sogar behindern: Wenn man an einem Text arbeitet und gleichzeitig einen fesselnden Roman liest, von diesem gefangen ist und die eigenen Grundstimmungen eines Tages von diesem Text bestimmen lässt, kann es passieren, dass man pausenlos darüber nachdenkt, wie man diesen fesselnden Roman selbst geschrieben hätte, warum der Autor ihn überhaupt geschrieben hat und warum man selbst gewisse Dinge schreibt und andere nicht – man lässt sich beim Lesen nicht fallen und von der Geschichte einfangen, man fährt nur ständig echolotartig seine analytischen Entdeckungsfühler aus und versucht, in die Tiefenregionen eines Textes vorzudringen. Man könnte dies die germanistisch verseuchte Lesart nennen.

Genauso kann man auch am Schreibtisch sitzen und schreiben wollen, und unliebsame Gedanken sickern herbei, die wie hartnäckiges Ungeziefer den Kopf umschwirren: Wie würde das ein anderer schreiben, würde das überhaupt ein anderer schreiben, wie soll man etwas schreiben, dass der Leser es auch so versteht, wie es gemeint war – das intellektualisierte und sich ständig selbst reflektierende Schreiben, wie es die Germanisten einem Schriftsteller zumeist unterstellen oder zutrauen und dabei den kreativen Augenblick, dieses Momentchen unreflektierten Erschaffens – keine Fußnote, keine Sekundärliteratur, die Begründung liegt ausschließlich und tief verborgen im Schriftsteller – völlig aus den Augen verlieren.

In den Jahren vor Philomela hatte ich kaum Bücher zur Wissens- oder Bewusstseinserweiterung gelesen, nur Bildbände, Reiseführer oder Asterix-Comics. Das Jahr nach und ohne Philomela verbrachte und überlebte ich dagegen mit Büchern, die nicht genug Seiten haben konnten: Romane, östliche Philosophien, Naturberichte, Abenteuergeschichten, Werke von in anderen Kulturen verwurzelten Autoren – ein wildes Sammelsurium von Ablenkungsmanövern, die neben der Kellnerei und der Phase der Schreibwut ein weiterer Beitrag zu meinem seelischen Genesungsprozess waren.

Dann kam dieser Morgen. Dieser normale Morgen. Ein Morgen im Sommer. In einem bis zu diesem Zeitpunkt normalen Sommer. Berauschend in seinem Duft und sehr bald heiß, nach hinten hinaus verregnet, durchwachsen und misslungen.

Eigentlich war es höchst ungewöhnlich, dass ich an diesem hübschen, einladenden und vor allem trockenen Morgen nicht draußen vor meiner Wohnung unter dem läuseverseuchten Lindenbaum saß, sondern in der Wohnküche beim Radio geblieben war.

War das etwa ein Flügelschlag des Schicksals?

Wäre ich, hätte ich, sollte ich, könnte ich, dürfte ich – nach dem Hören dieser Meldung schossen bekannte, gleichzeitig zu viele Salven von Gedanken durch meinen Kopf: Absolut unmöglich – Blödsinn – verhört – Ente – du träumst noch – geh raus an die frische Luft – geh noch mal schlafen – der Wein von gestern! – der billige Wein von gestern Nacht! – dieser scheißheiße Tee – der hat doch gerade etwas gesagt – was hat der gerade gesagt – ein Traum, ein wunderbarer Traum – Philomela lebt noch! – Wo ist sie? Wo verflucht noch mal ist sie? – Dieser verdammte Tee, brütend heiß!

Verdammt, welcher Sender ist das, welcher verfluchte Sender war das? Herrgott noch mal, jetzt sag endlich durch, welcher Sender das ist! Wiederhol das noch mal, bitte wiederhol das Ganze noch mal!

Am Ende des gerade gespielten Liedes kam eine aktuelle Verkehrsdurchsage. Dann Reklame mit euphorischem Singsang und dem Verweis, welches Kaufhaus die Verkehrsdurchsage gesponsert habe. Dann kamen zwei Lieder. Ein Telefongewinnspiel. Ein Anrufer wurde durchgestellt, der die zuvor gestellte Frage richtig beantwortete.

»Richtig! Papua-Neuguinea liegt nördlich von Australien und gehört entweder noch zu Asien oder schon zu Ozeanien. Respekt. Woher wussten Sie das? Oder habe ich das etwa vorhin bei der Nachricht vom blonden Täubchen in den Fängen der dunklen Männer gesagt? Na, ist ja egal. Auf jeden Fall erhalten Sie zwei Karten für das Konzert von Substanz heute Abend. So, und allmählich nähern wir uns dem Ende unserer Sendung.«

Nach weiterem sekundenlangen Geplapper endlich die Senderhymne. Eine Minute später hatte ich die Telefonnummer des Radiosenders herausgefunden und rief an.

Natürlich mutete mein Problem der Dame am anderen Ende etwas sonderbar an. Erst begriff sie überhaupt nichts, dann gestand sie vor sich selbst ihre Unfähigkeit ein, das Problem lösen zu können. Sie vermittelte mich an einen angeblich dafür zuständigen Redakteur.

Seine Stimme war gereizt und heißer. »Wie bitte? Sie möchten wissen, woher wir unsere Nachrichtenmeldungen haben?«

»Nicht generell, sondern die von soeben, das heißt vor zwanzig Minuten verlesene. Vor zwanzig Minuten hat Ihr Nachrichtensprecher, oder vielmehr der Moderator der gerade zu Ende gegangenen Sendung, in einem Nachrichtenblock eine Meldung über eine Frau vorgelesen, die in Papua-Neuguinea gefunden worden ...«

»Papua-Neuguinea? Wo ist denn das?«

»Das ist ziemlich genau auf der anderen Seite des Globus, nördlich von Australien ...«

»Ach, du meine Güte, wer interessiert sich denn für so etwas? Da hat wohl wieder unser Volontär bei der Auswahl der Meldungen zugeschlagen. Normalerweise beschränken wir uns auf die etwas näher liegenden Länder und Gebiete.«

»Aha, also Ihr Volontär sucht die Meldungen aus. Und wie sucht er die aus? Woher kommen die?«

»Hören Sie, mein Freund! Bei uns tickern täglich ungefähr einige Hundert Meldungen aus der ganzen Welt über den Computer. Nachrichtenagenturen. Verstehen Sie? Nachrichtenagenturen! Und daraus wird eine Grobauswahl getroffen. Sofern sich jemand die Mühe macht. Und aus der Grobauswahl wird wiederum eine Feinauswahl getroffen. 95 Prozent der Nachrichten, die wir vorlesen, stehen sowieso fest. Das Aktuelle! Das – und jetzt sind wir einfach mal ehrlich –, was man in jedem Sender hört. Und dann kommt das Lokale. Das ist nun häufig nicht mehr so spannend. Und deswegen muss man im Sommerloch im Allgemeinen und bei eini-

gen Sendungen im Speziellen das Ganze mit ein bisschen Pep und Exotik würzen. Nun, unser Volontär hat diese Empfehlung vielleicht zu wörtlich genommen. Papua-Neuguinea, also hat der Mensch noch Töne!«
Ich war nah dran. »Ich bitte Sie, geben Sie mir den Volontär. Es ist wirklich wichtig!«
»Moment mal, ich muss schauen, ob der überhaupt da ist.«
Zehn Sekunden später war Peter, der Volontär, am Telefon.
»Ja, bitte?«
Ich wiederholte mein Anliegen ein drittes Mal.
»Ja, klar, das habe ich rausgesucht. Schon vor drei Tagen ist diese Meldung über dpa eingetroffen. Ich fand das spannend. Ein bisschen Exotik kann nicht schaden. Dachte ich. Außerdem bin ich sowieso nicht für die endgültige Auswahl zuständig. Das machen die Moderatoren selbst.«
»Also dpa?«
»Ja.«
»Und was fange ich jetzt damit an?«
»Das weiß ich doch nicht.«
Fünf Minuten später hatte ich die Telefonnummer der deutschen dpa-Zentrale in Hamburg über die Auskunft herausbekommen. Hier dauerte es zehn Minuten, bis ich jemanden an der Strippe hatte, der meinem Problem halbwegs folgen konnte. Was überhaupt war mein Problem? Herauszufinden, ob die Nachricht stimmte? Wie alt sie war? Nein, wo Philomela jetzt in diesem Augenblick war, jetzt, in diesem Moment – das wollte ich wissen.
Eine tiefe angenehme Stimme meldete sich, nachdem ich mein Problem zuerst wieder einer wenig verständnisvollen Empfangsstimme geschildert hatte, die mich dann an eine aufdringlich schnatternde Redaktionssekretärinnenstimme weiterleitete, die mich dann an drei weitere unterschiedliche, zum Teil sehr hektische Stimmen weiterleitete, von denen mich die letzte an diese angenehme tiefe Stimme vermittelte.
Die Stimme gehörte Rolf Röder, einem Menschen, der nach eigener Aussage pro Tag Hunderte Nachrichten aus aller Welt las, diese dann sortierte und in »wichtig« und »unwichtig« einteilte. Röder war ein Mensch, der darüber bestimmte, was tagtäglich in den Zeitungen stand und infolgedessen Macht darüber hatte, was der Leser von der Welt erfuhr: Entweder nahm er eine Meldung in den Verteiler oder warf sie in den elektronischen Abfalleimer.
Auch die Nachricht von der weißen Frau in Papua-Neuguinea, Philomela, war zunächst dort gelandet und nur dank dem Wohlwollen irgendeines Menschen dann doch noch an die Öffentlichkeit geraten.
»Hören Sie«, sagte Röder, nachdem ich ihm mein Anliegen geschildert hatte, »das ist eine Nachricht, die vermutlich eine, vielleicht zwei, im

ungünstigsten Fall drei oder vier Wochen alt ist. Ich war noch nie in Papua-Neuguinea und habe nicht die geringste Ahnung, wie es dort zugeht. Aber versuchen wir mal zu rekonstruieren – vorausgesetzt diese Meldung stimmt inhaltlich überhaupt. Da wird diese Frau gefunden. Dann dauert das bestimmt ein, zwei Tage, bis das dort im Busch zu einem Menschen durchdringt, der schon mal etwas davon gehört hat, dass es so etwas wie eine Presse gibt. Dann muss sich die Presse für die Meldung erst einmal interessieren und sie nicht als Ente abtun. Jetzt wird das Ganze weitergemeldet. Vielleicht an Behörden, die ja bekanntlich so etwas gleich dem Abfalleimer übergeben. Bloß keine Arbeit! Kennen wir doch. Aber irgendwann und irgendwie kommt das in einer größeren Stadt in Papua-Neuguinea an, wo es vielleicht irgendeine lokale Zeitung abdruckt. Um ehrlich zu sein – ich habe keine Ahnung, wie das gelaufen ist. So stelle ich mir das einfach mal vor. Das Problem ist nämlich, dass wir meines Wissens keinen direkten Nachrichtendienst vor Ort haben. Ziemlich sicher sogar. Das muss also irgendwie zu unseren Nachrichtendiensten in Jakarta durchgesickert sein. Da hat ein aufmerksamer Redakteur sämtliche Zeitungen des südostasiatischen und des australopazifischen Raumes gelesen und die Meldung in das internationale Verteilernetz gesetzt. Von wo rufen Sie noch mal an? – Na, das ist wirklich ein Wunder, dass so etwas bei Ihnen gemeldet wird. Respekt. Da haben Sie mal Dusel gehabt. Sind wir noch mal ehrlich: In einer Show würde man zu so einer Nachricht Pausenfüller sagen. Lückenbüßer. Schnell noch einen Gag hinterherschieben. Mehr ist es ja nicht! Wen interessiert das denn schon? Ganz nebenbei – warum interessieren Sie sich eigentlich für diese Frau?«

»Weil sie verflucht noch mal meine Freundin ist! War!«

Kurzes Schweigen am anderen Ende, ich hörte ein Schlucken, vielleicht war es ein Verschlucken an heißem Tee, dann hörte ich, wie Röder sehr tief Atem holte.

»Sagen Sie das noch einmal«, sagte er dann leise und lauernd. »Soll das heißen, die besagte Person ist eine Deutsche?«

In diesem Augenblick machte ich einen sehr großen Fehler. Ich sagte: »Ja!«

Sofort wünschte ich mir, ein Gott hätte meine Zunge steif werden lassen. Wie ein Fremdkörper lag sie da in meinem Mund und konnte nichts dafür, dass voreilige Synapsen in diesem idiotischen Gehirn einen Befehl hinabgesendet und die Zunge zum Formulieren des Wortes »Ja!« animiert hatten. Mir wurde schlecht, schwindelig. Ich verstummte und hörte nichts mehr.

»Das ist ja hochinteressant!«, sagte Röder. »An so etwas habe ich nicht einen einzigen Moment gedacht. Nicht einen einzigen Moment, als ich das gelesen habe. Australierin vielleicht oder eine verrückte Amerikanerin. Aber eine Deutsche? Wahrscheinlich war ich der Einzige, der das ... Und wie ist Ihre Freundin dahin gekommen? Das ist ja eine sensationelle Geschichte! Das ist ja eine Story, die – sagen Sie niemandem etwas! Niemandem! Das bleibt unter uns! Bitte, wie war noch mal Ihr Name? Hallo? Hören Sie mich? Jetzt noch mal von vorne. Jetzt beginnt die Sache ja richtig spannend zu werden ...«

Ich legte den Hörer auf. Würgte die Stimme ab und versuchte von nun an, sie aus meinem Leben zu verdrängen. Ein neuer Kampf mit dem Vergessen. Aber sie war da. Die Stimme war da. Er war da. Röder war von nun in meiner Nähe. Der Schatten, den man nie abschütteln kann, wenn man von Licht umgeben ist.

Sicher konnte Röder die Telefonnummer des Anrufers bei seiner Zentrale erfragen. Dann würde er eine CD mit allen Telefonnummern Deutschlands in den Computer einlegen, die Suchfunktion betätigen, und eine Sekunde später würde mein Name auf seinem Bildschirm erscheinen.

So leicht fiel es mir mit dem Namen »Philomela« nicht. Das Verzeichnis für den Aufenthaltsort von weltweit Verschollenen gibt es noch nicht.

Rückkehr in die Alpträume, wo es nur dunkles Grün und Grau gibt – für einen Moment hielt ich dies für einen Ausweg. Aber da war Philomela. Philomela, schwer verletzt und hilflos, ausgeliefert und gefangen in einem unfreiwilligen Dasein, umringt von einer Horde blutrünstiger Reporter und auf dem besten Weg, auf dem Präsentierteller zu landen – mir wurde so übel, dass ich für einen Moment glaubte, mich übergeben zu müssen.

Ein Schrei in der Küche nach ihr: Philomela? Wo bist du, was ist mit dir? Was ist mit mir?

Von überall Stimmen, die reden. Das Radio spielte einen uralten Hit. Ich rannte zur Toilette. Ein ganzes Jahr ergoss sich.

Danach tief durchatmen. Luft holen. Ich fühlte mich besser. Ich versuchte klar zu werden, klar im Gehirn und in Bezug auf mein zukünftiges Vorgehen.

Ich brühte mir einen neuen Tee auf. Während die Teeflocken in der Glaskanne langsam zu Boden sanken, stierte ich sie an und überlegte: Es ging jetzt im Grunde genau um zwei Dinge: Philomela erstens zu finden und zweitens vor den gierigen Reportern aus Deutschland zu beschützen. Denn dass mein kurzer dezenter Hinweis einen Orkansturm in einem neugierigen Journalistengehirn ausgelöst hatte, hatte ich an Röders Durchatmen und fast hysterischer Reaktion sofort gemerkt. Wer nach der Sensation giert, reagiert hypersensibel auf den kleinsten Hinweis. Bevor dieser oder ein anderer Reporter Philomela finden, zuerst bei ihr sein – das besaß nun für mich höchste Priorität. Noch nie in meinem Leben war ich mir einer Sache so sicher gewesen.

Ein Anruf bei meiner verständnisvollen Chefin – die Termine in der Kneipe mussten kurzfristig abgedeckt werden. Ein weiterer Anruf bei einer Freundin, der ein Reisebüro gehört. In diesem Fall verständnisloses Nachfragen: »Bitte, wohin willst du? – Schon wieder? – Also bei dir muss ja wirklich ein Goldesel herumstehen! – Wann? – Ja, sag mal, bist du verrückt?«

Danach der zwangsläufige Gang zur Bank, ein zögerlicher Blick auf den Kontostand – es musste einfach gehen. Kein weiteres Nachdenken, kein Sinnieren, kein Hochrechnen.

Mich lenkte bei dieser spontanen, aber zugleich auch unvermeidbaren Entscheidung ein sehr klarer Instinkt: den Korrespondenten in Jakarta ausfindig machen – völliger Quatsch. Das Internet nach der Nachricht und ihrer Herkunft durchsuchen – das machte höchstwahrscheinlich in diesem Augenblick Röder. In Papua-Neuguinea anrufen – bei wem? Alles, aber auch wirklich alles, was ich von hier, von diesem Ort, wo ich mich befand, unternehmen konnte, war verschwendete Zeit. Blinder Aktionismus.

Einen Tag später saß ich im Flugzeug nach Singapur – wieder. Von dort hatte ich – wieder – einen direkten Anschluss nach Port Moresby, der Hauptstadt von Papua-Neuguinea.

Tropische Begrüßung

Noch zwei Tage zuvor hätte ich jeden Menschen für verrückt erklärt, der mir gesagt hätte, ich würde ein zweites Mal in meinem Leben in dieses Land fliegen. Vierzehn Stunden Flug nach Singapur – und alles tauchte wieder auf: Philomela und der Vogel des Paradieses. Während wir über Indien flogen, erinnerte ich mich, dass es mein großer Traum gewesen war, dieses Land mit ihr gemeinsam zu besuchen. Das vergangene Jahr hatte mich nicht nur Philomela vergessen lassen. Vier Stunden dauerte der Aufenthalt auf dem chromblitzendsauberen Flughafen von Singapur mit seinen sich selbst reinigenden Toilettenbrillen und den herumwuselnden Putzkolonnen aus Indien und Bangladesh. Nichts hatte ich vergessen. Alles war da. Selbst der Wunsch, einmal in das Land des Taj Mahal, des Ganges und der wunderschönen Frauen in Sarees zu fliegen. Dann weitere sechs anstrengende Stunden in einem überraschend modernen, nagelneuen Flugzeug von Air Niugini. Unter mir die wie hingesprengte indonesische Inselwelt, das riesige Borneo, das verzweigte Sulawesi, dann die ausgestreuten Molukken. Als unter mir das Monster Neuguinea, fast schon ein eigener Kontinent, in dem azurblauen Meer auftauchte, dachte ich, dass es für alle Beteiligten besser wäre, aus dem Flugzeug zu springen. Die Stewardess schob einen Wagen mit zollfreien Waren durch den Gang. Neben mir saß ein Mann aus dem Senegal. Ich verstand sein Französisch nicht, und sein Englisch beschränkte sich darauf, mich zu bitten, das Einreiseformular für ihn auszufüllen. Sein Pass war übersät mit Stempeln. Ich begann, mir Geschichten über diesen Mann auszudenken. Ohne Englischkenntnisse, einfach auf dieser Welt, Reisen, Senegal und Papua-Neuguinea – das ist der Stoff, aus dem die Wirklichkeit gestrickt ist.

Ich wandte meinen Blick wieder nach draußen. Das dort unten war das Land der Paradiesvögel, das Land der Urwälder, das Land, das Philomela verschluckt und halb verdaut wieder ausgespuckt hatte.

»Misshandelt, lebensbedrohlicher Zustand.« Genau das war es, was ich gehört hatte. Ein Pausenfüller inmitten aktueller lokaler Sommerlochmeldungen.

Von Singapur kommend flog das Flugzeug mit Ziel Port Moresby am Zentralgebirge der Insel Neuguinea entlang. Auf dem Bildschirm in der Rückenlehne meines Vordermannes konnte ich exakt unsere Flugroute verfolgen, die Comics, Videoclips und der Actionfilm interessierten mich nicht. Der Senegalese neben mir amüsierte sich bestens, als sei er noch nie in seinem Leben geflogen und sehe ein solches Programm zum ersten Mal. Ich schaute abwechselnd auf den Bildschirm mit der Flugroute und aus dem Fenster. In der Ferne konnte ich die schneebedeckten Gipfel der höchsten Berge Iryan Jayas sehen und auf dem Bildschirm ihre Namen lokalisieren: Carstensz Peak, Puncak Jaya, Trikora Peak, Ngga-Pulu – Namen, die ich augenblicklich zu hassen begann, als ich sie las. Gleichzeitig musste ich eingestehen: Der Flug über diese Insel war berauschend. Betörend schön. Süchtigmachend nach diesem Land. Ein traumatisierendes Land. Mit nichts auf der Welt vergleichbar. Abstoßend und vereinnahmend zugleich.

Dann zog das Flugzeug eine letzte Kurve über die Südküste hinaus, schwenkte über den Golf von Papua und ging steil für die Landung in Port Moresby herunter. Nichts war mehr wie vor einem Jahr. Vorhaben, Plan, Ahnung hatten sich gewendet. Diesmal hatte ich die hundertprozentige Gewissheit, dass dort unten Philomela war, dass sie am Leben war und dass sie, auch davon war ich hundertprozentig überzeugt, auf mich wartete.

Als ich aus dem Flugzeug ausstieg und die Gangway hinunterlief, wartete ich einen Moment, ob mich der Erdboden verschlucken würde. Er tat es nicht. Dann erwartete ich, dass er mich wie ein gleichgepolter Magnet davonschleudern würde. Auch das geschah nicht. Ich überwand die erste Hürde. Das Land meinte es also noch gut mit mir.

Noch am Flughafen in Port Moresby ging ich zu einem der Zeitungsstände im Check-in-Bereich und fragte einen freundlich wirkenden Herrn in kurzen Hosen, welche Zeitung er mir empfehlen könne.

»Den ›Post Courier‹. Den lesen hier alle.«

Ich fragte, ob dies auch die auflagenstärkste und zugleich wichtigste Zeitung in Port Moresby sei.

»Ja. Die wichtigste Zeitung in Papua-Neuguinea. 50 000 Auflage.«

Beim Taxifahrer erkundigte ich mich, wo diese Zeitung ihren Sitz habe.

»Elanese Road!«, war die wie aus der Pistole geschossene Antwort. »Suburb Newtown, nur eine Meile vom Zentrum entfernt.«

Ich wollte mich trotzdem zuerst in ein Hotel fahren lassen.

»Ich kenne eine gute Unterkunft«, sagte der Fahrer. »Ganz nahe am ›Post Courier‹.«

Das Amber's Inn, in dem ich vor einem Jahr geschlafen hatte, kam für mich nicht in Frage. Ich wollte jede Aufmerksamkeit, jedes Interesse an meiner Person vermeiden. Zumindest so lange, wie ich auf die Hilfe der Polizei oder staatlichen Behörden verzichten konnte. Vor dem renovierten Hibiscus Motel, das seinem Namen alle Ehre machte, blieb das Taxi stehen. Ein Blütenmeer umrankte den Eingang.

Ich musste mir diese erste Nacht gönnen, um den Jetlag zu überwinden. Ein sofortiger Aufbruch zum »Post Courier« kam nicht in Frage. Sobald ich das Zimmer bezogen hatte, setzte ich mich auf den Balkon und döste vor mich hin. 25 Stunden Flug, Nichtstun, Sitzen, Zeittotschlagen, aus dem Fenster Schauen und das Warten zeigten ihre lähmende Wirkung. Die Luft empfand ich drückender und betäubender als ein Jahr zuvor. Irgendwo lag Philomela in einem Lazarett, so meine Hoffnung. Zum Auskurieren ihrer Verletzungen. Ich wollte ihr gestärkt gegenübertreten. Bis jetzt war alles glatt und unproblematisch abgelaufen. Dass ich binnen eines Tages einen Flug bekommen hatte, glich einem Wunder. Die Hoffnung, dass Pater Angelos Vermutungen aus dem letzten Jahr falsch waren, dass Philomelas Rückkehr aus den Innereien der Urwaldes hingegen sehr wohl eine Tatsache ist, versetzte mich in dieser ersten Nacht in Port Moresby in euphorische Stimmung.

Am nächsten Tag fuhr ich direkt zum »Post Courier«. Das unübersehbare Gebäude, in dem die Zeitung untergebracht war, beherrschte die Elanese Road. Ich hatte alles andere erwartet als ein zweistöckiges, knallgelb bemaltes Holzhaus, das im viktorianischen Stil gebaut war.

Als ich eintrat, empfing mich das typische, geordnete Redaktionschaos, das ich aus Filmen der sechziger Jahre kannte und das in den meisten Redaktionen der Welt der Stille computerisierter Perfektion gewichen ist. In verschiedenen Zimmern standen mit Papier überhäufte Schreibtische, wie zufällig hingeschmissene Telefonkabel lagen auf dem Boden, überall telefonierende Redakteure, klingelnde Telefone. Vor zwei Bildschirmen hatten sich mehrere Redakteure versammelt und gestikulierten aufgeregt. Ich schien prompt in die Schlussredaktion geraten zu sein. Ein dunkler Mann in Jeans und Polohemd sah mich, stand auf und kam zu mir.

»Was wünschen Sie?«

Ich stellte mich vor und sah sein überraschtes Gesicht.

»Oho, Germany! Das müssen ja gewichtige Gründe sein. Das liegt ja sozusagen direkt um die Ecke. Good old Germany! Ich bin Pieter.«

Ich stellte mich ebenfalls vor und schilderte dann mein Anliegen. »Es handelt sich um eine Nachricht, die vermutlich von Ihrer Zeitung in Umlauf gebracht wurde und bis zu mir durchgedrungen ist. In dieser Nachricht ging es um eine weiße Frau, die irgendwo im Dschungel hier in Papua-Neuguinea aufgefunden worden sein soll. Wissen Sie mehr darüber?«

»Hey, Joe!«, rief Pieter hinüber in ein Zimmer, in dem ein wild gestikulierender Mann gerade ein Telefonat führte, das ihn sichtlich erregte.

Der Mann namens Joe legte den Telefonhörer zur Seite und rief verärgert: »Ja, was ist denn?«

»Warst du nicht das mit der weißen Frau?«

»Welche weiße Frau?«

»Na, die, die man angeblich im Dschungel gefunden hat, vor drei, vier Wochen!«

»Ach ja, die – ja!«

Ich konnte es fast nicht glauben. Ein Volltreffer beim ersten Versuch. Das Schicksal wollte sich noch einmal, ein letztes Mal mit mir versöhnen. Die beiden Männer unterhielten sich in Pidgin-Englisch, so dass ich zwar einzelne Wörter, aber nicht den Sinn verstehen konnte. Joe hielt währenddessen den Telefonhörer auf seinen Schenkel gedrückt.

Nach einem kurzen Wortwechsel wandte sich Pieter wieder zu mir: »Es war wohl eine Ente!«

Ich wusste nicht, was mit dem englischen Wort »hoax« gemeint war und musste nachfragen.

»Eine Ente!« In diesem Moment gab es keinen Zweifel mehr. Pieters Gesichtsausdruck verriet alles. Ich musste in keinem Wörterbuch nachschauen.

»Was? Wie bitte?«

»A wrong message! Eine Falschmeldung. Unter Politikern würden wir Lüge sagen.«

»Das darf nicht wahr sein!«

Der Mann schaute mich verwundert an. »Vor drei oder vier Wochen erreichte uns eine Nachricht. Besser gesagt Anfrage, ob wir mehr dazu wüssten: weiße Frau, schwer verletzt gefunden und so weiter. Wir wussten natürlich nichts. Aber wir haben das dann doch in die Zeitung gesetzt. Kleiner Artikel. Wissen Sie, wir schreiben alles Spannende in die Zeitung, was uns unter die Finger kommt. Es ist ja genug Platz da. Aber dann weiterrecherchieren? Wir haben unsere Zeit auch nicht gepachtet. Wenn da irgendeine verrückte Aussie-Tante meint, sie müsste als Rucksacktourist Tarzan spielen und irgendwo herumspazieren, wo Einheimische keinen Fuß hineinwagen, dann ist das nicht unser Problem. Und ganz ehrlich: Das ist auch nicht das Problem der Polizei. Diese Leute haben nicht die geringste Ahnung, wie Papua-Neuguinea sein kann.«

»Sie wissen überhaupt nichts? Von wem der Anruf kam?«

»Der Anruf kam aus Benkwin, das ist bald zweitausend Kilometer von hier entfernt. Ich kenne nicht jeden persönlich in diesem Land.«

»Benkwin? Zweitausend Kilometer? Ist das in der Nähe von Tabubil?«

»Tabubil?«

»Ja, Tabubil. Im Westen. An der Grenze zu Iryan Jaya.«

»Moment mal, ja, klar, das kann schon sein, im Westen. Genau, dort ist auch Tabubil. Sie kennen sich gut aus. Waren Sie schon einmal dort?«

»Ja. Das heißt, eigentlich nein.«

Am Fenster hinter dem Mann schlich eine Katze über das Gesims, die offensichtlich eine Beute erspäht hatte und auf den richtigen Moment wartete, um zuzuschnappen. Ich konnte nicht sehen, ob es eine Maus oder ein Vogel war.

»Und Sie haben überhaupt keine weiteren Informationen erhalten oder selbst eingeholt?«

»Ach, wissen Sie, hier in Neuguinea passieren so viele verrückte und mysteriöse Dinge. Die Leute auf dem Land sehen täglich Geister und Dämonen. Wenn wir jede Nachricht von dunklen, silberschwarzen Todesvögeln ernst nehmen würden, dann müssten wir die Flugpläne von Air Niugini, Milne Bay Air und sämtlichen Missionsfluggesellschaften in unserem Blatt abdrucken.«

Joe hatte sein Telefonat inzwischen beendet und war zu uns gekommen. Er unterbrach seinen Kollegen mürrisch: »Nun aber mal halblang. Unser Gast aus Europa glaubt am Ende, dass wir hier in Niugini noch Menschen fressen.«

»Tun wir das nicht?«, fragte Pieter.

»Also, ich weiß nicht, wie Menschenfleisch schmeckt.«

»Du nicht. Aber es ist unbestritten, dass es in diesem Land Mitbürger gibt, die es dir sehr genau erklären könnten, wie man es zubereitet.«

Ich empfand das Gerede der beiden Männer völlig unpassend, wollte aber nichts von meinem Unbehagen zeigen.

»Sicher«, sagte Joe. »Es gibt Gourmets in diesem Land. Aber sie können es dir deswegen nicht erklären, weil sie kein Englisch sprechen.«

»Ich spreche aber vielleicht ihre Sprache«, sagte der Pieter. »Weißt du, wie viele Sprachen ich spreche?«

»Angeber!«

Pieter wandte sich wieder zu mir. »Na gut, das ist jetzt alles etwas übertrieben. Vor zwanzig Jahren gab es noch viele Todesvögel am Himmel. Das hat sich inzwischen gelegt. Und die meisten Distriktverwalter haben auch schon ein Internet. Die Provinzhauptstädte sowieso. Trotzdem: Mindestens die Hälfte der Nachrichten aus den Provinzen ist nicht ernst zu nehmen. Joe hat eine Woche später noch mal in Benkwin angerufen. Hey, Joe, du hast doch noch mal in Benkwin angerufen, oder?«

Joe wollte sich gerade wieder an seinen Schreibtisch setzen und schüttelte den Kopf. Er rief ein paar Brocken.

»Ach so, ja. Joe wurde dann noch einmal angerufen. Jemand wollte ihm verständlich machen, dass das Ganze gar nicht gestimmt hätte, keine weiße Frau, alles Blödsinn.«

Joe rief von seinem Schreibtisch etwas dazwischen.

»Er sagt, der Anrufer sei eine Frau gewesen. Wir sollen uns nicht weiter darum kümmern. Also alles nur erfunden. Oder jemand hat sich einen üblen Scherz erlaubt. Egal. Wir haben uns nicht weiter darum gekümmert.«

Die Katze hatte bewegungslos auf dem Fenstersims gesessen und sprang nun in einem pfeilschnellen Satz hinunter. Ich hörte ein Fauchen und das klägliche Fiepen einer Maus. Mir wurde klar, dass alle Anrufe und Hinweise und Dementi nur Beweise dafür waren, dass Philomela hundertprozentig noch lebte und nicht gefunden werden wollte.

Ich dankte Pieter, winkte dem wieder hektisch herumtelefonierenden Joe zu und hatte schon das Haus verlassen, als plötzlich Joe hinter mir stand und mich fragte: »Eines müssen Sie mir jetzt erklären: Was interessiert Sie eigentlich so an dieser Frau? Ich habe Ihnen das doch alles schon vor zwei Tagen am Telefon mitgeteilt.«

»Wie bitte?«

Die Katze kam um die Ecke des Hauses und trug stolz die noch schwach zappelnde Maus in ihrem Maul. Sie kaute auf ihr herum. Es war ein ähnlicher, nicht ganz so heftiger Augenblick wie beim Hören der Meldung im Radio. Joe hatte gerade etwas sehr Missverständliches gesagt.

»Wie bitte? Wem haben Sie das mitgeteilt?«
»Ihnen. Oder Ihrem Kollegen. Vor zwei Tagen haben Sie doch angerufen. Also ihr in Deutschland, bei der deutschen Presse müsst schon Geld haben, um für so eine Sache, die eigentlich aufgeklärt ist, eine so weite Reise zu unternehmen. Wahnsinn. Wir in Papua-Neuguinea können nicht einmal die Hauptstadt verlassen. Meinen Sie vielleicht, ich war schon einmal in Lae oder in Rabaul? Privat schon, aber für die Zeitung bin ich dort noch nie hingeflogen.«

Was interessierten mich die Gepflogenheiten eines Journalisten aus Papua-Neuguinea und seine Schwierigkeiten. »Vor zwei Tagen sagen Sie? Und was haben Sie erzählt?«

»Das Gleiche, was ich gerade Pieter und Pieter vermutlich Ihnen eben erzählt hat!«

Jetzt entschuldigte ich mich höflich bei Joe und bat ihn um Verständnis. Eigentlich sei es wirklich nicht wichtig. Er hätte ja Recht: Wir in Deutschland hätten zu viel Geld. Und außerdem seien wir alle ein bisschen verrückt.

Joe wollte nicht lockerlassen. »Hört sich fast an, als sei diese Frau eure Königin. Oder Prinzessin! Habt ihr in Deutschland eine Königin? Wissen Sie, dass der Sohn von Rockefeller auch auf dieser Insel verschwunden ist? Vor dreißig Jahren! Da ist auch plötzlich eine Herde von Journalisten eingeflogen. War zwar drüben in Iryan Jaya, aber was soll's? Die Grenze durch die Insel ist nur eine politische. Irgendwann ist Neuguinea wieder ein Land.«

Mir blieb nichts anderes übrig: Ich musste fort. Ich wollte kein Wort mehr darüber verlieren. Ich rannte in Richtung Stadtzentrum davon. Joe rief mir hinterher: »Ja, Herrgott, warten Sie doch. Jetzt erzählen Sie doch! Was ist an dieser Geschichte dran?«

Ich hörte nichts mehr. Ich rannte und drehte mich nicht mehr um. Ich wollte weg. Ich wollte zu Philomela rennen. Und ich wollte davor flüchten, was Joe mir mitgeteilt hat, ohne es zu wissen. Der Anruf vor zwei Tagen! Ein Anruf aus Deutschland. Hier. Genau hier. Bei dieser Zeitung.

Ich überlegte fieberhaft: Röder! Der Informationssammler von der deutschen Presseagentur. Oder ein sensationsgieriger Reporter, dem der Nachrichtenaussortierer etwas gesteckt hatte. Ein harmloser Nachrichtenredakteur würde sich nicht auf den Weg hierher machen. Aber vielleicht hatte Röder die Geschichte weitergeleitet, unter Voraussetzung einer späteren Gewinnbeteiligung versteht sich, weitergeleitet an einen dieser wahnsinnigen Sensationsreporter, die notfalls auf der ganzen Welt unterwegs sein würden und wie schnüffelnde Detektive einen besonderen Instinkt für Storys jeder Art entwickelt haben. Und ums Verrecken alles in die Wege leiten, um an die Story heranzukommen.

Was auch immer mit Philomela geschehen war – ich musste sie vor diesen Menschenfressern finden. Wenn sie noch ein eigenes Leben, eigene Zonen der Intimität besaß, musste ich diese beschützen und Philomela die Chance ermöglichen, darüber selber zu befinden.

Die Karte, die ich im vergangenen Jahr für meine erste Reise gekauft und die ich wieder dabeihatte, bestätigte meinen Verdacht und meine Hoffnung: Benkwin liegt fünfzig Kilometer nordwestlich von Tabubil. Genau in der Gegend, in der Philomela verloren gegangen war. Was heißt verloren? Abgetaucht und verschlungen von diesem Dschungel und seinen geheimnisvollen Kräften. Noch einmal betete ich darum, dass meine Alpträume reine Phantastereien gewesen waren, dass alles, was Pater Angelo mir vor einem Jahr erzählt hatte, nicht einen Funken Wahrheit enthielt.

Wenn ich den einen Teil der Nachrichten für bare Münze nahm, dann musste ich aber auch den Rest hinnehmen: »Lebensgefährlich verletzt, misshandelt.« Philomela brauchte meine Hilfe. Sollte sie überhaupt noch leben, dann sollte ihre Existenz verschwiegen werden. Das war der Strohhalm, an dem meine Hoffnung zu saugen begann.

Eine beträchtliche Bestechungssumme für den freundlichen, überzeugenden Ticketseller bei Air Niugini sicherte mir einen Platz in dem angeblich am nächsten Tag ausgebuchten Flugzeug nach Tabubil.

»Sie könnten auch nach Telefomin fliegen. Dorthin gibt es jeden Tag ein Flugzeug. Dort finden Sie vielleicht einen Hubschrauber nach Benkwin. Das geht natürlich viel schneller als auf der Straße. Aber ein Hubschrauber ist nicht sicher und ein Straße gibt es von Telefomin nicht. Deswegen ist Tabubil besser! Näher! Dort gibt es eine Straße nach Benkwin.«

Den Abend verbrachte ich in zwei düsteren Bars mit noch düstereren Gestalten. In der ersten Bar funktionierte die Klimaanlage nicht richtig. Ab und zu hörte man sie brummen, dann fiel sie wieder aus. Innerhalb weniger Minuten kroch die schwüle Luft von der Straße in die enge Bar. Über der Theke hing ein Fernseher, auf dem ein asiatischer Rambo-Verschnitt überbordende Gewaltszenen ablieferte. Der Held, den ich dem Aussehen nach in Hongkong oder Shanghai ansiedelte, durchpflügte mit seinem schweren Maschinengewehr Dörfer in idyllischer Landschaft und schoss willkürlich Menschen nieder. Im Hintergrund lief dramatische Musik. Dann kam es minutenlang zum Nahkampf mit einer Übermacht grimmiger Feinde. Der asiatische Rambo wollte eine blonde Frau befreien, die in einem Käfig aus Bambushölzern in einem Camp eingesperrt war. Als die Nahkampfszenen nicht mehr aufhörten und platzende Köpfe in Großaufnahmen gezeigt wurden, bezahlte ich und ging. Die gelangweilten Männer an der Theke registrierten mich kurz und stierten weiter auf den Bildschirm.

Die Luft auf der Straße wirkte elektrisch geladen.

In der zweiten Bar lief kein Fernseher, sondern westliche Musik. Das Bier schmeckte fad, die Konversation, in die mich ein paar einheimische Jungs verstricken wollten, lenkte mich nur kurz ab und wurde nach ein paar Sätzen langweilig: »Woher kommst du?« – »Was machst du in Port Moresby?« – »Was, wohin willst du?« – »Warum?«

Ich beantwortete die Fragen halbherzig und phantasierte irgendwelche Geschäftsbeziehungen zusammen. Als die jungen Burschen merkten, dass ich nicht sonderlich an ihnen interessiert war, wurden ihre Fragen nachdrücklicher und ihr Benehmen aufdringlicher. Schließlich standen sie auf, umringten mich und fragten aggressiv, ob ich etwas gegen Menschen mit schwarzer Haut habe. Ich roch Alkohol.

Der Wirt hinter der Theke beobachtete uns schon eine Weile. Dann rief er den Jungen etwas zu. Sie lachten übertrieben laut. Plötzlich spürte ich eine Hand an meinem Hemd. Was ich hier eigentlich zu suchen habe, fragte mich der Wortführer. Ob ich in meinem Scheiß Australien nicht genug Geld verdiene. Ob ich jetzt auch noch hier Geld abzocken müsste.

Ich hörte den Wirt hinter mir stehen und mir zuflüstern: »Es ist besser, wenn Sie jetzt gehen!« Zu den jungen Männern sagte er barsch, dass es genug sei.

Ich wollte mich verteidigen. »Ich bin aus Deutschland. Ich bin kein Australier.«

Die drei Männer schauten erstaunt und ließen dann widerwillig von mir ab. Sie setzten sich provozierend nah neben mich und bestellten ein weiteres Bier. Während der Wirt ihnen drei Flaschen öffnete, gab er mir mit einem Kopfnicken zu verstehen, dass es trotzdem besser sei zu gehen.

Auf den Straßen war nichts mehr los, obgleich es erst neun Uhr abends war. Über der Stadt hing eine beklemmende Atmosphäre. Aufgeladen und lauernd. Erst in meinem Hotelzimmer fühlte ich mich wieder geborgen. Der Ventilator drehte schwirrende, geräuschvolle Runden, das Flackern der Flamme in der Petroleumlampe war aufgeregt, ich wollte kein Neonlicht, ich ließ ein paar Fliegen unter das Moskitonetz herein und beobachtete ihren Flug um mein nacktes, schwitzendes Knie, ich hörte ihrem Gesumme dicht an meinem Ohr zu.

Eine halbe Stunde später brach das Gewitter mit einem ohrenbetäubenden Krach los. Der Regen, der sich über dem Hotel ergoss, hörte sich wie Hagel an. Blitz und Donner gingen ineinander über. Ich schaute zum Fenster und sah eine milchige Wand aus Wasser herabstürzen. Die Straßenlaternen konnte ich nur noch anhand ihres Scheins erahnen. Der Nachthimmel erhellte sich sekündlich. Donner und Regen wetteiferten um die Lautstärke. Energie, aufgestaut über den Tag, zusammengedrückt und aufgeheizt, entlud sich vollständig. Es war eine kataklysmische Sinfonie, ohrenbetäubend und blendend – Hinweis auf eine Größe und Macht, die auch ein Universum zu erschaffen vermag.

Die Tropen begrüßten mich mit Verspätung und entschuldigten sich mit Nachdrücklichkeit dafür. Schnell trank ich die Flasche Bier und die 250 Milliliter Whiskey, die ich mir gekauft hatte. Notwendiges Besänftigen allzu realistischer Gedanken. Das Gewitter ließ nicht nach.

»Ich verzeihe euch!«, schrie ich in die Nacht. »Ich verzeihe euch, dass ihr euch erst jetzt zeigt. Ihr verdammten Tropen! Ich verzeihe euch, dass ihr dieses Land aus dem Himmel angeschwemmt habt. Ich verzeihe euch, dass ihr mich ein zweites Mal geholt habt. Ich hasse euch! Zufrieden?«

Zwei weitere Flaschen Bier, die ich an der Rezeption erhielt, sorgten irgendwann für einen traumlosen, unruhigen Schlaf. Mitten in der Nacht erwachte ich. Dampf stieg von den Straßen auf, der Mond schimmerte durch einen diffusen Schleier aus Nebel und warmer Dunkelheit, vor dem Hotel torkelten zwei Gestalten durch die knöcheltiefen Pfützen, keine Autogeräusche, keine Vögel, keine Grillen – in dieser Hauptstadt war es nach diesem Gewitter lautloser als in einem hermetisch abgeriegelten Raum. Fast glaubte ich, kein Gehör mehr zu besitzen. Der Mond ließ glitzernde Elfen über die Pfützen hüpfen, aus den Seitenstraßen schwebten mächtige Schatten herbei, Wolkenfetzen, getrieben vom letzten Wind.

Die Welt der Geister – sogar in der Stadt präsent. In dieser Nacht verliebte ich mich in die Ursprünglichkeit dieses Landes. Erst wenn es unerklärbar wird, ist ein Gefühl wahr.

Am nächsten Morgen flog ich nach Tabubil – zum zweiten Mal.

Gleichheit der Seelen

Außer mir waren drei Passagiere an Bord, für dreißig wäre noch Platz gewesen. Eine solche Dreistigkeit in Sachen Über-den-Tisch-Ziehen hätte ich allenfalls einem Bazarhändler in Marrakesch oder Kairo zugetraut, nicht aber dem freundlichen Ticketseller von Air Niugini, der für seine Bemühungen, mir ein Ticket in dem seinen Worten nach überfüllten Flugzeug zu besorgen, einen ganzen Wochenlohn eingestrichen hatte.

Das Flugzeug machte in Mendi eine Zwischenlandung mit einem atem-

beraubenden Anflug. Zunächst zog der Pilot die Maschine an einem Berg entlang, um dann steil in das Tal von Mendi abzutauchen. Auf der anderen Seite des Tales ragten Berge mindestens 3000 Metern hoch.
Wenigstens hatte ich in dem gähnend leeren Flugzeug von einer Seite zur anderen wechseln können, was den überteuerten Preis wert war. Ich schaute während des gesamten Fluges von Port Moresby nach Mendi aus dem Fenster. Ich war auf einmal ungeheuer zuversichtlich. Dieses Land war von einer Magie umgeben, die sich als energiegeladene Decke über ihm ausbreitet. Dieses Land hat Platz für die wildesten Phantasien, auch für die, die Philomelas Rettung betreffen.

Ich genoss den Flug. Zunächst direkt an der Küste entlang, links neben mir der Golf von Papua, rechts die Golfprovinz mit ihrer flachen, bestellten Küstenzone und der sich anschließenden endlosen Weite eines tiefen, menschenleeren Sumpfes. Dann schwenkte das Flugzeug ins Landesinnere, nur schemenhaft in der Ferne die Berge, dafür überdeutlich und alles verschlingend dieses unfassbare Grün, hingeschmiert und ausgeschüttet über die Hügel, unfassbar dicht – ein den Betrachter traumatisch einsaugendes Land. Ein Grün, das sich das Ziel gesetzt hat, alle Essenzen dieses Farbtons in sich zu vereinen. Die Farbe der Hoffnung war das nicht. Es war wie ein ausgebreiteter Teppich, der alles bedeckt, der keine Wahl zwischen Ja oder Nein, Gut oder Böse lässt. Ein letztes, wildes Paradies, das dem Himmel angehören will, aber der Hölle entsprungen ist. Gedenke, dass du sterben wirst – es gibt keine Sicherheit auf Erden außer dem unwiderruflichen Abgang.

In Mendi wurde das Flugzeug von mehr als dreißig Passagieren gestürmt, gackernde Hühner und einige Ziegen, ein Schwein und säckeweise Gemüse wurden in jeden zur Verfügung stehenden Platz gedrückt. Im selben Atemzug sagte ich wortlos eine Entschuldigung an den Ticketseller und ein Stoßgebet, dieses völlig überladene Flugzeug möge bitte sicher starten und landen.

Als der Pilot nach seiner Pause lässig und gelangweilt über die Piste geschlendert kam und lächelnd den Kopf schüttelte, als er das Cockpit bestieg, aus dem ein quiekender Schweinekopf herausragte, kehrte auch mein Vertrauen in die Sicherheit des Flugzeuges zurück.

Die Graspiste in Tabubil, die wir nach eineinhalb Stunden ruppigen Fluges ansteuerten, war mir allzu bekannt. Das Aussteigen aus dem Flugzeug, das Hinüberlaufen zu dieser improvisierten Abfertigungshalle aus Wellblech, die Benzinkanister – dieses Dorf war unverändert, es war das Gleiche wie vor einem Jahr. Fast das Gleiche! Denn ich war nicht mehr der Gleiche.

Alles, was vor einem Jahr wichtig gewesen war, wollte ich diesmal in Tabubil vermeiden. Pater Angelo, der Adventistenmissionar, durfte mich auf keinen Fall zu Gesicht bekommen. Ich hätte ihm keinen Grund für mein erneutes Auftauchen nennen können. Der Instinkt, der mich seit dem fatalen Fehler am Telefon in Deutschland die ganze Zeit begleitete, befahl mir, verborgen zu bleiben. Ob ich damit wirklich richtig lag, konnte ich zu diesem Zeitpunkt nicht sagen.

Es war früher Nachmittag und ich war mir nicht sicher, ob ich noch am selben Tag die Fahrt nach Benkwin wagen sollte. Derselbe freundliche Mensch, der schon vor einem Jahr vor dem Flughafen gewartet hatte, um mich zu der Pension zu bringen, in der ich geschlafen hatte, konnte sich offensichtlich nicht mehr an mein Gesicht erinnern. Ich erschrak, als ich ihn sah, doch sein unbeeindruckter Blick offenbarte seine Vergesslichkeit. Ich fragte ihn, wo es nach Benkwin geht, worauf er mich ziemlich eilig und für einen mir angemessen erscheinenden Betrag zu einer wenig vertrauenserweckenden Ausfallstraße brachte.

»Das ist der Weg nach Benkwin.«

Ich sah eine schmierige Erdpiste, die nach wenigen Metern hinter einer Kurve vom Dschungel verschluckt wurde.

»Das soll eine Straße sein?«

»Das wird der Weg nach Benkwin.«

»Soll ich zu Fuß gehen?«

»Keine Angst, heute kommt noch ein Lkw vorbei.«

»Gibt es keinen Bus oder ein Taxi?«

»Nach Benkwin?« Er lachte. »Nein, das gibt es nicht. Viel zu abgelegen. Aber nicht mehr lang. Bald kommen viele Menschen. Kupfererz!«

»Gibt es wirklich keinen anderen Weg? Einen Hubschrauber zum Beispiel?«

»Nein.«

Der Mann erklärte mir, dass die Straße nach Benkwin eigentlich noch gar nicht existiere, sondern erst gebaut werde, dass aber die Schneise schon geschlagen sei, erste Teilstücke schon mit Schotter abgesichert worden seien und die ersten Lkws schon hinauffahren könnten. Ich hätte Glück. Während der Regenzeit sei diese Straße absolut unpassierbar. Im vergangenen Jahr hätte man acht Wochen gebraucht, bis man sie wieder in einen halbwegs passablen und befahrbaren Zustand gebracht hatte.

»Ein Lkw fährt heute noch. Er wird gerade am Lagerhaus beladen. Das ist aber zu weit vom Flughafen. Warten Sie hier! Hier fährt er vorbei und nimmt Sie mit.« Dann fragte er: »Was um alles in der Welt wollen Sie eigentlich in Benkwin? Haben Sie etwas mit den Kupfererzfunden zu tun?«

Ich verneinte und sagte, ich sei Forscher, Biologe, und wolle mir die einzigartige Pflanzenwelt in diesem Teil der Victor-Emanuel-Berge anschauen.

Der Mann schüttelte den Kopf. Dann murmelte er etwas, weswegen ich mich wieder zwingen musste, zu schweigen: »Dann passen Sie bloß auf. Deswegen sind schon andere hierher gekommen und der Wald hat sie nicht mehr hergegeben!«

Die Fahrt nach Benkwin auf dem Lkw, der tatsächlich nach nicht einmal einer Stunde Warten anhielt, war eine Reise an das Ende der Welt. Das definitive Ende.

Ich korrigiere, da ich nicht die ganze Welt kenne: An ein Ende der Welt. An ein Ende, das gerade erschlossen wird.

Die Fahrt oder besser gesagt der Kampf des Lkws auf der Lehmpiste durch den Urwald dauerte, reine Fahrzeit gerechnet, fast zwölf Stunden. Mit der Übernachtung auf halber Strecke ziemlich genau vierundzwanzig Stunden. Es war kurz nach drei, als wir losfuhren. Der Fahrer verstand nur ein paar Brocken Englisch. Auf meine Frage, wie lange wir für die Strecke brauchen würden, wollte er mir keine Antwort geben und zuckte nur mit den Schultern. Nach drei Stunden wurde es dämmrig, und ich befürchtete schon, wir würden diesen Kampf die halbe Nacht weiter führen. Doch mitten auf dem Weg hielt der Fahrer an, und sein Kollege sagte nur: »Pause!«. Dann ging der Motor aus.

»In Nacht Fahren nicht möglich. Zu schwierig. Zu gefährlich.«

Die zwei Männer legten sich auf die Ladefläche zwischen die Motorsägen, die Lebensmittel und die Kanister mit Kerosin. Ich durfte in der Fahrerkabine schlafen.

Kurz vor der Morgendämmerung wurde ich geweckt. Die Fahrt ging weiter, als sei sie nicht unterbrochen worden. Insgesamt waren es nicht mehr als fünfzig oder sechzig Kilometer bis Benkwin.

Wir kamen am Nachmittag an. Ich fragte die Fahrer gestikulierend und das Zeichen für »Schlafen« machend, wo ich in diesem Nest übernachten könne. Auf Familienanschluss hatte ich nicht die geringste Lust, registrierte aber schon beim Einfahren in das Dorf, dass in Benkwin noch nicht die Zeit für eine Pension gekommen ist. Ich erhoffte mir eine kleine Schule oder eine Mission. Der Fahrer machte das Zeichen für »Spritze« und sagte: »House sik! House sik! Doktor Wilson!« Er deutete in die Richtung, in die ein Weg weiterführte.

Das Schicksal – wohlwollend, gnadenlos und unverhofft. Immer wieder.

Benkwin selbst war ein Dorf, das sich offenkundig gerade auf dem Sprung von der Steinzeit in jenes Zeitalter befand, das in der Lage ist, mit der Restwelt in Kontakt zu treten. Neben einfachen, aber hübschen Holzhütten mit Schnitzereien und Bemalungen standen ein paar Wellblechbaracken, in denen offenbar Arbeiter untergebracht waren. In der Mitte des Dorfplatzes streckte sich eine hoch aufragende Funkantenne in den Himmel, daneben lag eine noch nicht installierte Satellitenschüssel. Ein schwerer Bagger stand willkürlich abgestellt herum und wartete auf seinen Einsatz. Niemand registrierte mich, das Dorf wirkte trotz einiger gelangweilt vor einer Hütte stehender Männer beinahe ausgestorben. Ich dankte den beiden Fahrern und drückte jedem einen Geldschein in die Hand. Sie schauten zufrieden und fingen an, den Lkw zu entladen.

Ich lief durch das Dorf in die Richtung, die die Fahrer gewiesen hatten, und glaubte nach einer guten Wegstrecke über einen schmutzigen aufgeweichten Pfad, vorbei an Gemüsebeeten und Tabakstauden, dass ich falsch sei. Die letzten Häuser und Hütten lagen schon hinter mir, als ich hinter einer dichten Buschhecke die Umrisse einiger kleiner Gebäude durchschimmern sah. Drei flache Gebäude, ein längeres und zwei kleinere. Einstöckig, aus Holz. Als ich um die Hecke bog, wusste ich, dass mein Leben in diesem Augenblick doch noch, ein erneutes oder ein erstes Mal, wer vermag es zu sagen, einen Sinn erhielt.

Und nur einen einzigen Tag später wusste ich, dass das Leben eigentlich etwas völlig Unbegreifbares ist. Unkalkulierbar. Willkürlich und eigentlich nur ein Flügelschlag des ständig herumirrenden, herumschwirrenden Schicksals.

Ich sah sie mit dem Rücken zu mir gewandt über den Platz vor dem Lazarett laufen. Nein, nicht laufen, nicht gehen. Tapsen. Tasten. An der Hand einer Krankenschwester, die sie führte. Schritt für Schritt, vorsichtig und behutsam. Ich sah es deutlich. Ich täuschte mich nicht. Die Schwester hielt sie nicht fest, stützte sie nicht ab, sondern führte sie.

Die Mythen aus dem Dschungel, die Mythen über die Menschen, die den Vogel des Paradieses verehren, die Mythen, die mir Pater Angelo erzählt hatte, die Alpträume, alles war wahr: Sie war blind. Philomela war blind. Aber sie lebte noch.

Ich blieb stehen. Ich schaute nur. Die beiden Frauen liefen zwanzig Meter vor mir schräg über den Platz, noch von mir abgewandt. Ich ging langsam auf sie zu. Die Krankenschwester sah mich, lächelte mich an. Sie schien zu wissen, wer ich war. Beide blieben stehen.

Da drehte sich Philomela zu mir um. Ich sah sie, ich sah ihr Gesicht, ihren Mund, ihre Nase. Alles vertraut. Alles in der gewohnten Schönheit. Sie war nur dünner und gebräunt.

Ich sah auch ihre Augen und ich musste mich abwenden. Ich konnte nicht hinschauen. Ihre Augen, ihre wunderschönen Augen, versteckt, verborgen unter ihren Augenlidern. Ich wollte sagen: Herrgott, Philomela, mach doch deine Augen auf, mach doch bitte deine Augen auf, mach sie verdammt noch mal bitte auf, bitte schau mich an! Aber ich konnte nichts sagen. Sie stand vor mir, hatte ihren Kopf in meine Richtung gewandt.

Sie spürte mich. Sie wusste, dass ich in ihrer Nähe war. Ich wollte etwas sagen, ich machte zwei weitere Schritte, ich stand direkt vor ihr, ich wollte sie küssen, wollte sie umarmen, dann sagte ich lediglich: »Philomela!«

Aber sie rührte sich nicht, keine Regung ihres Körpers, überhaupt nichts, kein Zucken, kein Lächeln, keine Freude, nur immer noch ein Erstaunen in ihrem Gesicht, ich sagte ein zweites Mal »Philomela!« und legte meine Hand auf ihre Schulter ...

... dieser Spaziergang ist wunderbar. Mein dritter. Oder mein vierter? Die Kraft kehrt in mich zurück. Die Kraft, die mich am Leben hält. Um zu warten. Bis er kommt. Um ihn vielleicht noch einmal zu spüren. Und dann? Dann wird er mir helfen. Ich habe ihn darum gebeten.

Der Brief wird ihn erreichen.

Dieser Spaziergang an der Hand von Schwester Mary ist ein Lichtblick inmitten grenzenloser Dunkelheit und Stille. Die Hand von Schwester Mary ist Zuhausesein. So wie Ovalus Hand ein Zuhause war.

Schwester Marys Hand ist mir inzwischen vertraut. So vertraut, wie zuletzt Ovalus Hand gewesen ist. Wie überhaupt nur die Hände dieser beiden Menschen in meinem Leben gewesen sind.

Außer seinen Händen. Die waren noch mehr.

Ovalus Hände haben mich verlassen. Ich spüre noch ihre Arme, wie sie mich zuletzt festgehalten haben, mich gedrückt und beschützt haben. Als ich nach Stunden im Dschungel zusammenbrach.

Plötzlich war meine Kraft weg. Es war, als hätten sich meine Muskeln aufgelöst. Alles war weg. Ich lag auf dem Boden des Dschungels und konnte mich nicht mehr bewegen. Mein Unterleib schien zu bersten, auseinander zu reißen. Irgendwann ließ der Schmerz nach, aber die Schwäche wurde immer größer. Ich verlor sehr viel Blut. Ich spürte, wie Ovalu feuchte Kräuter an meine Scheide legte. Sie drückte weiches Moos in meine Ohren. Auch dort ließ der Schmerz nach. Dann schlief ich ein, unruhig, wachte auf, schlief ein, wachte wieder auf. Das Fieber begann zu steigen. Aber Ovalu sorgte für mich, brachte Knollen, Maden und Wasser. Sie pflegte die Wunde zwischen meinen Beinen.

Nach zwei oder drei Tagen konnte ich wieder aufstehen. Wir gingen weiter. Tagelang hat sie mich durch den Dschungel geführt. Nur wenige Pausen gönnte sie uns. Sicherlich sprach sie zu mir, doch ich habe sie nicht mehr gehört, nur ihre Hand gespürt, die meine Hand fest umschloss und weiter und tiefer in den Dschungel hineinzog. Weiter aus dem Dschungel hinaus. Weg von dem Fest, weg von den Männern, weg von meinem Kind. Weg vom Endritual.

Es kamen Augenblicke, in denen ich an das Kind dachte und nicht mehr denken wollte, nicht mehr weiterleben wollte, aber dann dachte ich wieder an ihn. Panische Furcht wechselte sich ab mit Hoffnung. Einmal glaubte ich, dass Ovalu mich doch nicht aus dem Dschungel hinausführe, sondern noch tiefer hinein. Tief hinein zum großen Baum. Ich fürchtete, dass noch Schlimmeres kommen würde, noch mehr Hölle, am Horizont stieg ein Licht auf, ein silbernes Licht, irgendwo jenseits des Horizontes, jenseits des Lichtes war eine Kante, das Fieber wurde heiß und heftiger, ich fröstelte immer mehr. Aber Ovalu zwang mich weiter, und dann kam dieser Augenblick, dieser schreckliche Augenblick: Es war so schmerzhaft wie die Blendung. Es war wie ein Abreißen der Gliedmaßen. Es war die Art, wie Ovalu mich umarmte, nach zwei, drei, vier, fünf, sechs Tagen, ich erinnere mich nicht. Es war nach diesem langen Weg durch den Dschungel. Es war die Art, wie sie mich drückte, wie sie mich langsam losließ, dass ich spürte, sie würde mich jetzt verlassen, sie würde mich hier irgendwo liegen lassen, allein, und der Dschungel würde mich fressen: ein Schmerz, der tief innen in mir zu brennen begann.

Das Fieber brannte immer heftiger. Ich glaubte, innerlich zu verglühen. Ovalu führte meine Hand an den Boden, ließ mich den Boden abtasten. Ich spürte Lehm, schmierigen, nassen Lehm ohne Pflanzen, nackten Erdboden, es hörte nicht auf, es war wie eine Lichtung, ich spürte das ungehinderte Brennen der Sonne.

Ich wusste nicht, wo ich war.

Sie drückte mich, an ihre Brustlappen drückte sie mich, an meinem Ohr spürte ich ihre Lippen, ich weiß, sie wollte mir etwas in das Ohr flüstern, ihre Lippen bewegten sich, sie flüsterte etwas in mein Ohr, aber ich konnte nichts hören, ich spürte nur Ovalus Atem und roch ihren erdigen Duft, den Duft nach Holzfeuer und Schweinefett und dem unbekannten Öl. Dann ließ sie mich los, und das war der Augenblick, der so schmerzhaft war, denn nun glaubte ich, endgültig in das Reich der Ahnen einkehren zu müssen, aber allein, ganz allein. Niemand war bei mir, jenseits des Fiebers begann Kälte in mir aufzusteigen, von irgendwo schlich sich der Schatten des Todes in meine Nähe. Aber ich wollte noch leben. Ich wollte noch ein bisschen leben, nur noch ein bisschen, nur dafür, ihn noch einmal zu spüren, mehr wollte ich gar nicht, als ich mehr und mehr hinwegglitt. Ein Karussell begann sich zu drehen, Regentropfen klatschten, ich leckte Wasser vom Boden auf, ich sah etwas tief unter mir, ich schaute schon über die Kante hinüber, an mir nagten Insekten und Fliegen, ich kochte, ich fieberte, ich kaute auf meiner Zunge, als plötzlich nach Stunden, vielleicht nach Tagen, wieder Hände da waren, nicht Ovalus Hände, sondern Hände, kräftige Hände, es waren Männerhände, furchtbare Männerhände, ich spürte, wie ich die letzte Galle erbrach, diese Männerhände, dieser Männergeruch, ich musste erbrechen, es wollte nicht mehr aufhören, zu groß war mein Ekel, ich glaubte, sie wären überall an meinem Körper, gleichzeitig, sie hoben mich empor, griffen nach meinen Beinen, nach meinen Armen, ich weiß, dass ich immer noch nackt war, diese Hände, sie hoben mich empor, aber dann, genauso plötzlich, nach einer kurzen Zeit legten mich diese Hände auf einem harten Untergrund ab, ein Brett, eine Planke, eine Bahre, dieser Untergrund begann sich zu bewegen, begann zu schaukeln, auf und ab zu hüpfen. Dann drang mir ein penetranter und giftiger Geruch in die Nase, ich kannte diesen Geruch, ja, ich erinnerte mich, an mein früheres Leben, an einen anderen Ort, Dieselgestank war es, der Gestank eines Lastwagens, eines Autos, was auch immer, ich lag auf einem Auto. Und dieses Auto fuhr auf einer Straße: der Lehm, Mulden und Löcher. Das Schaukeln des Wagens. Diese Straße führte irgendwohin.

Egal wohin. Hinaus aus dem Urwald. Das war Ovalus Weg der Geister. Wohin sich nie jemand aus dem Dorf traut. Dann schlief ich ein. Keine Träume, nichts mehr.

Als ich wieder erwachte, war ich ein ausgetrockneter Schwamm, den man zwischen den Händen zerreiben konnte. Die einzelnen Teile meines Körpers, die Knochen und Gelenke scharrten und rieben aneinander. Ich fröstelte innerlich, kochte außen, und dann erschrak ich.

Bis in die tiefsten Innereien meines Körpers umhüllte mich dieses Etwas, dieses Unbekannte, was ich da spürte. Ich hatte das Gefühl auseinander zu fließen. Ich spürte Weichheit unter meinem Körper, unter meinem Kopf. Ich schwebte auf einer Wolke aus Federn. Es war eine einstmals vertraute Weichheit, eine seit einer Ewigkeit nicht mehr erlebte Weichheit. Ich lag auf einem Bett. Auf einem echten Bett.

Mein Kopf lag auf einem Kissen. Mein Körper war bedeckt von einer Decke. Es roch nach Seife. Meine Hände gruben sich in die Matratze, auf der ich lag, und tatsächlich, es gab nach, nichts blieb in meinen Fingernägeln hängen, kein Waldboden, kein Dreck, keine Holzspäne des Bodens im Frauenhaus, nur Weichheit war es.

Ein Bett, dachte ich. Dann müssen hier Menschen sein, mir wohlgesonnene Menschen.

Ich wollte etwas rufen, aber meine Stimme versagte. Diese Dunkelheit, diese grässliche Dunkelheit. Im Dorf hatte ich mich an die Blindheit gewöhnt, aber nun, diese riesige Dunkelheit der Stille war neu und unerträglich.

Ein unvertrauter Raum mit völlig unvertrauten Gerüchen. Ein geschlossener Raum, von nirgendwo kam ein Lufthauch her, ein Raum, in dem es nach Reinheit roch. Übergroße Reinheit. Keine Gerüche des Waldes, kein kratzender Rauch, kein Schweinekot, sondern Chloroform, Sterilität, Medizin. Ein Lazarett! Ich war in einem Lazarett!

Als ich plötzlich Wasser an meinen Lippen spürte, wusste ich, dass ich lebte, dass ich in dieses wahnsinnige Leben zurückgekehrt war. Ich wusste, dass ich irgendwo lag, in einem Bett, in einem Haus, unter Menschen, die mir nicht die Augen ausschälen, mir nicht mein Kind wegnehmen und die mir nicht ein zweites Kind hineinstoßen wollen.

Ovalu hatte mich in die Nähe von anderen Menschen geführt. Sie hatte ihr Versprechen, mir zu helfen, gehalten. Sie hatte es gewagt, den Weg zu den Ahnen zu betreten. Jetzt war ich ein Stück näher bei ihm und seiner Hilfe, die er mir gewähren wird. Gewähren muss.

Ovalu hat mich gleichzeitig ein Stück näher an ein Leben herangeführt, das ich nicht mehr führen will. Wer das Reich der Ahnen gesehen hat, kann nicht nur nicht mehr weinen, sondern auch nicht mehr lachen.

Der Spaziergang ist wunderbar. Das ist die kleine Bank, auf der wir uns zur Pause niedersetzen. Mir genügen die Eindrücke dieses neuen Tages. Eine neue Blüte, die plötzlich in meiner Hand liegt, wie ein Sterntaler vom Himmel gefallen. Sie duftet nach Zypressen.

Andere nehmen sich von nun an meiner an. Legen mir den Himmel in meine Hände. Es sind mir wohlgesonnene Hände, die mich Tag für Tag ein Stück in dieses Leben zurückholen. Diese Hände massieren mich, cremen meine Beine und Arme ein, waschen meine Haare, waschen meinen Körper. Einmal lag eine dieser Hände auf meiner Stirn, dann auf meiner Brust und das erinnerte mich daran, wie Ovalu mir ihre Hand auf ihre Stirn und ihre Brust gelegt hatte und mir damit ihren Namen vermittelt hatte. Aber jetzt höre ich nichts mehr, kann auch nichts mehr sagen.

Als diese Hände sich mir vorgestellt hatten, durften sie sogar tief an mir hinabtasten und meine immer noch schmerzende Scheide untersuchen und pflegen – ich verspürte keine Angst. Kein Ekel. Diese Hände, es waren unterschiedliche Hände, zwei unterschiedliche Handpaare, zwei verschiedene Personen umsorgten und pflegten mich. Diese Hände waren gütig, zuvorkommend. Lebendig und rücksichtsvoll. Sie waren wie kleine flatternde Schmetterlinge, die engelsgleich sich meiner Haut annehmen.

Sie gaben mir etwas zu trinken, gaben mir kleine Stückchen in den Mund, längst vergessener Geschmack breitete sich aus, Pfeffer, Salz und Zucker, wunderbarer echter Zucker, diese Hände kämmten mir die Haare und sie streichelten mich ab und zu wie Wind, der die Haut küsst.

Nach ein paar Tagen, einer Woche, zwei Wochen – Zeit ist inmitten der dunklen Stille eine Komponente geworden, die auch keinen Geschmack, keinen Geruch und keine Temperatur besitzt – kehrte die verloren gegangene, aus mir herausgeblutete Kraft zurück. Meine Muskeln füllten sich mit Blut. Ich versuchte mit meinen Händen Dank auszudrücken. Ich glaube, die anderen Hände haben es verstanden.

Und dann kam ein Augenblick in dieser weiten, mich umgebenden Dunkelheit und Stille, ein unerwarteter und von mir nicht mehr für möglich gehaltener Augenblick, in dem mir diese Hände einen langen dünnen Gegenstand in die Hand drückten. Meine Hände glitten an diesem langen dünnen Gegenstand entlang und plötzlich war er völlig vertraut: Ein Stift, ein Schreibstift. Sie dort draußen, jenseits meiner unerreichbaren Welt wollten mit mir Kontakt aufnehmen. Sie wollten, dass ich etwas schreibe.

Schreiben, wie war das? Wie ging »schreiben«? Ich spürte, wie sie Papier mir unter die Hand schoben. Ich sollte auf dieses Papier etwas schreiben. Was sollte ich schreiben? In welcher Sprache sollte ich schreiben? Ich hatte Angst, die Sprache der Ahnen zu benutzen. Meine Sprache.

Ich versuchte mich an die Formen der Buchstaben zu erinnern, ein P, ein H, ein I, bis ich zitternd meinen Namen auf das Blatt Papier geschrieben hatte. Die Person dort draußen, in der mir bis zu diesem Moment unerreichbaren Außenwelt, muss es verstanden haben, musste es lesen können und wissen, dass das ein Name ist, denn meine Hand wurde daraufhin fest und aufmunternd gedrückt. Und Lippen fuhren auf meiner Wange auf und ab, nicht hin und her. Die Lippen nickten.

Dann nahm diese Person meine Hand und versuchte sie mit dem Stift in der Hand zu führen. Ich begriff, dass es Buchstaben werden sollten, nicht meine eigenen, sondern Buchstaben der anderen Person, sie wollte mir etwas mitteilen, aber die Bewegungen waren zu undeutlich, zu schnell, zu gleich, als dass ich Buchstaben hätte unterscheiden können. Ich streckte dieser Person meine Handfläche hin und gab ihr zu Verstehen, auf meiner Handfläche zu schreiben. Sie verstand.

Ein Finger zeichnete einen Strich auf meine Handfläche, eine Hand nahm meine Hand und führte sie an eine Brust. Dann spürte ich ein M und ein A. Nur wenig später wusste ich, dass Schwester Mary sich freute, mich kennen zu lernen, dass sich Doktor Wilson um mich kümmerte, dass ich im Lazarett des kleinen Dorfes Benkwin in einem Bett liege und dass von nun an alles gut würde.

Ich wollte sie nicht fragen, was in meinem Leben noch gut werden sollte.

Mein Wunsch ist es, ihn noch einmal zu spüren, seine Hände und sei-

ne Nähe, seinen Körper und seine Umarmungen. Ein einziges Mal noch. Nichts mehr. Ich will ihn spüren und dann heimkehren in mein Reich, hinüberfliegen über die Kante, an der ich schon gestanden hatte. Ich habe genug gesehen, das Schönste, was es gibt, die Vögel des Paradieses, ich habe genug gehört, den Schrei des Neugeborenen. Ich habe genug erlebt.
Genug gelebt.

Inzwischen kann ich ohne Gehör Tag und Nacht unterscheiden, die Zeituhr in mir tickt exakter, ein neuer Sinn beginnt sich auszubilden, Windhauch und Windstille auf der Haut, Temperatur und Atmosphäre, alles miteinander sind Indikatoren und mein Körper ist der Rezeptor.

Nur wenige Tage nach unserer ersten Kontaktaufnahme versuchte ich Doktor Wilson zu erklären, dass er meine Anwesenheit verschweigen sollte. Zuerst fragte ich ihn, wer überhaupt von meiner Anwesenheit wüsste, worauf er mir schüchtern auf meine Hand zeichnete, hier, in Benkwin, wüssten nur Schwester Mary und er von mir, niemand sonst. Das Lazarett liege etwas außerhalb des Dorfes, nur am Vormittag kämen Patienten. Zurzeit sei ohnehin ein großes »sing-sing« in einem anderen Dorf. Viele Dorfbewohner seien dort. Weil es mir so schlecht ging, als sie mich gefunden haben, wurde ich in das Zimmer von Schwester Mary gelegt. Nicht in den Hauptsaal mit den fünf Betten, dem zum Tode verurteilten Malariapatienten und der Frau mit Gelbsucht. Bisher hätte mich noch niemand gesehen. Allerdings habe er die Nachricht von meiner Auffindung bereits an die größte Zeitung in Port Moresby gemeldet.

Ich wollte ihm seine Hand zerdrücken. Er riss sie weg und schrieb, dass er sich dadurch mehr Informationen über mich erhofft hätte, zu einem Zeitpunkt, als ich noch nicht in der Lage war, etwas über mich und meine Herkunft mitzuteilen.

Ich wollte nicht, dass irgendjemand über meine Herkunft Informationen erhielt! Niemand. Ich wollte keine Jahrmarktsattraktion werden! »Wovor hast du Angst?«, hat er mich gefragt. Und ich hatte damals zuerst keine Antwort gewusst. Nun weiß ich es.

Ich schrieb Doktor Wilson mit Nachdruck in seine Hand hinein: »Ich will nicht berühmt werden«. Ich versuchte, ihm so deutlich wie möglich in seine Hand hineinzuzeichnen, dass niemand etwas von mir wissen dürfe. Dass ich nicht da sei. Denn ich bin nicht mehr da. Philomela, wie sie einst existierte, war im Dschungel geblieben.

Ich bat Doktor Wilson, seine Nachricht rückgängig zu machen. Sofort. Tatsächlich verschwand er. Ich musste ihm vertrauen. Er verließ den Raum, ja, das spürte ich. Ich hatte inzwischen eine untrügliche Sensibilität für Nuancen entwickelt, die in der Luft schweben. Ja, Doktor Wilson verließ

149

den Raum, das spürte ich, aber mehr konnte ich nicht überprüfen. Ich musste ihm vertrauen. Ich vertraue noch immer.

Ein paar Minuten später kehrte Doktor Wilson zurück und schrieb in meine Hand, dass Schwester Mary mit Port Moresby gesprochen und mitgeteilt hätte, alles sei nur ein großer Irrtum gewesen. Sie habe mit einem Redakteur kurz gesprochen, der ohnehin nicht sonderlich interessiert gewesen sei, das Ganze zur Kenntnis genommen und erklärt hätte, jetzt wären die Geister des Waldes schon weiß.

Dann kam der Augenblick, den ich erwartet und nicht herbeigesehnt hatte: Doktor Wilson wollte wissen, wer ich sei und was ich in diesem Urwald, der nicht für Menschen aus einer anderen Welt bestimmt ist, zu suchen gehabt hätte. Und er wollte wissen, woher ich meine schrecklichen Verletzungen habe.

Ich wünschte, er hätte mich damit allein gelassen. Ich wollte nicht daran denken, nicht darüber schreiben. Warum versuchen die Menschen immer, etwas zu verstehen, was sie nicht verstehen können? Warum sind sie so neugierig? Ist es die Sucht nach dem Unbekannten?

Ich lausche in mich hinein und gestehe mir selbst ein: Ja!

Ich bat den Doktor um Verzeihung. »Sorry!«, zeichnete ich auf seine Handfläche. Ich wollte nicht darüber sprechen. Ich strich ihm mit allem Gefühl, das ich hineinlegen konnte, auf seine Handfläche, dass ich hier bleiben wollte, dass ihm das genügen müsse und dass mich irgendwann jemand holen würde.

Er fragte mich, ob er etwas für mich tun könne. Egal was, er würde mir jeden Wunsch erfüllen. Jeden!

Ich war nach diesem verwunschenen Jahr, diesem Jahr des Abgetauchtseins und Wegseins und Verschwundenseins und der Flucht aus dem Dorf mit Ovalu nun angekommen. Am Ort, von dem ich die Heimkehr antreten kann. Das Sprungbrett zu ihm. Ich musste ihn nur noch bitten, zu mir zu kommen, um mir zu helfen.

Eines Abend, an dem die Luft besonders frisch war, bat ich Doktor Wilson, einen Brief für mich zu schreiben. Es sollte ein langer Brief werden. Ich wollte ihm alles erzählen. Was heißt alles? Alles, was eine Person dort draußen verstehen kann. Ich wollte einfach erzählen. Ihn einen Hauch dessen, was ich erlebt habe, miterleben lassen.

Buchstabe für Buchstabe, Wort für Wort schrieb ich Doktor Wilson auf die Handfläche.

Natürlich verstand er nichts. Jedes Wort zeichnete ich ihm in die Hand, zweimal, dreimal, er wiederholte es, bald jedes zweite Wort musste ich wieder korrigieren und noch einmal schreiben. Es dauerte Tage. Wir saßen eine Stunde am Vormittag und eine Stunde am Nachmittag zusammen, ich zeichnete Buchstabe für Buchstabe, Wort für Wort auf seine Handfläche, bis ich von der Konzentration zu müde war und mich wieder hinlegen musste. Aber irgendwann war ich fertig. Nichts mehr gab es zu berichten. Ich hatte alles erzählt. Ich weiß nicht, ob Doktor Wilson den Brief abgeschickt hatte.

Dann, nach einigen Tagen, durfte ich aufstehen. Ich tastete an der Hand von Schwester Mary die Größe meines Krankenzimmers ab, tastete mich entlang, wurde zur Tür geführt. An der Hand von Schwester Mary tapste ich aus dem nach Chloroform duftenden Zimmer hinaus in eine frische, mich fast erschlagende, nassschwüle Luft, die Sonnenstrahlen legten sich wie ein Mantel um mich, ich genoss diesen ersten Gang, ich tankte diese neue Welt wie eine Süchtige in mich auf, ich roch den Dschungel und er stank nicht mehr nach Gewalt und Männern und dem Kot der Schweine, da waren nur noch Blütendüfte, herrliche Gerüche und die Hand von Schwester Mary, und da war am nächsten Tag Neues zu erriechen und zu erspüren, die Kraft kehrte allmählich in meine Beine zurück, und ich freue mich nun jeden Tag auf diesen Spaziergang, denn ich weiß, ich werde es schaffen, ich muss durchhalten, nur noch so lange, bis er kommt. Und er wird kommen.

Plötzlich ist da eine Energie in meiner Nähe. Eine wunderbare, liebevolle Energie. Das ist eine Hand. Mir legt jemand eine Hand auf die Schulter! Eine Hand, und könnte ich noch aus meinen leeren Augen weinen, ich würde weinen. Aber es geht nicht mehr. Ich kann nicht mehr weinen. Wer das Reich der Ahnen gesehen hat, kann nicht mehr weinen. Ich will zurückkehren. Wie aus dem Nichts, wie vom Himmel herabgefallen liegt plötzlich auf meiner Schulter die Vergangenheit, nach der ich mich gesehnt habe, alles, wofür es sich noch zu leben lohnt, zu überleben, da liegt sie plötzlich, diese wundersam vertraute Hand, seine Hand, es ist seine Hand, er braucht sich nicht zu bewegen, er braucht nichts zu tun, ich weiß es, der Brief, wir haben ihn erst vor ein paar Tagen geschrieben, trotzdem, es ist seine Hand, und an seiner Hand hängt sein Arm, und sein Arm hängt an seiner Schulter und an seiner Brust und am Rest seines Körpers.

Das ist er und seine Hand ...

... meine Hand lag auf ihrer Schulter, und wieder sagte ich »Philomela«, doch nichts rührte sich in ihrem Gesicht, ihre halb geschlossenen Augenlider blieben in dieselbe Richtung gewandt, als ob sie an mir vorbeischaute, ihr Mund verzog sich zu einem Lächeln, sie schien mich zu spüren, mich zu erkennen, aber was war das, das vor mir stand, was war das? War das ein Monster, ein seelenloses, nichts mehr wahrnehmendes Monster? War das die Hülle von Philomela, war es überhaupt Philomela?

Es war ihr Gesicht, es waren ihre Lippen, ihre Haare, ihr Körper, unter dem Krankenkittel zeichneten sich ihre Brüste ab, ihre Hüfte, ja, das war Philomela, aber was war es von ihr?

Ich sagte noch einmal, diesmal lauter und nachdringlicher: »Philomela!« Doch keine Reaktion kam. Nur ihr Lächeln, das blieb. Die Krankenschwester neben ihr schüttelte den Kopf. Fuhr mit einer Hand an ihr linkes Ohr, schüttelte erneut den Kopf. Mein erstauntes Gesicht musste Anlass gegeben haben, das auszusprechen, was nicht aussprechbar ist.

»Sie ist taub. Ihr Trommelfell ist geplatzt.«

Ich hörte das Wort »eardrums« zum ersten Mal in meinem Leben.

Stille. Schweigen. Irgendetwas blieb stehen. Ich weiß nicht, was. Die lebenslang tickende Uhr namens Hoffnung?

Normalerweise würde in einer Geschichte, in der sich zwei Liebende nach so langer Trennung wieder treffen, stehen: Ich schaue Philomela an. Sie schaut mich an. Wir schauen uns an. Ich sage »Philomela«, sie sagt meinen Namen. Dann zeichnet sich ein Lächeln auf unsere Lippen, wir gehen einen Schritt aufeinander zu. Umarmen uns. Küssen uns.

Ich schaute sie an. Zumindest das trifft zu. Ich schaute sie fest und eindringlich an. Aber Philomela schaute mich nicht an. Ich sagte »Philomela«. Aber sie sagte meinen Namen nicht. Aber sie lächelte mich an. Und ich – ich drehte mich weg. Ich musste mich abwenden, ich wollte nicht, dass sie meine Augen – spürte, sah, erahnte? Ich wandte mich ab und begann hemmungslos zu schluchzen. In Stößen brach die Trauer aus mir heraus. Ich konnte mich nicht mehr unter Kontrolle halten. Ich fiel vor ihr wie ein sie Anbetender auf die Knie und nahm sie, wie alle, die den Angebetenen nicht wahrnehmen, wenn sie beten, nicht mehr wahr. Ich wollte das, was ich sah, ignorieren. Wegdenken. Vergessen. Aus meinem Gehirn entfernen. Dann spürte ich, wie sie mir über die Haare strich, wie sie mit ihren vorsichtig entlangtastenden Händen über mein Gesicht glitt, die Nase entlangfuhr, die Tränen wahrnahm, sie führte einen Finger mit einer Träne an ihren Mund und leckte ihn ab, dann nahm sie meine Hände, ich stand wieder auf, sie zog mich an sich heran, zog mich immer näher und umarmte mich. Wir umarmten uns ...

... und ich umarme ihn, spüre seine Tränen, doch warum sollte er weinen? Doch nicht um mich ...

... und in meinen Gedanken sah ich Philomela und mich selbst auf diesem Platz stehen, wie in einem Film, wenn die Kamera, die an einem Kran befestigt ist, hinaufschwenkt und wie ein olympischer Betrachter diese Szenerie beobachtet. Ich gestand mir ein, dass dies eine sehr gelungene, nicht zu ersinnende, ja vielleicht irgendwann einmal legendäre Liebesszene ist: Der verhinderte Schriftsteller und die besessene Ornithologin, der Sucher und die Gefundene, die Gequälte und der Geschockte.

Ich sagte noch einmal »Philomela« und wusste doch, dass diese Worte nicht ihr Ziel erreichten. Ich spürte die Sehnsucht, mit der sie mich an sich drückte. Es war ein tiefes, lang ersehntes Ausatmen. Sie hatte für Wochen, Monate, ein ganzes Jahr die Luft angehalten und nun durfte sie endlich ausatmen. Sie war angekommen. Es war schön, sie wieder in den Armen zu halten. Es war schön zu spüren, dass sie noch lebte und nicht einfach nur ein sinnloses Geschöpf war, das in ihrer vollkommenen Dämmerung dahinvegetierte ...

... ich suche seinen Mund ...

... sie suchte meinen Mund und fand ihn ...

... und ich finde ihn ...

... ja, wir küssten uns ...

... wir küssen uns ...

Sie küssten sich.

Die Schwester und der Doktor ließen uns allein. Sie verschwanden dezent in einer der Hütten. Philomela und ich blieben. Ich nahm sie an der Hand und führte sie über den Platz vor dem Lazarett von Benkwin. Wir schlurften langsam hinüber, sie fest an mich gekrallt, ich musste sie führen. Wir setzten uns, als ich spürte, dass ihre Kräfte nachließen, wir saßen nebeneinander auf der kleinen Holzbank neben dem längeren Gebäude, ich schaute sie an, sie, Philomela, es war nicht zu glauben, ihr Kopf geradeaus gerichtet, in eine für mich unerreichbare Ferne, ihre Hand strich an Blumen und Blättern entlang, die neben der Bank wuchsen, ihre andere Hand strich an meiner Hand entlang, gleichzeitig, alles nebeneinander. Ich verstand, dass das ihre Sinneswahrnehmung, ihr letzter Kontakt, ihr einziger Zugang zur Außenwelt war.

Plötzlich vergrub sie ihren Kopf an meinem Hals, ihre Hand fuhr in meine Achselhöhle, sie tastete mit ihren Händen unter meinem Hemd an meiner Brust entlang, tastete weiter, strich über meinen Bauch, fuhr mit dem Finger in meinen Bauchnabel hinein, fuhr mit ihrer Nase an meinem Hals entlang. Verdammt noch mal, sie lebte, sie lebte wahnsinnig intensiv. Sie war da. Ganz da. Sie spürte mich ...

... ich spüre seinen Hals und seine Brust und den Geruch seiner Achseln, ein anderer Geruch, alles ist anders, er ist ein Mann, aber er ist eben ein anderer Mann, er ist der Mann, der sich meiner angenommen hatte, der für mich hierher gekommen ist, ich will ihn nur spüren und spüre seine Vorsicht, ein wunderbarer Mann, ich will zu dir, verstehst du, ich will bei dir sein, mein Lieber, Geliebter, ich will noch einmal, ein letztes Mal dich spüren, nicht mehr, nicht weniger, für mich gibt es kein Mehr oder Weniger, es gibt nur das Eine: Augenblick, verweile doch. Dich spüren und das werde ich dir noch einmal zu verstehen geben, ob du willst oder nicht, ich will dich noch einmal ganz bei mir spüren und dann nichts mehr ...

Als wir noch einmal aufgestanden und ein paar Runden über den Platz gelaufen waren, wurde Philomela müde, sie lehnte sich an mich, wurde immer schwächer, wurde schwerer, konnte sich kaum mehr auf den Füßen halten, kippte zur Seite, und dann brach sie unter mir weg. Fiel auf den Boden. Ich rief nach der Schwester, die sofort herbeigelaufen kam. Ebenso der Doktor.

Gemeinsam hoben wir Philomela auf und trugen sie zurück in das kleinste der drei Gebäude, das sich als die Hütte der Schwester herausstellte. Zwei Zimmer, in einem zwei Betten, ein kleiner Schrank, ein Kreuz an der Wand, das war alles.

Als wir Philomela vorsichtig in ihr Bett gelegt hatten, lächelte sie selig vor sich hin. Plötzlich schnellten ihre Arme empor, zielsicher nach mir greifend, sie erwischte meinen Kopf, zog ihn zu ihrem Kopf und küsste mich noch einmal. Dann ließ sie mich los, drehte sich nur ein bisschen zur Seite und fiel fast augenblicklich in den Schlaf, der ihr zustand. Ihre Kräfte waren völlig aufgebraucht.

Der Doktor zog mich wortlos zur Seite. Wir verließen das Zimmer und setzten uns vor der Hütte an einen Tisch. Ich hoffte, endlich alles zu erfahren.

Der Balzruf des Vogels

Um uns herum, überall, selbst unter dem Tisch begannen die Grillen zu zirpen. Frösche quakten von einem kleinen Tümpel herüber. Die ersten Nachtvögel erwachten. Die Dämmerung und mit ihr in Eintracht die Nacht begannen sich über den Dschungel und das Lazarett zu legen.

Die Krankenschwester, eine ältere Dame, brachte uns zwei Flaschen Bier. »SP brownie« stand auf dem knallbunten Etikett. Meine Hände täuschten sich nicht: Die Flaschen waren eiskalt. Alles andere hätte ich in diesem Teil der Erde erwartet, nur nicht das.

»Da staunen Sie, was? Ein Lazarett muss einen Kühlschrank haben. Für Medikamente und Blutkonserven. Wenn vorhanden. Aber ein Plätzchen für eine Flasche ist immer da. Ich lasse mir jeden Monat zwei Kisten mit dem Lastwagen bringen. Das reicht dann für jeden Abend. Morgen muss ich enthaltsam sein. Sie trinken gerade mein Bier weg.«

»Ich wollte nicht ....«

»Nichts da. War ein Witz. Dieser Tag muss gefeiert werden. Die Wiedervereinigung zweier Menschen muss gefeiert werden. So etwas ist mir noch nicht passiert. Wahrscheinlich ist so etwas überhaupt noch nie passiert! Wahrscheinlich kann so etwas überhaupt nur hier passieren. So entlegene Lazarette gibt es nur wenige auf der Welt. Aber dass hier eine Frau, die hier nichts verloren hat, gefunden und gepflegt wird und dass vier Wochen später aus dem Nichts ein Mann auftaucht, der diese Frau kennt, und zwar gut kennt, das ist schon schier unglaublich. Das ist eine Geschichte wert! Gestatten Sie: Ich bin Doktor Wilson. Und diese gute Seele dort drüben ist Schwester Mary.«

Sein Englisch war überraschend leicht zu verstehen. Er war ein zerfurchter Mann, faltenübersät, mit rauen Händen und einer Haut, die mich an schwarze Erde erinnerte, über die viele Gewitter hinweggezogen sind. Ansonsten war er, so schien es mir, die Güte in Person. Weich und sehr gegenwärtig.

Ich stellte mich auch vor. Dann sagte ich: »Doktor, bitte erzählen Sie mir! Was ist passiert? Was ist mit Philomela?«

Doktor Wilson lehnte sich in seinem Stuhl zurück. »Das weiß ich nicht.«

»Aber ihre Verletzungen? Ihre Augen, ihr Gehör ...«

»Und ihre – wollen Sie alles wissen?«

»Ihre was?«

»Wollen Sie es genau wissen?«

»Verdammt, was fehlt ihr noch?«

»Das Kind.«

»Wie bitte?«

»Ihr Kind fehlt.«

»Was?«

»Sie wollen es doch genau wissen.« Doktor Wilson fixierte mich. »Sie hatte Verletzungen an den Augen, als wir sie fanden, aber das waren verheilte Narben. Sehr gut verheilt. Ich schätze, ein Jahr alt. In den Ohren, nun, ich kann es nicht genau sagen. Es müssen Schläge gewesen sein. Oder ein Knall, ein ohrenbetäubender Lärm, ein Schrei. Auf jeden Fall ist ihr Trommelfell geplatzt. Das ist noch nicht lang her, vielleicht vier, fünf Wochen, ich kann es nicht sagen. Aber es war schon zu spät. Da kann man nichts mehr machen. Es ist zerstört. Ich bin kein Spezialist, aber so weit kann ich das beurteilen. Das hätte man sofort behandeln müssen. Das wird nichts mehr.« Er hielt inne und nahm einen Schluck Bier.

»Das ist... das ist ...« Ich stammelte.

»Das ist noch nicht alles«, sagte Doktor in Wilson mit unangenehmer Ruhe.

»Was? Was hat sie noch?«

»Sie hatte Verletzungen an ihren Genitalien. An ihrer Scheide. Sie war aufgerissen.«

»Was soll das heißen?«

»Ihre Scheide war aufgerissen, und dafür kann es nur eine Erklärung geben. Sie hat ein Baby bekommen. Typische Geburtsverletzungen.«

Ich wollte nicht glauben, was ich hörte, und wehrte mich gegen den Gedanken, der unaufhaltsam in mir aufkeimte.

»Sie muss, kurz bevor wir sie auf unserem Weg von Tabubil zurück zufällig gefunden haben, ein Kind geboren haben. Ein paar Tage zuvor. Alles war verkrustet und entzündet. Das war keine normale Geburt. Das war eine Schlachtorgie. Dieses Kind hat seiner Mutter keinen Gefallen getan. Und das alles ohne irgendeine medizinische Hilfe. Ohne uns vertraute medizinische Hilfe zumindest. Bei dieser Geburt muss einiges schief gegangen sein. Es sah, um ehrlich zu sein, verheerend aus. Ich glaubte nicht, dass sie überleben würde. Der Blutverlust war immens. Aber in dieser Frau steckt eine Energie, die unbegreiflich ist. Irgendetwas hat sie am Leben erhalten.«

Ich wandte meinen Blick zum Himmel. Über uns hing eine Mondsichel, die völlig unbekümmert heruntenickte, als wolle sie uns mit ihrer Selbstverständlichkeit verhöhnen.

Ich fragte den Doktor: »Was, glauben Sie, ist Philomela geschehen?«

»Wissen Sie, ich habe mich in den vergangenen Tagen mit ihr verständigt. Über Zeichensprache. Sie werden es morgen, wenn sie aufwacht und wieder etwas kräftiger ist, mit ihr ausprobieren können. Wir schreiben uns Buchstaben auf die Handflächen. Leider aber habe ich nicht viel aus ihr herausgebracht. Natürlich weiß ich, dass es dort hinter diesen Bergkuppen Menschen gibt. Was heißt wissen? Wir ahnen es. Aber Kontakt zu diesen Menschen haben wir nicht – und auch sonst niemand. Für die Regierung von Papua-Neuguinea gehören sie zu Iryan Jaya, für die Regierung von

Indonesien zu Papua-Neuguinea. Vielleicht ist das auch das Beste für diese Menschen.« Der Doktor wies in eine Richtung jenseits des Dorfes. Von dort kam das lauteste Zirpen aus dem Wald. »Sie können die Berge jetzt nicht sehen. Es ist zu dunkel. Dort hinten gibt es weitere Berge. Und Täler. Und wieder Berge und Täler. Und Wälder. Schreckliche Wälder! Hier in Benkwin, in diesem Lazarett endet die altbekannte, oft als zivilisiert bezeichnete Welt. Ich persönlich mag dieses Wort nicht. Es gibt nur eine Welt. Diese präsentiert sich in unterschiedlichsten Schattierungen. Schauen Sie morgen, wenn es hell wird, in diese Richtung und Sie werden undurchdringbaren Dschungel sehen, den bis vor kurzem niemand betreten hat. Wozu auch, frage ich Sie! Erst vor einiger Zeit kamen ein paar Verrückte auf die Idee, sich das Ganze einmal genauer anzuschauen. Und was finden sie? Kupfererz! Keine drei Kilometer von hier. Ich sage Ihnen, das wird was werden hier in Benkwin. Und ob Sie es jetzt glauben wollen oder nicht: Irgendwo dort hinten, vielleicht fünfzig, vielleicht hundert Kilometer entfernt, leben Menschen! Jawohl! Menschen! Das vermute ich, das vermutet die Regierung, und das, so vermute ich wiederum, weiß Philomela. Nur spricht sie nicht darüber. Ich vermute, es ist eine Art posttraumatisches Schweigen: sich bloß nicht daran erinnern, bloß nicht darüber nachdenken. Kann man gut verstehen.«

»Und diese Irren, diese Verrückten haben ihr einfach …«

Doktor Wilson unterbrach mich vehement: »Sie und Philomela kommen aus einem gelehrten Land. Ich brauche Ihnen nichts erzählen über die Auswüchse, zu denen die so genannte zivilisierte Welt fähig ist. Die Menschen hier haben andere Gesetze, andere Regeln. Einen anderen Glauben! Andere Ängste! Um es lapidar zu sagen: Philomela ist ihnen in die Quere gekommen! Diese Menschen haben noch nie eine weiße Frau gesehen. Diese Menschen haben noch nie einen anderen Menschen gesehen!«

»Aber warum? Warum tun Menschen so Furchtbares?«

»Ängste! Es sind immer die Ängste. Ich frage Sie: Was ist das Maß der Dinge? Wer kennt es? Sie kennen in Ihrem Land keine körperlichen Strafen. Aber wenn Sie einen Menschen für ein Jahr oder für zehn Jahre einsperren, dann würden die Menschen hier im Dschungel sagen: Das ist Irrsinn! Das ist die absolute Grausamkeit! Schauen Sie: Es ist noch gar nicht lang her, da haben sich hier in Papua-Neuguinea Witwen einen Finger abgehackt, wenn der Mann oder ein Kind gestorben ist. Die Trauer war leichter zu ertragen. Ich kann mich sehr gut an die Hände meiner Großmutter erinnern. Ihr fehlten drei Finger!«

»Aber warum haben sie ihr die Augen … das Kind …?«

»Es ist alles sehr schwer zu verstehen.«

Ich wollte nichts mehr verstehen. Ich wollte in diesem Moment weg von diesem Ort. Weg von diesem dreckigen kleinen Kaff namens Benkwin, das aus einer Funkantenne, einer unbenutzten Satellitenschüssel, Kupfererzfunden, einem rostigen Bagger, der wie ein Urmonster müde auf dem Dorfplatz herumdöste, und einem seltsam pragmatischen Arzt bestand. Ein schrecklicher Ort, wo man nur noch den zweiten Fuß über den Rand hinübersetzen müsste und für immer verloren wäre.

Ich fragte den Doktor, warum und wie es ihn hierher verschlagen hatte. Erst erzählte er mir halbherzig und mürrisch sein halbes Leben in zwei Sätzen. Er wirkte, als wolle er es selber nicht hören. Auf eine weitere Frage hin stand er schließlich auf, holte zwei weitere Flaschen Bier und erzählte mir sein ganzes Leben.

Er war in der Küstengegend um Port Moresby geboren worden, in einer Region, deren unangenehmes Klima selbst den dort Aufgewachsenen ihr Leben lang zusetzt. Er war das einzige Kind eines wohlhabend zu nennenden Dorfvorstehers. Die ehrgeizige Mutter wollte dem Sohn eine andere Zukunft ermöglichen. Deswegen ging er in der Hauptstadt zur Schule, absolvierte ein Studium und führte für einige Jahre eine schlecht gehende Praxis.

»Jeder, der Medizin studiert, will natürlich in Port Moresby bleiben. Dort gab es sehr plötzlich zu viele Ärzte und im Rest des Landes keine.«

Er wollte in allererster Linie helfen, nicht Geld verdienen und reich werden, sondern helfen. Er versorgte die Zugewanderten aus dem Dschungel. »Können Sie sich das vorstellen: In den Siebzigern hatte Port Moresby etwa achtzigtausend Einwohner. Zehn Jahre später waren es einhundertachtzigtausend. Heute sind es doppelt so viele. In dreißig Jahren viermal so viele Einwohner. Was soll mit denen passieren? Vor allem, wenn sie nicht viel mehr können als Yamsknollen anpflanzen und Tarowurzeln ausgraben. Ich gehöre nicht zu denen, die alles auf die Australier schieben. Wirklich nicht. Es gibt auch bei uns sehr clevere Geschäftsleute. Aber irgendwoher muss die immer größer werdende Zahl der Drogensüchtigen und Alkoholiker kommen. Bis vor dreißig Jahren kannten die Meisten in diesem Land nicht einmal das Wort Bier. Geschweige denn Whiskey oder Brandy! Heute finden Sie in Port Moresby Zehnjährige, die zum Frühstück heißen Whiskey trinken. Anstelle von Tee. Ein echter zivilisatorischer Fortschritt kann ich nur sagen. Ich habe jahrelang in der Notfallstation eines Missionslazaretts gearbeitet. Straßenüberfälle, täglich Straßenüberfälle. Nachts herrscht dort Anarchie. Das sind vielleicht Verletzungen, wenn eine Horde besoffener Burschen rücksichtslos zuschlägt, das können Sie sich nicht vorstellen. Blut reicht nicht. Da müssen Knochen splittern. Und das wird immer mehr, immer mehr, nicht aufzuhalten ist das!«

In der Unfallstation hatte Doktor Wilson Schwester Mary kennen gelernt. Sie führten noch weitere zehn Jahre ein aufzehrendes Leben umgeben von Brutalitäten, Blut und Scheußlichkeiten und fassten dann den Beschluss: weg aus der Großstadt, weg von Port Moresby, weg aus dem Moloch der Zwänge, Süchte und Unzufriedenheiten. Es entstand der Plan, ein beschaulicheres, aber mindestens ebenso sinnvolles Leben zu führen. »Was heißt schon sinnvoll nach allem, was wir gesehen hatten? Einen sinnvollen Lebensabend weit weg vom Dreck der großen ›zivilisierten‹ Welt zu führen – das war unser Wunsch!«

Ich fragte nicht nach seinem Verhältnis zu Schwester Mary.

»Vor fünf Jahren wurde uns dieses Lazarett von der Regierung angeboten. Erschließung dieses Gebietes, verstehen Sie. Wir dachten, dass wir einen geruhsamen Lebensabend haben würden. Weit weg von den Auswüchsen der modernen Welt. Aber warten Sie mal ab, was hier passieren wird! Dieses verfluchte Kupfererz! Das bringt dann auch den Whiskey mit.«

Wir saßen uns gegenüber und schwiegen. Er dachte über sein Leben nach. Ich dachte an ein Leben, über das man nicht nachdenken konnte.

»Und wie haben Sie Philomela gefunden?«

»Wir kamen von unserem monatlichen Ausflug aus Tabubil zurück. Vor vier Wochen. Sie lag da. Auf der Straße.«

»Und dann haben Sie mit der Zeitung in Port Moresby gesprochen.«

»Ja. Sie war ja die erste Woche überhaupt nicht in der Lage, uns etwas über sich mitzuteilen. Ich habe dort nachgefragt, ob sie etwas wüssten. Aber die wussten nichts. Ich glaube, die nahmen mich nicht ernst.«

»Und auf die Idee, die Polizei oder einen Distriktverwalter zu verständigen, sind Sie nicht gekommen?«

»Mein junger Freund. Jetzt verrate ich Ihnen einmal etwas. In diesem Land verschwand in den sechziger Jahren der Sohn des amerikanischen Milliardärs Rockefeller. Daraufhin trampelten Hunderte von Polizisten und Soldaten durch Gegenden, in denen man zuvor noch niemals ein Gewehr oder eine Pistole gesehen hat. Menschen, deren Sprache man nicht verstand, wurden festgenommen und verhört. Aber gefunden hat man ihn deswegen nicht. Wollen Sie, dass jetzt der Dschungel durchsucht wird? Wollen Sie, dass die Täter ihre rechtmäßige Strafe erhalten? Wie viele Jahre wollen Sie denen aufbrummen, fünf Jahre, zehn Jahre? Bitte, verständigen Sie den Distrikthauptmann! Verständigen Sie Ihre Botschaft! Verständigen Sie Missionare! Damit hier im Dschungel richtig aufgeräumt wird!«

Doktor Wilson redete sich beinahe in Rage. Nur zu gern hätte ich seiner Ironie etwas entgegengesetzt und ihm erklärt, dass dieses Land es verdammt nötig hätte, wenn eine Horde Polizisten hier durchläuft und aufräumt. Aber ich konnte nicht. Ich konnte ihm nur insgeheim Recht geben. Jedes Land wehrt sich auf seine Weise gegen Eindringlinge. Die Zeit für das globale Einerlei ist noch nicht gekommen.

»Warum rief Schwester Mary dann eine Woche später wieder bei der Zeitung an und sagte, dass Philomela doch nicht hier sei? Dass alles nicht stimmte?«

»Weil sie mich darum gebeten hat. Philomela hat es mir befohlen. Philomela will nicht, dass es jemand weiß. Keiner außer Ihnen.«

»Sind Sie da sicher?«

Er stand auf, ging in das Haus, kam zurück und gab mir ein Kuvert, das an mich adressiert war.

»Ich wollte ihn bei meinem nächsten Ausflug nach Tabubil mitnehmen. Wir sind vorgestern mit diesem Brief fertig geworden.«

Dass ich wirklich und endgültig diesen Ort und dieses Land als einen Racheengel empfinde, der mich mit gezücktem Schwert aus dem Paradies vertreibt – aus meinem herkömmlichen und sehr normalen Leben – liegt daran, dass mir Doktor Wilson am Ende der zweiten Flasche Bier und in der Mitte der Nacht diesen Brief gab.

Ich schaute das Kuvert an, öffnete es, holte den Brief heraus. Ich sah kleine, wohlgeformte Buchstaben auf dem Blatt Papier. Doktor Wilson sah mein ungläubiges Gesicht.

»Sie hat ihn mir diktiert.«

»Diktiert?«

»Mit ihrem Finger auf meiner Handfläche. Lassen Sie mich bitte wissen, was darin steht. Obwohl ich es bereits ahne. Natürlich verstehe ich den Inhalt dieses Briefes nicht. Es ist in Ihrer Sprache. Jeden einzelnen Buchstaben hat sie mir vorgezeichnet. Können Sie sich vorstellen, wie schwer es ist, etwas in einer Sprache niederzuschreiben, die man nicht kennt? Ich hatte doch keine Ahnung, ob ein Wort richtig geschrieben war oder nicht. Auf Englisch, da hätte ich nach drei, vier Buchstaben gewusst, was für ein Wort herauskommen soll – aber auf Deutsch, das war eine Meisterleistung. Zunächst hatte ich wirklich geglaubt, Philomela sei verrückt geworden.«

Ich schaute mir den Brief genauer an. Mein Instinkt meldete sich zum letzten Mal. Und diesmal, dieses einzige Mal gehorchte ich ihm nicht. Ich las den Brief. Tatsächlich. Aber …

Philomelas Leben, so erscheint es mir heute, war ein wahnwitziger Versuch der Natur, eine Leidenschaft einzufangen und zu bändigen, die nach einer Erfüllung strebt, die nicht erfüllt werden kann. Mein Leben hingegen erscheint mir jetzt wie ein aufgeschnittenes Paket, das ich selbst verschickt habe, und jetzt, nachdem ich das Paket an mich selbst adressiert und es zurückerhalten habe, muss ich feststellen, dass der Inhalt nicht mehr derselbe ist. Ausgelaufen. Ausgetauscht. Oder geraubt.

Und das Leben an sich? Unser menschliches Leben an sich? Es zieht geduldig dahin und ist ein grotesker Versuch, der Ewigkeit zu trotzen. Es ist das leise Gelächter der Vergänglichkeit inmitten ewiger Leere, für Augenblicke nur und immer wieder die sichere Gewähr, dass das, was ist, nicht mehr, nie mehr sein kann. Momente, aneinander gereiht, pausenlos, unterschiedlich lang, immer wieder neu, immer wieder zu Ende. Es ist das Leben.

»Mein Lieber! Ich lebe noch! Bitte komm! Ich brauche dich! Ich bin meiner Leidenschaft gefolgt. Die Opfer, die ich erbringen musste, waren es nicht wert. Aber sie sind eingetreten. Unumgänglich. Endgültig. Die Ereignisse waren ...«

Es folgte eine knappe Beschreibung ihrer Zeit in jenem Dorf, sie erzählte von ihrer Freundin, einer Frau namens Ovalu, von schönen Tagen im Dschungel, sie erzählte von den Gärten, den Knollen und den abendlichen Runden im Frauenhaus. Sie erzählte auch, aber nur sehr kurz, vom Endritual.

Am Ende des Briefes stand: »Ich möchte dich noch einmal spüren. Ich möchte, dass du mir hilfst, in das Reich der Ahnen einzugehen. Das Reich der Ahnen ist ein Teil meines Lebens geworden. Wir alle sind nur Ahnen. Komm bitte und befreie mich! Ich weiß, dass es eine weite Reise ist. Von Deutschland nach hier, und ich weiß nicht einmal, wo dieses Hier liegt. Aber du wirst mich finden. Vielleicht kannst du daraus etwas lernen. Und etwas darüber schreiben. Bitte befreie mich. Komm und geh mit mir ein letztes Mal in den Dschungel. Philomela.«

Ich legte den Brief zur Seite.

Doktor Wilson schaute mich an. Sehr durchdringend. Er verstand alles.

»Ich vermute, dass Philomela Sie bittet ...«

Ich nickte.

»Vergessen Sie nicht: Wir sind hier am Rand der Welt. Kein Mensch wird etwas erfahren. Es ist Philomelas Wunsch. Wir müssen es respektieren. Es ist besser für sie.«

Es muss ein sehr weiser olympischer Betrachter oder auch nur ein sehr glücklicher Augenblick des Schicksals gewesen sein, der es bewerkstelligt hatte, dass an diesem Rand der Welt ein Arzt gelandet war, der das Leben so exakt begriffen hatte.

Der Brief lag auf meinen Schenkeln wie ein frisch dahergewehtes Stück

Papier. Nachtfalter flatterten aufgeregt um die Glühbirne. Der Brief lag da, ein Fremdkörper auf meinen Schenkeln, in meinem Leben, auf dieser Welt.

»Gehen Sie jetzt schlafen.«

Ja. Schlafen. Vielleicht würde die Welt und mein Leben morgen anders aussehen. Vielleicht würde ich Träume haben, die mich entführten.

Ich verabschiedete ich mich von Doktor Wilson und ging hinüber in das Zimmer, das er mir zugewiesen hatte und das neben dem gemeinsamen Zimmer von Philomela und Schwester Mary lag. Ein Klappbett neben einem Tisch mit medizinischen Apparaturen. Eher museumsreif als zur täglichen Benutzung geeignet.

Ich schaute durch die Tür und sah Philomela in ihrem Bett liegen. Schwester Mary trat neben mich und legte den Finger auf ihren Mund. Ich hörte Doktor Wilson hinter mir flüstern: »Lassen Sie sie schlafen! Bitte! Es ist besser. Für Sie beide!«

Lodernde Flammen in meinem Kopf. Und draußen war die Welt wie immer. Ich schloss meine Augen. Was Philomela von mir verlangte, war unmöglich ...

... dass ich nicht mehr sprechen und hören kann, das hat er verstanden, dass ich noch etwas spüren kann, das hat er ebenfalls begriffen. Wie viel ich noch spüren will, wie viel ich noch von ihm mitbekommen will, das weiß er noch nicht.

Ich kann nicht mehr. Alle Energie ist verschwunden. Nur noch ein paar Meter.

Ich dämmere dahin, endlich mein Bett, bin schwach, ich bin müde und schwach, wahnsinnig schwach und will schlafen, endlich schlafen, ich kann nicht schlafen, schlafen mit dem sicheren Wissen, dass er mich befreien wird, ja, er wird mich befreien vom Rest. Ohren und Augen weg und der Rest, er wird folgen ...

Der Geruch des Chloroforms in diesem Zimmer ist wieder aufdringlich, er beißt, legt sich schmerzhaft am Gaumen ab, bis dorthin dringt der Geruch – ob Schwester Mary schlafen kann? Morgen werde ich sie bitten die Fenster ... frische Luft ... frische Morgenluft ... die Nacht hat ihre Gerüche ... die frühe Nacht andere als die späte ... gegen Morgen zu werden die Gerüche intensiver ... irgendwann kommt der Schlaf ... am Morgen beginnt der Tau zu duften ... der Nebel, der heraufzieht ... ich lebe ... er ist gekommen ...

Eine aufgeregte Schwester Mary weckte mich. Sie rüttelte an meiner Schulter, als wolle sie mir den Schlaf aus dem Leib schütteln. »Doktor

Wilson will Sie sofort sprechen! Los, kommen Sie! Stehen Sie auf! Bitte! Schnell!«

Ich erhob mich, schlug die Bettdecke zur Seite. Unerwartet kühle Morgenluft legte sich um mich. Schwester Mary stand unruhig neben mir und wartete, dass ich aufstand. Ich schaute sie verschlafen an. Ich hatte unruhige Träume gehabt und war oft aufgewacht von sonderbaren Geräuschen aus dem Wald. Schwester Marys nervöser, gegenüber dem gestrigen Abend völlig veränderter Gesichtsausdruck verriet alles. Ich sprang heraus, plötzlich hellwach.

Philomela! Etwas war mit Philomela!

Schwester Mary wollte mir kaum mehr Zeit lassen, mich anzuziehen. »Kommen Sie, bitte, schnell!«

Ich zog mir ein Hemd über, rutschte hastig in die Hose. Ich wollte sofort nach Philomela schauen, aber Schwester Mary nahm meinen Arm und zog mich hinüber zu der Hütte von Doktor Wilson. Er saß hinter seinem Schreibtisch.

Ein schweigender Blick auf seiner Seite, ein völlig verunsicherter auf meiner. Ich stammelte: »Was ist los? Ist etwas mit Philomela?«

Seelenruhig, so schien es zunächst, blieb der Doktor sitzen. Aber kaum wahrnehmbar war da eine verkrampfte, unsichere Anspannung, eine Zurückhaltung in seinem Körper, die verriet, dass er sich unter Kontrolle hielt, um mich nicht mit einer schlechten Nachricht zu überrollen.

Er schaute mich kurz an, schaute weg, schaute auf seinen Schreibtisch, suchte dann einen fiktiven Ansprechpartner in der linken Ecke des Zimmers, hinter mir. Dann murmelte er fast unverständlich vor sich hin: »Ich erhielt gerade einen Anruf aus Telefomin.« Erst jetzt blickte er mich an.

»Telefomin? Was ist das?«

»Das ist die nächste größere Stadt.«

»Ja und? Was soll das jetzt? Wer hat Sie angefunkt?«

»Stehen Sie gut?«

Ich stand, setzte mich aber nun auf den Stuhl vor Doktor Wilsons Schreibtisch.

»Es waren Landsleute von Ihnen.«

Etwas stockte und gerann in mir.

Vermutlich ein irrer Blick meinerseits. Dann Ringen nach Worten.

»Was? Wie bitte? Deutsche?«

»Ja. Sie sagten, sie seien Reporter und würden dem Gerücht nachgehen, dass hier eine Deutsche wie aus dem Nichts aus dem Dschungel herausgefallen sei.«

Ich staunte. Ich hatte die Reporter völlig vergessen. Sie hatten es geschafft. Sie standen kurz vor der Schatztruhe. Sie mussten sie nur noch aufbrechen und hineingreifen. Darin, dort drüben in der kleinen Hütte, schlafend, lag der Schatz für sie, lag die Sensation, die sie suchten und für die sie um die halbe Welt geflogen waren. Und als kleine, ausschlachtenswerte Zugabe: Ich, der Freund, der Geliebte, der Retter.

Was für eine wunderbare Konstellation von unarrangierten, vom Himmel herabgefallenen, aber gerade deswegen umso wirksameren Zufällen, die man, geschickt zusammengestellt, zur wahren Sensation kaum mehr hochpushen muss, eigentlich nur noch verknüpfen und verbündeln braucht: Eine Frau, taub und blind, von grausamen Wilden furchtbar misshandelt – und wunderschön. Ausgespuckt aus einem unbekannten Urwald und durch Zufall gerettet. Und dazu der Geliebte an ihrer Seite, ihr Retter, ihr Freund, der sich ihrer annimmt – war das nicht phantastisch! War das nicht gigantisch! Ein sensationelles Liebespaar – so etwas muss man der Weltöffentlichkeit präsentieren! Wie lautet noch mal die Schlagzeile? Ob man ein Spendenkonto einrichten sollte – für sie? Das war das Material, aus dem Erfolgsstorys geschnitzt sind!

Das Gedankentohuwabohu löste sich allmählich in meinem Kopf auf. Die Reporter waren wahrscheinlich genau den gleichen Spuren gefolgt wie ich, sie waren in Port Moresby und beim »Post Courier« gewesen. Dann aber waren sie anscheinend nach Telefomin geflogen, nicht nach Tabubil.

Ich fragte Doktor Wilson, warum diese Reporter von Telefomin angerufen hatten und nicht wie ich nach Tabubil geflogen seien.

»Das können Sie sie in ein, zwei Stunden selber fragen. Oder morgen. Keine Ahnung, wann die hierher kommen. Ich vermute, dass sie gedacht haben, Telefomin sei größer und deshalb besser. Aber die haben einen wichtigen Umstand nicht berücksichtigt: Wir hier in Benkwin gehören zu den Western Provinces. Tabubil auch. Deshalb gibt oder sagen wir, wird es irgendwann einmal eine gute Straße von Tabubil hierher geben. Telefomin liegt zwar näher, aber in der Provinz West Sepik. Wissen Sie, in diesem Land nimmt man Grenzen sehr genau. Sippen, Clans, Stämme. Das geht bis in die Verwaltung. Mit dem Auto wird man auch in hundert Jahren noch nicht von Telefomin hierher kommen können. Und zu Fuß dauert es zwei Wochen.«

So recht wollte ich es noch nicht begreifen. Vielleicht hatten diese Reporter den falschen Ticketseller in Port Moresby erwischt. Oder sie hatten sich einfach auf der Landkarte verschaut: Sie hatten sich die nächstgrößere Stadt in der Umgebung von Benkwin ausgesucht, zu viel gedacht, dieses Land nicht genügend gekannt, es unterschätzt und nicht gesehen, dass es überhaupt keine Verbindungsstraße von Telefomin nach Benkwin gibt. Sie hatten sich einfach entschieden – für Telefomin. Und erst dort festgestellt, dass Straßenverbindungen in diesem Land eine Rarität sind.

»Und was weiter, was haben Sie diesen Kerlen geantwortet?«

»Ich habe mich dumm gestellt. Ich weiß ja, was Sie ... was Philomela will.«

»Und was haben die gesagt? Kommen sie hierher?«

»Sie bestanden darauf, dass ihre Information richtig sei. Dass ich es doch angeblich gewesen sei, der diese Information vor vier Wochen nach Port Moresby weitergegeben hätte. Und dass es in Deutschland jemanden gäbe, der auch nach dieser Frau sucht. Jetzt schauen Sie mich nicht so vorwurfsvoll an! Was hätte ich denn bitte machen sollen, als mir plötzlich eine blinde, taube, weiße Frau vor die Füße gelegt wurde? So tun, als ob nichts sei? Sie wieder in den Wald zurückbringen? Auch Sie haben doch erst durch meinen Hinweis an den ›Post Courier‹ erfahren, dass Philomela noch lebt!«

»Ja, verflucht, Sie haben ja Recht.«

Wir blickten uns an. Ein langer Moment des Überlegens, der in einem kurzen Nicken mündete. Er schaute zu Schwester Mary, die in der Tür stand. Auch sie nickte, gab ebenfalls ihr unausgesprochenes Einverständnis.

Ja, ihr Wahnsinnigen, ich weiß, ich weiß es ja: Wenn eine Entscheidung getroffen werden soll, dann muss es bald passieren, nicht irgendwann, sondern bald. Am besten sofort.

»Also, was haben diese Reporter gesagt? Kommen sie trotzdem her?«

»Sie meinten, sie würden sich das hier mal anschauen wollen. Wenn sie schon da wären. Wahrscheinlich kommen sie mit einem Hubschrauber. Wir haben hier keine Landepiste für Flugzeuge. Oder sie fliegen mit einem Flugzeug nach Tabubil und nehmen die Straße. Zu Fuß werden sie es wohl nicht unternehmen.«

»Wie lange kann das noch dauern?«

»Sie riefen vor zwanzig Minuten an. Vielleicht steht in Telefomin ein Hubschrauber bereit, dann könnten sie jeden Moment da sein. Oder in einer Stunde. Oder morgen. Keine Ahnung.«

»Uns bleibt also keine Zeit?«

Doktor Wilson schüttelte den Kopf.

»Danke, Doktor!«

Er nickte wieder.

Ich verließ das Zimmer und lief über den Platz zu Schwester Marys Hütte. Sie schaute mir traurig hinterher.

Ich betrat leise das Zimmer, in dem Philomela lag. Sie schlief noch, mit halbgeschlossenen Augen.

Mein Gott, Philomela! Du hast Recht, du hast ja so Recht! Sie selbst hatte es entschieden.

Ich strich über ihre Stirn, strich ihr Haar zur Seite, beugte mich über sie, gab ihr einen Kuss auf ihre Lippen. Sie bewegte sich unruhig, wich zur Seite, ich küsste sie noch mal, dann, verflucht, ich musste beten – ich wünschte es mir so sehr, ein letztes Wunder wünschte ich mir. Sie öffnete aber nicht ihre Augen, ihre Augenlider gingen nur einen kleinen Spalt auf, darunter die dunkle Leere der Höhlen, sie rekelte sich ein wenig, zog ihre Hand unter der Decke heraus, suchte meine Hand, suchte meinen Kopf, fand ihn und drückte mich leidenschaftlich zu sich hinunter. Wir küssten uns und genossen diesen kühlen Morgen für einen Moment.

Ich wünschte mir noch einmal ein Wunder und wollte ihr ins Ohr flüstern: »Komm, Philomela, steh auf, wir müssen nach Hause«, aber was sollte das?

Ich war in diesem Augenblick dankbar, dass ich nichts sagen musste. Nichts begründen musste. Nicht gute Miene zum bösen Spielen machen musste.

Ich war in diesem Augenblick unsagbar dankbar dafür, dass Philomela meine Stimme nicht mehr hören konnte und dass sie mein Gesicht nicht mehr sah. Dass sie überhaupt nichts mehr hörte und sah.

Doch den Schweiß meiner Hände und das Zittern in meinen Fingern konnte ich nicht verbergen. Sie nahm meine Hand, zuckte kurz, verweilte, strich an meinem schwitzenden Mittelfinger entlang. Dann zeichnete sie einzelne Buchstaben auf meine Handfläche, die sich zu der Frage ergänzten: »Du holst mich? Jetzt schon?«

Sie hatte es als Frage gemeint, auch wenn sie die Antwort schon wusste. Sie hatte das Fragezeichen auf meine Handfläche gezeichnet. Sehr nachdrücklich.

Ich zeichnete langsam die Buchstaben auf ihre Handfläche, genauso, wie es Doktor Wilson mir beschrieben hatte. Nach jedem Buchstaben eine kurze Pause, nach jedem Wort ein kurzer Druck. »Ja.« Punkt. Druck. »Wir müssen in den Dschungel.« Punkt. Druck. »Jetzt!«

Ihre Antwort kam ohne Zögern: »Ich bin bereit. Ich bin glücklich, dass du gekommen bist!«

Beim Zeichnen des Wortes »Du« drückte sie kräftig auf meine Hand. Dann legte sie ihre Hand in meine und gab mir zu verstehen, dass sie fortan nicht mehr gewillt war, zu sprechen.

Ich erinnerte mich an eine sehr ferne Vergangenheit. Mehr als ein Jahr war vergangen, seit wir in München in dem Café gesessen hatten und Philomela mir den Brief von Berggrün vorgelesen hatte, in dem er sie zu der Expedition eingeladen hatte. Noch am selben Abend hatte sie ihm die

Zusage geschrieben und war dann zu mir ins Bett gekommen. Ich war verstört gewesen, unsicher, sehr skeptisch. Dann hatte sie mir erzählt, woher die Paradiesvögel ihren Namen erhalten haben. Ich hatte geglaubt, es läge an ihrem prachtvoll bunten, alle Phantasien sprengenden Gefieder, worauf sie lachend geantwortet hatte, das glaube jeder.

»In Wirklichkeit aber ist es ein historischer Irrtum. Vor beinahe 500 Jahren erhielt der portugiesische Seefahrer dal Cano vom König von Batjan die phantastischen Bälge zweier Vogelarten als Gastgeschenk. Es waren der Paradiesaea apoda und der Cicinnurus regius, zwei wirklich sagenhaft schöne Tiere. Die Eingeborenen haben – auch heute noch übrigens – die Eigenart, gefangenen und getöteten Vögeln die Füße abzuschneiden. Den präparierten Vogelkörpern sahen es die Europäer nicht an, dass die Füße abgeschnitten waren. Sie glaubten, diese Tiere besäßen überhaupt keine Füße und würden immer in den höchsten Himmelsregionen herumfliegen. Ihr gesamtes Leben. Man glaubte sogar, dass die Paarung in der Luft vollzogen würde und dass die Weibchen ihre Eier in einer Rückenvertiefung der Männchen ausbrüteten. Erst im Tod, so glaubten die Europäer, stürzten die Tiere vom Himmel. Da sie ihr Dasein so nahe am himmlischen Paradies verbrachten, gab man ihnen den Namen ›Paradiesvögel‹.«

Ich hatte Philomela zugehört und plötzlich begriffen, wie groß ihre Sehnsucht sein musste. Philomela hatte durch Berggrüns Brief von einem Tier gehört, das nicht wegen eines historischen Irrtums, sondern von den Einheimischen selbst »Vogel des Paradieses« genannt wurde.

In ihrer Neugierde und Faszination hatte sie sich emporschwingen wollen in die höchsten Regionen, dorthin, wo es eigentlich nur Engeln erlaubt ist, zu fliegen.

Sie schlug die Bettdecke zur Seite und richtete sich auf. Sie trug ein langes dünnes Baumwollnachthemd. Ich hielt weiter ihre Hand fest und führte sie aus dem Zimmer. Ihre Schritte waren vorsichtig und tastend. Wir gingen über den Platz vor dem Lazarett. Doktor Wilson und Schwester Mary standen vor dem großen Haus. Er wies mit seiner Hand in die Richtung, in die wir gehen sollten. Direkt hinter seiner Hütte begann der Dschungel. Schwester Mary kam noch einmal zu uns, umarmte Philomela und drückte mir den Gegenstand in die Hand, der mir und Philomela alles erleichtern sollte.

Es würgte mich.

In der anderen Hand hielt Schwester Mary eine Spritze und Tabletten. Ich schüttelte den Kopf.

Dann gingen wir in den Wald. Ein Trampelpfad, der irgendwo enden würde.

Wir gehen in den Wald. Zurück in meinen Dschungel. Ich rieche die vertrauten Gerüche. Schöne Gerüche. Frische Morgenluft. Ein schönes Gefühl unter den Füßen. Ein weicher Boden. Wie vor Wochen, als Ovalu mich durch den Wald geführt hat. Aber trotzdem anders.
Warum jetzt schon? Warum so schnell? Warum keine Zeit mehr? Er hat den Brief gelesen. Aber warum jetzt? Egal, ich will es nicht wissen.

Schön ist diese Hand, die mich führt, schön wäre es, diese Hand noch länger zu spüren, aber die Stille im Kopf schreit wie ein Raubtier, diese Stille wird mit jedem Tag lauter, diese Stille ist schlimmer als die Dunkelheit, sie ist unerträglich, ich möchte etwas sagen, aber es hört mich niemand, denn ich höre mich nicht, diese schöne Hand wird mich aus der Stille führen.

Wie wird er es tun?

Wir gehen in den Wald, ich spüre die Gräser und Zweige unter meinen Füßen. Wie weit wird er mich führen, wird er mich ein letztes Mal umarmen, sicherlich wird er mich ein letztes Mal umarmen, aber wird er auch ein letztes Mal ganz zu mir kommen, ganz bei mir sein, soll ich ihn darum bitten, darf ich um alles bitten, gibt es noch etwas, das er mir verweigern könnte, jetzt in diesem Moment laufen wir weiter, der Dschungel, das Meer aus Pflanzen und Tieren und Geräuschen, ich erinnere mich nicht mehr, ich sehe nichts mehr, ich höre nichts mehr, nur mehr Erinnerung an das Schönste, das ich gesehen habe, das Schönste, das ich gehört habe, ein vollendetes Leben.

Ich habe die Schönheit entdeckt, verzeih mir!

Wir laufen weiter in den Wald, wie weit noch, wie weit noch, Geliebter, bleib bei mir, bleib bei mir bis zum Schluss, Geliebter, bleib bei mir, wir setzen uns nieder, ein Baum und Gräser, wahrscheinlich eine Lichtung, eine natürliche Lichtung im Wald, angenehme Düfte, du hast einen schönen Ort ausgesucht, einen schönen Stamm, Geliebter. Ich spüre seine Rinde, kräftige Rinde, ich spüre deine Hand, mein Geliebter, zieh dich auch aus, ich spüre sie, wo ist deine andere Hand, sie zeichnet etwas auf meine Haut, nein, ich will nichts mehr hören, ich will nichts mehr lesen, ich will nur noch dich, dich will ich ganz und gar, jetzt, bitte, komm zu mir, ganz nah, der kleine Schmerz, dieser kleine Schmerz soll es gewesen sein, dieses Nichts an meinem Handgelenk, das soll es gewesen sein, mein Geliebter, komm zu mir, bitte komm zu mir, jetzt umarme mich, bitte umarme mich, das tut gut, diese Nähe, diese Wärme, dieses Dasein, jetzt und hier und für immer ist das Reich der Ahnen, dieser Augenblick: bleib stehen, ist es diese Kälte, die in mir aufsteigt, diese Kälte, sie steigt auf, wo kommt sie her, sie beginnt, ist das leicht, mein Lieber, ist das leicht, so leicht ist es zu gleiten, ich tauche ab, in die Kälte, ich steige auf, immer

höher, immer näher, der Himmel, ich sehe die Wolken, da ist Kälte, ich steige, die Wolken, der Himmel, ich will deine Nähe, da ist Kälte, deine Hände, deine Nähe, halt mich fest, denn da ist ein Rand halt mich fest da ist eine Kante halt mich fest immer höher eine Kante ein Rand immer tiefer halt mich ganz fest über der Kante über dem Rand haltet mich fest haltet mich fest ich falle ich fliege
  ich fliege
  fliege

Es war ein kleiner Schnitt. Das Skalpell drang leicht, mühelos, selbstverständlich in Philomelas Haut ein.

  Sie hatte ihr Hemd ausgezogen, als wir uns an den Baumstamm gesetzt hatten. Sie war nackt, lehnte sich an die harte Rinde, lächelte und tastete dann nach meinem Hemd, nach meiner Hose, ich wünschte, ich hätte mich in Luft auflösen können, aber sie wollte es, ich legte mich zu ihr, ihre Hände auf meinem Rücken, die Wärme floss langsam aus ihr heraus, über meinen Rücken, sie drängte sich an mich, sie suchte mich und meine Nähe, sie wollte es spielen, das Spiel des Lebens, sie suchte mich ganz, an meinem Rücken floss ihr warmes Blut, ihr Leben floss an mir hinunter, aber dann, allmählich, unmerklich erst, aber dann immer stärker ließ der Druck nach, sie war ganz weiß, ihre Lippen auf meinen Lippen waren kühl, und immer noch lächelte sie und ihre Kraft ließ nach, Philomela, ich glaube, ich rief ihren Namen, diesen wunderschönen Namen, aber ihre Kraft ließ weiter nach, sie gab auf, ließ einfach los, ließ ihr Leben los, lächelte, ihre Hände rutschten an meinem Rücken entlang, wir lagen auf dem Boden, und ich horchte in sie hinein, legte mein Ohr an ihre Brust und alles in ihr und alles um sie herum wurde schwächer und leiser und ich hörte nichts mehr, nichts war da mehr, auf einmal war da nichts mehr. Kein Klopfen, kein Pochen, kein Atmen. Nichts mehr.

  In der Ferne glaubte ich, den Ruf eines Paradiesvogels zu hören, aber ich war mir nicht sicher.

  Ich ließ sie liegen. Der Urwald wird sich ihrer annehmen.

  Ich lief zurück nach Benkwin. Doktor Wilson bot mir an, mich nach Tabubil zu fahren. Wir sprachen nichts auf der zehnstündigen Fahrt.

  Gerade, als wir Benkwin verließen, hörten wir das kreischende Rotieren eines Hubschraubers.

  Ich denke, dass Schwester Mary den Reportern erzählt hat, es müsse sich um ein Missverständnis handeln. Sie hätte nie eine weiße Frau gesehen, geschweige denn irgendeine Meldung darüber weitergeleitet.

  Ich hoffe, dass diese Reporter keine weiteren Recherchen anstellen.

In Tabubil bestieg ich am nächsten Tag ein Flugzeug nach Port Moresby. Kurz nach dem Start sah ich unter mir den Weg, den die Geister in den Dschungel geschlagen hatten. Dann stieg das Flugzeug höher.

Von Port Moresby flog ich nach Hause und in eine mir nicht vorstellbare Zukunft.